懂得

特别版

董倩

人民东方出版传媒
東方出版社

图书在版编目（CIP）数据

懂得：特别版 / 董倩 著. —北京：东方出版社，2017. 8
ISBN 978-7-5060-9883-0

Ⅰ. ①懂…　Ⅱ. ①董…　Ⅲ. ①随笔—作品集—中国—当代　Ⅳ. ①I267. 1

中国版本图书馆 CIP 数据核字（2017）第 218524 号

懂得（特别版）
（DONG DE. TEBIEBAN）

作　　者：董　倩
策　　划：轩辕改之
责任编辑：李文婷　王晓枫
出　　版：东方出版社
发　　行：人民东方出版传媒有限公司
地　　址：北京市东城区东四十条 113 号
邮　　编：100007
印　　刷：北京联兴盛业印刷股份有限公司
版　　次：2017 年 10 月第 1 版
印　　次：2017 年 10 月第 1 次印刷
开　　本：640 毫米×950 毫米　1/16
印　　张：17. 75
字　　数：230 千字
书　　号：ISBN 978-7-5060-9883-0
定　　价：49. 80 元
发行电话：（010）85924663　85924644　85924641

董小姐

白岩松

近些年，董小姐很著名。民谣中有，广告上有，我身边也有。二十年的交情，比民谣早，她自己就是品牌，不再用广告，对，她是董倩。

翻开这本书之前，正忙着香港回归二十周年的报道，之间 N 次看到董倩采访林郑月娥的片段。从候选特首到正式成为特首，林郑月娥的身份变了，可董倩还坐在那里，问题还是那些问题，经得起时间的考验。这已是董倩参加大型新闻事件报道的固定动作。别人说事儿，她面对人；别人报道，她提问。也许再过一些年，事儿和报道都已忽略不计，而人和一些回答却更加清晰。那时，还记得是不是董倩提问的，已不重要。

从香港回来，翻开这本书，特首的身影被 60 岁又生双胞胎的母亲替代，被林森浩替代，被四十个名字替代。但不管对面坐着的是谁，这边儿的董小姐，只有服饰的不同，态度与脸上的微笑几乎一致，提问也一脉相承。不咄咄逼人，也决不会轻易放过。友善而坦诚，几乎不绕弯子，离你最关注的核心问题总是很近。也许哪一个问题会让看客有一瞬间的紧张或不适应，但放到采访整体中，正常。对，这就是一个职业记者该有的样子。

看外表，眼镜添加着知性的色彩，更别提北大才女的背景。长期的职业装，却因无数丝巾的点缀，去了僵硬变得柔和，于是，很多人心中，董小姐应该来自南方。但其实，董倩是地地道道的北京人，北京大妞一枚。当你不知道北京大妞是名词还是形容词又或者是动词的时候，你只要和生活中的董倩多接触几次就知道了。名词上讲，她不仅出生并成长于北京，还被开玩笑地称为“旗人”；而形容词体现在她的性格上，偶有口误，听她节目后讲一两句极文雅的“粗口”即可。那么动词呢？叙述她“年轻”时二两二锅头一口干掉的故事，您脑海中有没有一幅动感极强的画面？所以，这个董小姐，心中有匹野马，幸运的是，她的内心自带草原，绝大多数情况下，她不会让自己不自由。

我与她相识二十年，很长时间，又在一个栏目里，这在 CCTV 并不常见，分久必合，一起做《央视论坛》《新闻 1+1》头几年的节目以及很多的特别节目，她问我答。当然，合久必分，又时常各干各的。而她最喜欢干的，正是我们相识时的老本行，《东方之子》时对人物的采访。大多数时间，董倩也要坐在演播室当直播的主持人，但我感觉得到，这并不是她眼睛最放光的时刻。而一旦坐到人物专访提问人的位置上，那个心中有野马的董小姐就出现了。于是，问题一个又一个出发，有趣的是：提问时她的语言流畅、呼吸自由，我们这些看客也因此有福了。显然，她先是懂得自己，知道自己的喜好所在，然后懂得我们共同的好奇。更重要的，她可以在这个有光的位置上，一直提问到老。这该是董小姐的幸福与职责所在。

她早该把这片草原诉诸文字，打开这本书，更印证了我的判断。细腻观察的同时，文字中依然是那个北京大妞，不掩饰，不矫情，却又带着善良与包容。把这些词放在一起并不容易。我们常常是注重了这个忘了那个，董倩难得地平衡着。而这份平衡，既来自职业，更来自董倩的真实。你让她说套话假话，就如将内心的野马圈养。不会的！

这四十多篇文章，只是董倩众多人物采访的浓缩，而且别忘了，为了几倍于四十的人物专访，董倩要不停地出差，不停地飞，董小姐不年轻了，却依然如年轻人般地做着自己喜欢的事儿。这让我这个不算老的大哥也心生羡慕。没事儿，要出差，排直播班儿，咱俩好商量。我从草原来，我懂得野马的方向！

为什么？

一

大街上，超市里，飞机、火车、地铁上，迎面而来、擦身而过的人觉得我眼熟，会嘀咕一句“这不是那个记者吗？问问题问得特狠的那个”，或者会彼此小声交流说“这家伙可厉害了，总弄得人张口结舌的”。

很多喜欢我的观众叫不上我的名字，他们只记住了一个提问的记者。这是我最喜欢的状态——虽然摄像机对着我，但是我却隐藏在摄像机后面。就像珠宝店柜台里的黑丝绒。好的黑丝绒铺在那里像水，质地厚重，颜色沉着，朴素典雅，不会喧宾夺主，因为它的存在就是为了衬托出每一颗宝石的独特。黑丝绒越好，映衬得宝石就越夺目。

没有新闻才是好新闻，这话一点不假。新闻往往是突发的意外事件，绝大多数都会中断既有的日常生活。新闻的社会关注度越高，对应新闻事件给人的伤害就越大。身处新闻中的当事人，遇到意想不到的事发生，什么反应？如何渡过难关？怎么舔自己的伤口？怎么继续接下去的生活？

看人得经事。所谓的事就是逆境，就是意外，就是不测。一个新闻事件足以让一个人平日里深藏的特性最大限度地展示。记者的职业就是把人在经受非常时的本能心理尽最大努力记录保存下来。我要把我的采访对象带回到事发的心境中去，把当时那种左右为难、举步维艰掰开揉碎地讲，我要把他们的个性和人性中最闪亮的地方展现出来。

有的时候我会问自己：这是不是往他们的伤口上撒盐？这有没有造成新的伤害？我为什么要这样做？

很多次，在完成了蜕层皮一样的采访后，采访对象要停一下，缓一缓神，然后对我说："谢谢你。有些事自己是不敢深想的，可是你逼着我去想了。想了，说出来了，能喘口气。"

2017 年清明节，我去浙江开化采访那位在自己女儿脑死亡以后捐出她的心脏的母亲。受捐者是位老太太，手术之后身体逐渐恢复。老人心存感激，一直想向这颗年轻心脏的父母表达她的感激。可是由于国际通行的双盲原则，捐受双方都不知道彼此，因此也无从表达。2017 年清明前，老人到医院请医生录了一段心跳，记录下一页心电图，通过红十字会转交到了那位母亲手中。

我问母亲："你听没听女儿心脏跳动的录音。"她摇头。我问："想不想？""想。""为什么不听？""不敢。"我又问："为什么不敢？你不是梦里梦到女儿很多次？为什么她的心跳声在手上，却不敢？""因为我的心很乱。我一直觉得闺女是在哪个我不知道的地方生活着，我们就是联系不上而已。可是现在她的心跳就在我的手上，离我这么近，听见心跳，倒是提醒我女儿再也回不来了。"

我步步紧逼，其实于心不忍。

那位母亲的年龄与我相仿，因此我特别能理解她的心。从孩子在自己身体里住下，到第一次感受到胎动，再到呱呱坠地、一点点长大，从一个小肉团出落成亭亭玉立的少女，这里面有多少母女间的情感交流像山泉汇成小溪，有多少只属于她们两个的美好时光。可是孩子半路先走了，母女一场戛然而止。女儿人没了，但女儿的心还活在另一个生命里，本以为女儿走远了，可如今她的心跳声又回到身边。母亲被放在火炉上反复炙烤。

我采访很少会流泪，但这次没控制住。

采访结束，我轻声对她说："对不起。又让你经受了一遍。"她拉住我的手说："别这样讲。说说我心里好受些。"何止是她，我也释然。

我跟采访对象素昧平生，相处时间也仅仅是采访的个把小时。但就是在这个时限里，我跟他们一起去经历内心的出生入死，在狂风骤雨中的那条小船上，只有我们两个人，不管是遍体鳞伤或者毫发无损，我都要最近距离地观察、感知、体悟。那种设身处地，会传达给对方，更会被观众接收到。

二

打开电视，BBC 的记者在炮火中的加沙地带进行采访，他正在讲述一个故事：以色列的炮弹击中了一处巴勒斯坦的平民住宅，一名没几天就要分娩的孕妇被炸死，但她肚子里的婴儿被医生接生到了这个世界。这个小生命虽然顽强，但是她降生之后面对的却是一个最原始、最危险的环境，没有母亲的奶水和保护，没有适合她生长的环境，有的只是连天的炮火和恐怖的哭号。她在黑暗中来到了这个世界，与母亲擦肩而过。在啼哭挣扎了五天以后，她放弃了，又回到了黑暗中。相比这个残酷的世界，冰冷的黑暗更安全。她来过，活过，只有五天。

在拥挤不堪的加沙地带的医院里，每一个人的表情都是惊恐万状。急救床上躺着一个个满身、满脸都是血污的孩子，旁边是他们绝望和不知所措的父母。对着摄像机的镜头，他们痛苦不解地连声问："为什么？为什么？为什么？"

在巴以双方艰难达成的几个小时的停火期间，巴勒斯坦人赶紧回到已经被炸得面目全非的家，寻找就在几天前还是正常的生活。六层的居民楼已经只剩下骨架，但是家里的沙发、衣柜还在原地。女人总是现实的，她们在瓦砾中忙碌，搜索能够找到的生活用品；男人坐在他的沙发上，跟记者说，我努力了一辈子才得来的家，一转眼都没了。

我看着这条不足三分钟的新闻，它让人胆战心惊，毛骨悚然，它不是电影，是新闻，是真实的战乱，是每一颗心里体会到的真正的绝望。一个个走投无路的人，一张张痛苦无助的脸。

这则新闻发生在 2014 年的 7 月，虽然只有短暂的几分钟，但是我却在日后经常想起。

看新闻时我在跑步机上跑步。清晨有力的阳光透过窗户照射进来，那是一个热情似火的夏日。我和他们之间，相隔一个电视机屏幕。哪个是真实的生活？我的，还是他们的？不是不知道这个世界上还有战乱，而是当战乱降临到具体的家庭和人身上时，分不清这是现实还是电影。为什么在夏天这个最好的季节里，他们却活在地狱一般的人间？

有多少人像我一样每天在阳光和安宁中醒来，开始日复一日的平静生活。我们有多少不满足，多少欲望，多少埋怨，可是跟那些生活在战乱中的人相比，我们是多么幸运，多么应该感谢我们现在的所有。

我们跟着记者的脚步和眼睛，看到了不同地方的别人的生活。不在一个地方生活，不说一种语言，不是一个信仰，不是一个种族，但我们却没有因为隔着千山万水而事不关己，因为他们是我们的同类，他们惊恐绝望的眼神我们能懂，他们一眨眼没了家、没了亲人的绝望我们能感知。

这就是我理解的记者这个职业的价值和意义：从自己熟悉的生活中抽身出来，到陌生的地方和陌生的人心里去，把他们特殊的经历和体验告诉更多的人，参照思考自己的生活。

三

采访这个行当，交浅言深。

人有难以解释的心理，埋在心里的话不愿跟熟识的人讲，反倒愿意选择陌生人去倾诉。采访说难也难，说易也易。坐在跟前的这个陌生人，你想知道他藏在脑子里的想法，只要找到那扇门。而找到、推开那扇门的钥匙，就是“为什么”。

“为什么”这三个字，最笨重也最灵便。刚开始的阶段，我把这“为什么”用在任意的陈述句前面，有时候还会故意用点长句，这样既可以掩饰心虚，又可以把自己打扮得有水平。问了二十多年，今天回头去看，那叫花拳绣腿、虚把式，是问给人看的。与其叫提问，不如叫化妆。不懂得如何提问而问出的“为什么”，就是嘴里吐出的几个字，没任何意义。

采访跟其他任何行业一样，想做精，就要经历断舍离。不断地、一点一点地把所有花枝招展顾影自怜的问题减掉，留下最朴素、真诚、有意义的提问。精简到了一定程度就会发现，原来，就剩下了“为什么”。

当一个采访者设定好方向，心里铺好一条到达目标的路，那么采访中要做的就是简洁的“为什么”。

就像学书法，一开始从笔画少的写起，等写了一定的时间，发现最难写的还是笔画少的字，而笔画少的字最有灵气、最见功力。

这是一个积思顿悟的过程，要有足够多的采访、经历足够多的人生，才能知道采访到底是怎么回事。

怎么认识生活，就怎么认识采访。

入职二十多年，我已人到中年。年轻时的浅薄一层层褪去了。生活的不易和复杂让我在采访每一个人的时候，能更深地理解他的处境，以及身处其间的种种艰难和思量。因为我知道，每一张平凡的面孔后面，都有一段不平凡的日子。

目　录

我就是那颗铜豌豆　/ 001
未婚妈妈的赌博　/ 007
人生若只如初见　/ 012
根在哪里?　/ 019
回　家　/ 026
用生命换一次做母亲　/ 034
把磨难转换成爱　/ 040
孤儿杨六斤　/ 050
你的程序是什么?　/ 057
放下，宽恕　/ 063
英雄与看客　/ 067
我要他们有尊严　/ 070
人在做天在看　/ 080
职　责　/ 086
最后的告别　/ 093
生命的方舟　/ 098
理解与宽容　/ 106
文明前进的每一小步都困难重重　/ 111
重　生　/ 117
追　捕　/ 121

辩　护　/ 134
证明自己　/ 138
“秋菊”打官司　/ 148
善良的心是最好的法律　/ 153
马云使命　/ 160
戴着盔甲的女人　/ 166
枕戈待旦　/ 169
你未痊愈，我不敢老　/ 175
走过生死，来到这里　/ 179
个人与集体　/ 183
海的女儿　/ 191
落入凡间的精灵　/ 196
明星与演员　/ 200
无数个几近完美的累积　/ 208
有人情味的国家更强大　/ 212
用实力说话　/ 216
往返天地的使命　/ 222
蓝天雄鹰　/ 227
印度支付宝　/ 236
孟买初体验　/ 241
达拉维贫民窟　/ 246
“刚刚好”的果阿金砖峰会　/ 251
秘鲁纪行　/ 257
去国际会议，中国记者报道什么？　/ 264
唐人街中国餐馆里的秘鲁大厨　/ 270

我就是那颗铜豌豆

盛海琳在60岁时产下了一对双胞胎女儿。她一点儿也不在乎是不是创下了最大妊娠年龄的纪录，也不在意别人怎么看她，那都是别人的事，跟她无关。她生下这两个孩子是为了自己，否则，她剩下的人生将在无边无际的黑暗与痛苦中度过。

高龄产子源自于老来丧女。

2009年春节，刚结婚不久的女儿和女婿双双因一氧化碳中毒去世。盛海琳五十九年平静幸福的人生戛然而止，一个步入老年的女人失去自己唯一的成年孩子，世界上没有语言能描述这种苦痛。

除了女儿，女儿周边的一切都在。盛海琳搂着女儿的衣服，抱着女儿的枕头，闻着女儿的味道却摸不到她的人。没了女儿以后，盛海琳不喜欢天晴，不喜欢太阳，她喜欢下雪，喜欢黑夜。她听不得别人喊妈妈，因为女儿的离去把她母亲的身份也带走了，她已经不再是妈妈，喊她妈妈的那个人永远不会再喊她了。漆黑深夜，没了女儿的老夫妻在黑暗中哀号，哭不动了，两人就互相看着，不想天亮，只想跟着女儿走。盛海琳在女儿的墓旁预买好了自己的墓地，准备自杀后和女儿团聚。

她到寺庙里问法师：如果我死了，是不是就能见到我女儿了？法师说：见不到，你们已经形同陌路，会各自投奔人生。一个医生，竟然去问法师关于生死的问题。身为医生，早已见惯生死，盛海琳曾经平静地跟女儿交代好自己的身后事：我们不可能永远都在一起，等我们走了，留妈妈爸爸的一点骨灰在身边就可以，我们会永远守着你。

盛海琳本以为长期经受过的医学训练已经让她豁达理性，但是面对自己女儿的死亡，她一辈子搭建的理智框架瞬间崩塌。她觉得女儿一定是在离她不远的另一个世界，她们母女能够相通，她可以找到女儿，带女儿回来。

盛海琳和老伴去厦门散心，想着既已如此，就先调整一下心情好好活下去。但是，换个地方不会换掉记忆，只会更想孩子。见到漂亮裙子，想着女儿穿上什么样，见到好吃的东西，想到女儿还没吃过，她想着女儿没来过这里，走到哪儿眼里都是女儿而不是景色。盛海琳知道，不管她旅游到世界的哪一个角落，心里都不会忘掉她的女儿。

女儿真的在梦里出现了，跟妈妈说：我想回家。这仿佛给了盛海琳启示，女儿的人生没准就要分成两段。她是医生，她想走一条险路，再生一个孩子，让女儿继续活下去。她不管这么做是不是在闯医学的禁区，她也听不进所有人的质疑和反对，女人一旦成为母亲，就已经悄悄地被赋予了一种神秘和强大的力量。跟生活相安无事时谁也意识不到，可如果涉及孩子，她就会变成另外一个人。盛海琳在没了女儿的那个时候，那股力量就开始聚集显现。

跑了全国最有名的试管婴儿医院，一次次被拒绝。一位医生听了她的遭遇，同情地说："你需要的是心理医生，而不是我。"身为医生，盛海琳当然知道为什么，但是别人不知道她的决心有多大，没人能让她放弃。直到她找回自己的医院，曾经的同事理解她，决定和她一起试试看。

调养了三个月，盛海琳重新来了月经，她的身体又可以生育了。可是，她却悲从中来，难过得大哭。本以为会高兴，可真去买卫生巾时，却突然觉得怎么就那么不对劲儿：自己这是在干什么呀，幸福美满了大半辈子，怎么到60岁的时候要过这样的日子？

受孕成功的胚胎植入身体十二天以后，怀孕结果出现了。命运在悄悄地补偿她，给了她比别人更多成功的可能性。盛海琳在那一刻欣喜若狂，百感交集，她跟女儿断了的联系又接续上了。

虽然自己是医生，也做好了受苦的准备，但是从植入胚胎开始，身体反应的痛苦程度还是远超她的想象，每一分钟都是煎熬。两个胚胎在跟她抢氧气抢呼吸，大脑跟不上趟儿，讲话也慢了许多，窒息感贯穿整个孕育期。这还是最轻的。随着两个胎儿的发育，开始挤占母亲内脏的空间，胃酸反流刺激着嗓子就要咳嗽，可是又怕咳嗽得频繁厉害会把胎儿震掉，只能憋着。妊娠毒血症让全身又疼又肿，不能动，再加上胎儿的反应，这哪里是怀孕，分明是在受刑。但是盛海琳一声不吭，全都忍下来了。其实，死要比承担痛苦容易，死才是逃避，才是懦夫的表现。

做选择已是不易，为选择负责，持续付出更难。

相差六十年，这个巨大的年龄差异会在很多地方变成问题出现。带着孩子出去，别人会认为她是姥姥或奶奶，但孩子一张嘴却叫她妈妈。最让盛海琳为难的是，一次孩子病了，她和老伴一起带孩子去看病，保姆抱着一个，她拉着一个，谁都以为保姆是妈妈。盛海琳忙不迭地解释孩子的妈妈是她，不解释乱，一解释更乱，别人好奇狐疑的目光让她得花上比看病长得多的时间去说明来龙去脉。从那以后，老伴就不怎么跟她们一起出去了，因为不想惹麻烦。一来二去，时间长了，盛海琳对这些事也越来越不在意，别人爱怎么看就怎么看吧，这就是我的生活，没必要跟你们每个人解释清楚。

盛海琳心里最要紧的是自己年过六十怎么拉扯两个孩子长大。

有不少人质疑盛海琳，说她自私，只管自己的感受而不去想孩子的以后，孩子还没有长大，他们也许就离开了，那个时候孩子怎么办？这些担心都对，看起来好像盛海琳一心想生孩子，已经失去了理智。但是，这仅仅是旁人茶余饭后的推理，貌似深思熟虑，其实轻描淡写。还有谁会比盛海琳更深、更细地去考虑这些呢？从失去女儿决定孕育开始，她就要想到孩子的以后，她有医学知识，有健康的身体，即便再老也能出去讲课挣钱，这些因素能够支撑她的选择。她知道步入晚年养育孩子的过程异常艰辛，但是再辛苦也比失去独女过的如行尸走肉般的生活强一万倍。盛海琳早早就想明白了，最大的痛苦来自内心，而不是来自身体。她选择拯救自己，也就选择了一种不平常的生活，安逸舒适的晚年跟她彻底绝缘了，她所过的是年轻人拼搏的日子。她不得不去拼，给孩子拼出个可靠的未来。

盛海琳尽己所能地让自己看起来更年轻，每天不管是出门还是在家都化上淡妆，穿有颜色、好看的衣服，眼里嘴角都是微笑，用脚尖活泼地走路。她要让孩子们知道，虽然她们的妈妈年纪大一些，但仍旧是美丽的。只是她心里又不得不承认那个毫不留情的规律，年龄不饶人，强打精神跟孩子欢笑一天下来，身体的每一个部件都像灌了铅，多想能安静地休息。

盛海琳对我说过的一件事就能看到她的无力感。一天晚上，一个孩子从床上掉到地上，要是年轻，一把就捞起来了。但问题是，老人本来就睡眠弱，惊醒后身体机能还没来得及苏醒就要下床。她还不能马上去抱，要拿好姿势才去把孩子抱住，一定小心不能闪了腰，要闪了腰可就麻烦大了，那就没法出去讲课挣钱了。就在这时，另一个也醒了，蹭到她身上哭着要妈妈抱。两个孩子贴在她身上要抱、要哄，但是她脑子也木，身体也麻，既没精神又没力气。在那一刻，她才会有无奈和难过，她不得不承认自己有心无力。失去大女儿的深夜冰冷刺骨，现在守着两个温暖糯软的小身体，却又从心底分变出一股寒意，想到那个想过无数遍的问题：我们母女交集的时间其实很短，我 60 多岁的年纪，说不好什么时候没了，她们怎么办？好在，孩子在希望就在。她不再怕天亮，而是盼天亮，因为新一天的阳光会把深夜的担忧照散，她要打起精神去挣钱。她已经看透了一切，钱才是最紧要的。她要用身体跟时间赛跑，在能动的时候给孩子们挣下一笔钱。

采访的两天，我一直没有正面见到盛海琳的丈夫，他始终待在自己的房间里。有一次我和盛海琳在客厅说话，突然一个女儿从爸爸房间里出来，拉着妈妈的手叽叽咕咕说话。我从敞开的门缝看进去，看不见人，门只敞开了一小会儿，很快就轻轻地关上了，她丈夫在门后面。我看了，心里一阵难受。

我问盛海琳，这么忙碌辛苦，为什么丈夫不能帮把手。

当年失去女儿，盛海琳才意识到丈夫对女儿的爱有多么深。女儿去世不久，丈夫就申请退休了，提前了一年，他说他站不住一节课了。一到下午六点，她发现丈夫就抬头看时钟，那是因为女儿惯常每天五点五十分准时回家，和爸爸妈妈一起吃饭。苍老的头就那样抬了很久很久，却再也等不回熟悉的脚步。疼得不能自拔的老伴开始酗酒，把自己喝得不省人事，他甚至期待着能在某一次大醉中再也不用醒来。这时间他的身体越来越差。

当盛海琳把自己想再生孩子的想法告诉丈夫时，他摇头："别。我活不长的，就是你生了孩子，我也活不到他们长到我女儿那么大了。"盛海琳懂得丈夫，他是忘不了大女儿的，他把全部的父爱都给了她。女儿走了，也就把他的心带走了。即便是两个新女儿，他也不会像盛海琳那样重新精神饱满地去爱她们。一方面是爱不动了，其实更是因为他觉得那样做对不起遥远的大女儿，她的心里该有多么委屈和难过。

盛海琳知道，男人的质地比女人硬，但是比女人脆，遭到巨大伤痛的迎头一击，男人会碎。她不去过多要求老伴帮她做什么，他能答应一起去完成生孩子的目标就足够了。

我采访盛海琳的时候，她 64 岁，两个女儿 4 岁。

采访前我琢磨，该怎么称呼她。她是我母亲辈的年龄，我应该叫她阿姨，可是她的女儿比我的孩子还小，她们又应该叫我阿姨。我问她的建议，盛海琳微笑着说："叫阿姨吧。别人都叫我老太太，我可不觉得自己老。"

采访盛海琳那一天，正好是安徽省放开"二孩"政策的首日。她拿着印有这个新闻的报纸，沉默许久，对我说："可惜，我不在这个行列了。"但是，很快她又表情异常丰富地对她的两个孩子招手。我心想，她说得没错，她就是那颗蒸不熟、煮不烂、锤不扁的铜豌豆，当生活给她作为女人，作为母亲致命一击的时候，她是趴下了，但是她又顽强地站了起来。她不是生活的赢家，但绝对是命运的强者。

未婚妈妈的赌博

从一开始把四个月大的孩子遗弃在医院，她就开始了这次赌博的计划。这是一次巨大的冒险，赌注是孩子，赌的是孩子的命运，下注的人是孩子的亲生母亲。她并不怎么负责地未婚生下了孩子，不久就发现婴儿是先天性脊柱裂，在倾尽所有之后孩子仍然不见好转，此时两个自己还没有长大却已经成为父母的年轻人走投无路。

年轻的母亲叫利霞。这个时候，母性的本能让没怎么读过书的她调动了所有对这个社会的认识储备，构思出来一个既简单无知却又绝对切中要害的计划：把孩子遗弃在医院，让她被医护人员发现，然后进行治疗。医院总不可能对自己眼皮底下的病孩子见死不救吧？与此同时，利用媒体对遗弃这件事本身进行传播，让社会上更多的人知道这件事并引发他们的同情心，有钱的出钱、有力的出力，来帮助这个孩子渡过难关。

如果不是记者这个职业，恐怕我永远都不会结识一些生活在边缘的人。

利霞 26 岁，家在河南焦作修武县方庄镇。她的家境不错，姐姐在沿海大城市的法院工作，弟弟也在那边教书，父母是退休职工，是户体面人家。可她却不像她的手足姐弟一样安心读书，而是早早地去外面闯荡，当上一个收银员，拿着一月两三千的收入，按照她自己的心思选择着生活。后来，她和一个姓卜的在当地 KTV 做服务员的小伙子好上了，处了一段时间决定结婚。但是两人之间有太多的不合适：她是城镇户口，他是农村的；她 26 岁，他 23 岁；她信基督教，他信佛教……这些不同拿出任何一个都够两个家庭纠结一番，更何况他们全遇到了。

两家为了拆散他们纷纷使出了杀手锏：女方的妈妈明确表态就此脱离母女关系，自此后你的一切与我无关；男方家干脆就藏起户口本，你们没了法律文件别想领证。可是，家长的这些法子就像激将法，大大刺激了利霞的斗志，你们爱怎么办就怎么办，我偏要和小卜结婚，而且还要把肚子里刚怀上不久的孩子生下来！

六个月的时候孕检显示，胎儿是先天性脊柱裂，两种可能：一种是生下来马上做手术，能基本解决问题；另一种就是个无底洞，痛苦和治疗将会伴随孩子和家庭漫漫人生。医生建议她慎重考虑。处在亢奋作战状态的利霞已经不大用理智考虑问题，她用斗志鼓励自己，一定是前一种可能，后面那种事不可能出现在自己身上！性格即命运，无知即力量，它们在利霞之后的选择中一再出现，一步一步把这个任性固执、不计后果的姑娘推向绝路。此时的利霞哪里能想到，大麻烦的种子已经埋下。

孩子生下来了。手术比较成功，但需要在重症监护室留观一个月，一天 1500 元的费用像山一样沉重，利霞让孩子勉强住到第八天，说什么也住不下去了。出院应该没事吧，对病情一窍不通的利霞做了一个对危险视而不见的决定：她用她的无知过滤掉危险的信息，安慰自己孩子一准能好起来。其实，病魔从未远离她的婴儿，并在伺机袭击她。出院的第二天，孩子就开始 39℃高烧持续不退，再次送进医院已经脑积水。从此，孩子就一直没怎么离开过医院手术、治疗，四个月时间流水般花去十几万元。

从怀孕开始，利霞就不上班了，孩子这一病，医药费就靠四下与亲戚朋友借。两家的家长也真是说到做到，没有提供任何帮助，当初她任性种下的大麻烦，开始伴随着她重病的女儿一起成长。

利霞去申请新农合报销，人家问她要孩子的出生证明和户口，她傻眼了，有结婚证才能有这些，而她就是跟家里赌这口不让结婚非结的气。这就意味着她必须掉回头去面对那个必定要跨过的关卡。她这边还好说，反正母女不做了，户口拿出来，但男方那边仍旧不给户口。在这个过程中，利霞也渐渐了解到即便是孩子上了户口，也享受不到新农合的福利，因为国家的农村合作医疗是针对农业户口，而利霞是城镇户口，子随母，整个福利网覆盖不了利霞母女。

这条路走不通，她又去找各种慈善机构，人家说你孩子没户口实在没办法。找两边父母，自己父母说我们已经给你四下借了十几万，实在借不出来了，男方家庭更是根本不回应。走投无路，她想道：如果把孩子扔在郑州最好的医院呢？医院肯定不差这点儿钱会给孩子做手术。

采访时我问她："如果大家都这么想都往医院送，医院也管不了怎么办？如果这样，跟在你怀里咽气相比不是更冷酷吗？"她低头避开我，在想怎么回答，然后抬起头来说："我想在医院怎么都会有人管的。"她知道这是在赌博，但一错再错到这个境地，恐怕这也是她能想到的唯一办法了。

2014 年 2 月 16 日，春节刚过不久，利霞坐车从焦作到了郑州，把孩子放在了郑州大学第三附属医院休息大厅的座位上。她在心里跟孩子说，不是妈妈不要你，妈妈这样做是在救你。之后，她留下一封信，大意是知道把孩子抛弃了很可耻，但是她遇到的实际情况已经无法解决，所以希望好心人救救孩子，如果可以救活，她愿意去领回来。她的这套逻辑听上去不怎么讲道理，把自己作为母亲应当承担的责任推给别人，孩子的病治好了以后再续上。可是，如果设身处地替她想，除了这么干，她还有什么路好走？

我在心里问自己：是不是我走到这一步也会这样？

一步三回头，利霞说她还没走出医院大门，就看到已经有人过去看小孩了。在医院附近住了一晚，第二天一大早她就给医院打了电话，结果被告知孩子已经送到了福利院。这是她没想到的。找到福利院时，孩子已经被送到福利院定点的中心医院。跟孩子分别以后才知道母女根本无法离开，而一旦送进福利院拿不出有效证明就接不走孩子。求助媒体成了利霞最后的救命稻草。

媒体报道之后，郑州大学第三附属医院收治了病重的孩子。医护还捐出将近两万块钱给利霞，可是孩子的病要分期治疗，这只是第一步，接下去的第二阶段手术费用更大。利霞只能走一步想一步，先渡过眼下难关，等到下一步再说下一步的事。我采访她的时候是孩子刚刚做完手术的那几天，小小的躯体却顶着一颗那么大的脑袋，眼睛睁得大大的，目光涣散，脑袋上贴着各种医用胶布，身上还挂着一个导尿袋，不到一岁的孩子遭了多大的罪。

采访完我就想：什么乱七八糟的人生，采访她干什么？但是，采访之后很长一段时间，我却经常想起这个任性、莽撞、不计后果、不负责任的年轻人，在零敲碎打地琢磨她的过程中，我渐渐想明白了，她的经历绝对是个反面教材，可以提醒准备叛逆家庭的年轻人，而她混乱无知的经历也在测试考验着社会的救助观念和救助体系。

利霞情窦初开时遇到一个小伙子，觉得爱得要死要活就要在一起，丝毫不去考虑双方各方面巨大的差异，尤其是宗教的不同。她觉得爱情的力量可以战胜一切，有你有我就全齐了，什么差异不差异的，都可以忽略不计。不是说不可以，年轻的时候谁没有过这样的想法，但问题是你的能力能不能支撑你的选择。一个收银员与一个 KTV 服务员的结合，受到各自家庭的强力抵制，没有充裕的经济收入，理智的做法是等爱情这股劲儿小了两个人就渐渐散了。而利霞非要用任性和执拗去验证一个早被看清的糟糕结果，连带着一个无辜的小生命和两家人付出了那么沉重的代价。她倒是一句话就解释了："我当时没想到。"她没想到，但是娄子已经捅了。

对这么一个没头脑、没人生经验的年轻妈妈和一个病得奄奄一息的孩子，怎么办？要不要帮她，要怎么帮她？双方的父母都是普通人家，即便是接受了两个年轻人既成的事实，恐怕也无能为力，不大可能拿出巨额的医疗费用，家人只能给他们情感上的支持。新农合可以给新生儿报销一部分费用，但是由于两人没有结婚，所以也起不了作用。民政和慈善机构也是如此。至此，社会编织的保障网并没有接住她，而接下去不管是她把孩子遗弃在医院，还是打苦情牌求助媒体得到好心人捐款，都具有不确定性，在某种程度上就是赌博。

当然，是利霞自己的原因才最终走入困境，但是我们不会再责备利霞了。事已至此，对于已经犯了错的年轻人，不能再把她往绝路上推。怎么救助她病入膏肓的孩子，这才是最大的意义所在。

人生若只如初见

他们本来应该成为好朋友的。

他们的家境相仿：黄洋的爸爸是下岗工人，在县中学做管理员，林森浩的爸爸上班的工厂倒闭，没有事做；黄母有病，得的是肝内胆管结石，林母则常年被心脏病折磨，两个小伙子都是因为看到母亲被病痛摧残而学医；从家里到复旦的路都是曲折漫长的，林森浩要汽车火车地倒好几次才能到复旦，黄洋同样要从四川容县的家里长途辗转到上海；他们报答家里的方式也几乎是同样的，林森浩挣钱存下来寄回家里，黄洋则是给父母买手机、羽绒服；他们自己的奋斗也是如出一辙，拼命读书，用优异的学习成绩改变命运。

但是没有。

两个命运相似的年轻人结束生命的时间也是前后脚。2015 年 12 月 11 日下午，29 岁的林森浩被执行死刑。两年前的 2013 年 4 月 16 日，他的同学黄洋不治身亡，终年 28 岁。林森浩杀死了黄洋，也杀死了自己。他们没有成为挚友，也没有成为路人。看上去两个人的死都是因为那几克剧毒的二甲基亚硝胺，但真正害死他们的是成长过程中缺失严重的教育和爱。

2014 年 2 月 18 日，林森浩一审判决以前，我在上海二中院采访了他。

等他来的时候，我从里往外地难受。南方的冬天冷得咬人，那天外面下着雨，屋里没有一丝暖和劲儿，感觉阴冷在一点点地把人身上的热量榨走，我冻得手脚冰凉。但一想到林森浩，心里就更难受。这个小伙子为什么呢？一念之差。2013 年 4 月 1 日以前，他是佼佼者，三个月后毕业，在广州一家三甲医院当医生，受人尊敬，一辈子累是累点儿，但人生是妥帖的；之后，他成了一个杀人犯，万劫不复。天上地下的差异，在他身上一瞬间发生。

哗啦，哗啦……铁链子拖地的声音由远及近，林森浩进屋了。两个警察紧握着他的左右臂，手上、脚上都是结实的锁链。瘦高个，寸头，颧骨很明显，感觉都是棱角，军大衣里面是浅咖啡色高领毛衣，加上鼻梁上的眼镜，脱不去的读书人的劲儿，可这也愈发显出套在他身上的手铐脚镣是那么不协调。

待他坐下，两名警察站在他身后不远处，伸手就能碰到的距离。摄像师问能不能稍微避开，因为人会在镜头里。警察不容置疑地说不可以，他是重刑犯，按规定必须在控制范围内，防止他做出危险举动伤害到我。林森浩听了这番话心里会怎么想呢？我心里在说，他不会，他就是个读书人，是个学生，怎么可能过来伤害我？但是如果不可能，又怎么解释他能去伤害自己的同学呢？

给我的时间非常有限，三十分钟，我只能拣最紧要的问。我那天特意穿了一件 V 领套头毛衣，罩在牛仔衬衣外面，牛仔裤、运动鞋，学校里最常见的装束，我想让他尽量没有压力，与他拉近心理距离。

我告诉他我是谁，特别感谢他能同意给我半个小时接受采访，这需要很大勇气。他点点头。我问他："从进看守所到现在这十个月时间在干吗？"他说："在看书，看文学经典，在外面这些书读得太少了，虽然早已意识到自己很直，但是一直没想着去改变。"

谈话就这样开始了。不掩饰，也不回避，在谈话中他显示出一个医学生特有的冷静，就好像拿着手术刀在解剖自己。林森浩表情上没有表现出悔恨和痛苦，还有几近冷酷的理智。可是他的理智为什么没有制约限制住他，让他做出正确的选择呢？

与林森浩的对话结束后，我觉得他自认为的理智是有问题的。

林森浩认为自己很直，不会拐弯。比如看着黄洋那么张扬地与同学开玩笑就想整整他；比如在没有把握不知后果的情况下把 N2 放进水中看着黄洋喝下；比如在黄洋喝下以后，他查阅资料，过滤掉可怕的人体反应而相信黄洋会逐渐好转……所有这些关键点，他都认为是性格中的“直”所导致。

真是如此吗？

医学生能用剧毒试剂去“整整人”吗？这种试剂他只是试验中在68 只白鼠身上用过，结果是 10 只死亡，58 只生龙活虎。在人体尝试，却根本不知道后果，也没去想后果。医学生平时的一切训练，不管是药剂还是外科手术，不就是要精准谨慎吗？毫厘不差的目的不是小心避免给人体带来的副作用吗？这些最基本的常识和基础训练，难道在一个即将硕士毕业的医学生脑子里不存在吗？

虽然不知道医学生受过怎样的训练，但是常识告诉我们，在人体吸收进药剂后，一定要想到会出现的最坏结果，并且有应对方法。但是，在黄洋喝下毒剂水后，林森浩才想到在网上查找人体反应，才回忆起那死在 N2 下的 10 只试验白鼠，而预测到最糟糕可能性后，却自动屏蔽过滤掉这些信息不去想，并且不采取挽回措施去救人，而是寄希望于事情向最好处发展——黄洋会自动痊愈。这愚昧的侥幸心理，怎么会存在于一个医科高才生身上？这些，怎么可能用“直”来解释？

也许，这件事情是偶然发生，但是通过这件事我们会发现，林森浩身上藏着这样可怕的导火索。那么，在他成为一名医生以后，是不是早晚也会引爆？但问题在于，如果没有这件事，林森浩就是一个合格的毕业生。而深藏于他内心，也许他自己都不曾发现的危险，谁来发现并且清除引信呢？

另外，在投毒案中，最直接的原因是林森浩听了黄洋得意扬扬地想在愚人节整人的话以后，心生不满想整他。但是他俩之间沟通坚冰的形成，却是平日里生活琐事上彼此的“看不顺眼”。在采访中，林森浩还能清楚地记得，一个晚上大家都睡下了，黄洋边玩游戏边晃悠脚，发出影响别人的沙沙声，林森浩提醒了一下，但是被黄洋顶了回来。林森浩说他当时很愤怒。这个愤怒在他心中没有渐渐消失，而是慢慢积累。

我当时听着就在想：就晃脚这点儿事，讨厌虽讨厌，但至于愤怒吗？完全可以用另一种玩笑的方式轻松解决。为什么他不会？为什么这些琐碎事会一点一点激怒林森浩？

我是后来通过媒体的报道，逐渐拼凑出了一个答案。

林森浩家境不好，母亲多病，父亲收入微薄，弟弟妹妹多，他读研时就省吃俭用把一部分不多的收入寄回去贴补家用，供弟弟妹妹读书。穷人的孩子早当家，长子林森浩是整个家庭的骄傲，同时也被寄予厚望。成长的过程，虽然父母健在，弟妹众多，但林森浩却不怎么与他们交流，不是不想，而是不会。农村家庭也没人试图去了解他成长的烦恼和困惑，父母对他另眼相看，弟妹对他尊重有加，但谁也不了解他、理解他。林森浩只能在蒙昧中自己摸索。在学校，见到有高过他的成绩的人，便如鲠在喉，拼命追赶，在下一次考试中超过。一次次的考试，一次次的超越，不断提高林森浩的智力和狭窄的好胜心，考试成绩的厮杀也很快教会他怎样去竞争，但单向度的训练永远教不会他怎样与人合作。林森浩拼命读书，高考780多分考进中山大学，大学成绩优异又被保送到复旦大学医学院读研。这个过程日益强化他的好胜心和竞争能力，也日益弱化同等重要的合作能力。宽容、友爱，这些只有在合作过程中才能学会的能力，他无从掌握。由于没有人引导提醒，他并不知道自己已经发育畸形，“智商很高，情商侏儒”。貌似无可挑剔的轨迹其实是个恶性循环，跛脚让林森浩的路越走越歪，而他自己却毫不知晓。成长的缺陷已经在林森浩的人生里埋下了悲剧的种子。当黄洋在床上晃脚时，他哪里知道，这样一个不经意的动作已经开始点燃林森浩身体里的定时炸弹。

给我的三十分钟很快用完了，林森浩被两名警察带走。整个对话过程中他思维清晰，表达通畅，流露出一个受过良好学术训练的人应有的素质。但是出人意料的是他的冷静，喜怒不形于色，没有情绪波动，没有声情并茂，甚至连语调都是没有起伏的。是冷酷吗？我想不是。穷人家的长子，很早开始背重负，消化负担压力的能力比一般人强吧。

我跟他道别，起身目送他离开。他缓缓地走出房间，回头跟我说了一声谢谢。我心里难受极了，想着这么一个小伙子会被法律判死刑。

哗啦，哗啦……声音渐渐远了。

林父不相信他眼里完美的儿子会做这些事。救子心切的他要求律师为林森浩做无罪辩护，为了达到这个目的，他甚至打算半途要换律师。林森浩知道以后在看守所里给父亲写了封信，明确表达不用换，承认自己投毒，告诉父亲有罪就是有罪，无罪辩护是不成立的。儿子的冷静让父亲绝望。但父亲会不会想到，这个态度里有儿子没有说出口的怨？你为什么认定自己的儿子不会去投毒？你真了解儿子吗？林森浩需要爱，做父亲的有没有表达过？儿子从小就在为家里分担，可是父母怎样去对这样的孩子表示鼓励以及谢意呢？其实在他们这样的大家庭里，天生就要学会合作，但最聪明的那个孩子却没有学会，为什么？父母没有责任吗？

林家失去了这个最爱、最值得骄傲的儿子，黄洋家也失去了独子。

黄洋父母沉浸在无边无际的悲伤里，他们的儿子从小到大是多么可爱孝顺，过去的时光像放电影一样在父母的眼前出现。只是，也许在难熬的长夜里，他们会偶尔想到，如果他们的独生孩子在成长的过程中，能学会怎么去站在别人的角度考虑问题，而不仅仅是“我”，会不会避免悲剧？

其实，应该有触动的是更多独生子女的父母。从小所有人都爱他们，从来都是想要什么就有什么，仿佛天生就应该如此，过度的爱和保护让独生子们不知道还有别人的存在。合作、宽容、友爱，对他们来说更需要学会掌握，退一万步想，哪怕不为别人，为了保护自己，也应该好好学会。

进了看守所的林森浩看了大量社科书，而他之前总共读了三本文学作品——《围城》《活着》《红楼梦》。在看守所里读的第一本书就是列夫·托尔斯泰的《复活》，跟着聂赫留朵夫去伤害，去救赎，一起去锻造性格。他惊讶地发现经典文学作品里的大千世界和幽微人性。“如果能早读到这些，会改变我的性格。”他想。可是太晚了。

二审期间，林森浩有一番最后陈述：“当我还在自由世界里的时候，我在思想上无家可归。没有价值观，没有原则，无所坚守，无所拒绝。头脑简单地生活在并不简单的世界里，随波逐流，随风摇摆，兜不住的迷茫。”生命的最后，聪明如他，深刻地意识到自己哪里出现了问题。

二审判决死刑后，林森浩写了封家书，第一句话就是：“孩儿不孝，但事已至此，已经没办法挽回。希望你们能及早走出阴影。”在细致交代身后事以后，他最后一句对父母说："养育之恩，容我来世再报。"

林森浩也给黄洋的父母写了一封信，深深致歉。信中他写道："人生若只如初见，那该有多好。那时黄洋跟我都是信心满满，在各自的梦想道路上拼搏着。事到如今，我只能苍白地说：对不起，叔叔阿姨，给你们跪下谢罪。希望你们平安，希望你们保重身体，也希望你们能谅解我的灵魂！"

根在哪里？

1960年，吕雅芳不到3岁，上面有两个分别为13岁和10岁的姐姐，还有一个7岁的哥哥。这么大的孩子，吃就是全部。她总是饿，哭哭啼啼地缠着妈妈、姐姐们要吃的。别说她，所有人的胃都是空的，像一个巨大的永远填不满的无底洞。胃总得有的磨，可实在是什么也给不了它了，它就开始磨自己。一开始磨得生疼，到后来连胃也知道保护自己，生怕把自己磨没了，放慢了速度，等待。

吕雅芳的母亲心急如焚，她的四个孩子正在长身体，喂饱他们是做母亲最起码的责任，但是她做不到，持续很久了的大饥荒看不到有结束的迹象，她不知道再这么下去该怎么办。她和婆婆绞尽脑汁，每时每刻都在想什么能吃，哪里有吃的，去填孩子们的嘴，树叶、树皮、草、草根……能想到的都吃掉了。

给吕雅芳喂饭，一吃到草她转头就吐，然后哇哇大哭，只有米汤里屈指可数的那几粒米才能让她安静下来。终于有一次，她把母亲硬往她嘴里塞的草吐掉之后，母亲大吼："吕雅芳，你这么吃，别人要不要吃？你还让不让别人活？"吕雅芳从没有看到母亲发火，哭声一下子被吓了回去，她惊恐地看着母亲。母亲看着眼前被吓傻的最小的女儿，再也控制不住自己，一把搂过女儿泪如雨下。孩子没错，她太小了，大自然的设计本来就是这个年龄要吃最细软、最有养分的食物，她的胃怎么能消化得了粗糙？她已经两岁多，却还不会走路，因为发育不良。孩子想吃，做母亲的满足不了，还要责备孩子。可如果把仅有的一点点粮食都给了她，那其他三个孩子和婆婆怎么活？

当晚，母亲和婆婆在家里有了一番对话。“妈，把雅芳送到上海去吧，上海毕竟大，不缺这一张嘴，村里有好几户都送出去了。”沉默。再张口已经是婆婆：“送吧，放在咱们家，怕是养不活了。”二女儿吕顺芳听见了，一下子冲到她们面前：“妈妈，奶奶，送我吧，把我送到上海吧，我记得家，长大能找回来。”

半个多世纪以后，我坐在吕顺芳面前，说起那天晚上的这一幕，当年那个被饥饿追赶的10岁小姑娘已是一位满头白发的老人。我问她当时知不知道“送”是什么意思？是像夏令营那样去去就回？还是一别永远？

老人清瘦、矮小，但精神矍铄。她仿佛回到了五十多年前的家里，眼睛里分明是和奶奶、妈妈在商量她的命运。“我知道的。送就是送给别人，再也回不了家，见不到妈妈和奶奶了。但我还是想让她们送我去上海，因为我太饿了。我最大的梦想，就是能吃一碗一勺能捞起很多米的粥。妈妈把脸一绷，凶我说：‘你太大了，被人发现会被遣送回来的。你妹妹小，不记事，送她走能让她活下来。’”吕顺芳还清晰得记得，她当时是羡慕得不得了，多希望自己是被送走的那一个“幸运儿”。

人对事物的理解很难跳出自身的感受。我没有经受过那个年代被蚂蚁蛀空般近乎疯狂的绝望，所以不能想象一个10岁的孩子会因为吃而永远地放弃母亲。我还是问：不知道这就是生离死别吗？“我只觉得这是一条路，一条活命最好的路。我还小，我想活。”是跟妈妈永别活下去，还是跟妈妈在一起受饿，只能二选一。这种极端的选择本来是非常偶然的出现，但是在当年却逼迫着宜兴高塍和官林几乎每个家庭。

第二天放学回家，妈妈和妹妹都不在了。后来，在漫长的几十年岁月里，母亲对那一天闭口不言。吕顺芳为了寻找妹妹，一点一点撬开了母亲的嘴，把只言片语拼凑起来大致的经过。那是母亲永远不想说的，埋在她心里，折磨了她后半生。

那天，母亲抱着雅芳，坐了轮船，换了火车，到了上海。没有把雅芳放在人流如织的火车站，因为母亲虽是农村妇女，但她知道，干部有稳定的工资能养活孩子，她要把她的孩子交给一户上海人家。她出了火车站，走到天目路。她不识字，只能凭感觉分辨哪里像一个单位。走了不多远，就到了这样一个地方，母亲本能感觉到这里上下班的应该是在国家机关工作的人。她把雅芳放在石头台阶上，从怀里掏出一个饼塞到她小手里，雅芳绝没想到会有这么大的一个惊喜，不顾一切地用小舌头舔着这个从来没尝过的美好的滋味。对于一个长期饥饿的生命来说，那一刻就是在天堂了吧。什么是撕心裂肺，挖心掏肝，你能想到的最疼的感觉，那一刻母亲全在经受。

“雅芳，好吃吧？妈妈再给你去买。”雅芳抬起头，不相信妈妈说的话，怎么可能还有？她拼命地点头说：“好吃，妈妈，好吃，还吃。”母亲最后抱抱雅芳，不敢再停留。生怕被警察发现，也怕自己迈不动步再把孩子抱回家。她转头就走。她亲手又一次剪断了母女间的脐带。

母亲不知道怎么回到位于浦东的弟弟的家。她不吃不喝也不说话，就呆呆地看着一个地方。弟弟、弟妹使劲摇晃她，问到底怎么了。缓了很久，她说：“我把雅芳扔在上海了。”说完，放声大哭。

第二天，母亲又回到雅芳吃烧饼的地方，孩子早不见了，四处打听，说好像是被接走统一送到北方去了。

时隔多年，吕顺芳的解释让我明白了她母亲那个悖论的逻辑：要让孩子活，就要扔掉她；因为深爱她，所以送她走。同样，吕顺芳自己也宁愿永别母亲，去交换填饱肚子。饥饿，是最原始的欲望。只有能吃饱，人才能表现出做人的尊严。所有的礼义廉耻，都要建立在没有饥饿折磨的前提上。当没有饥饿缠绕，人可以正常地生活，就很难理解那些非常时期的选择。人为什么会被逼到要褪去所有文明和理智的外衣裸露出原始兽性的角落？我与吕顺芳不仅隔了几十年，我们还隔了千山万水在对话。

我问她："后来你有没有设想过，如果换了你会怎样？孩子留在自己身边，就是饿死了也有个交代，可是把孩子送出去，她什么样你就永远都不知道。为什么要送呢？"我是想说，我不理解，我不会去送。

吕顺芳一字一句地说："我家的邻居，他家的母亲就是这么说的，跟你说得一模一样。她没有送出一个孩子，一个儿子在她身边饿死了。她今天跟我说，她最羡慕我，因为我有妹妹可以去找，而她的儿子没了，她没处去找。我有希望，她连希望都没有。你不会理解当时母亲们的选择，没有谁比母亲更爱孩子，她们能背着一辈子的骂名，把孩子送出去，是因为送出去有希望，有可能不被饿死，她们要把生的希望留给孩子，这是母亲。我理解我的妈妈，她是最好的妈妈。"吕顺芳说这些话时，老泪纵横。她懂得她母亲为了这个选择，一辈子经历了什么。

送走妹妹回来，母亲只说了一句话："妹妹送到上海了，她有饭吃了。"之后，就再不提起。从那时起，妹妹这个话题就是家里的禁区，谁也不去碰，谁也不敢碰。母亲本来就少言寡语，自那时起话就更少了。

几十年里，母亲只有一次主动说起了雅芳。那是改革开放以后了，周围的邻居都盖起了漂亮的楼房，母亲看在眼里，有一天她不知是自言自语，还是说给顺芳听，轻轻地念叨了一句："要是我们雅芳在，一定过得比他们好。"顺芳听了心里一怔，母亲这是憋了多少年才吐出来的一句话，她心里对小女儿一寸一寸的思念外人怎么能体会。她越是不说，越是说明她被自责和内疚折磨得痛苦。顺芳嘴上没说，但是心里却想一定要去找妹妹，只有这样才能让母亲的心安宁。

雅芳在这个家里只是个过客，两年零四个月，没有单人照，也没有全家福，在母亲和顺芳脑子里，她定格在了那个年纪。

顺芳做生意，全国各地跑，哪怕到了大西北，她的眼睛都不放过周围的人，她想在人群里寻找到一张熟悉的面孔。雅芳长大了是什么样，顺芳和母亲都只能凭猜测，互相在对方的脸上找到一些依据，也许像妈妈，也许像二女儿顺芳。谁也不知道。

2000年，上海电视台播出了一个廊坊的上海孤儿回上海寻亲的新闻。在转瞬即逝的图像里，吕顺芳看见了一张似曾相识的脸：那么像母亲，会不会是妹妹？她从电视台翻录了节目，拿回家一帧一帧地仔细看，决定试着联系，没想到回复得很快，双方约定去做DNA比对。等待的过程，那个像妹妹的中年妇女来到了吕顺芳家。

当她站在吕家门口时，吕顺芳母亲心里就已经知道她不是雅芳。虽然两岁多就分离，但毕竟是母亲，母女间那条神秘的通道外人是闯不进去的。心知肚明，母亲和顺芳却都没有说，人家千里迢迢来了，何苦要亲手戳破心里那个美好的寄托？可能她一辈子的重心都在那儿。

母亲认为自己也有一个多年离散的女儿，万一自己的女儿也像这个“女儿”一样在找妈妈呢？找错了的话，人家能给她一个温暖的夜晚，让她继续下去也好啊。晚上，母亲和“女儿”睡在同一张床上，将错就错，把她当成雅芳。母亲多想她就是自己的女儿，如果她是雅芳，母亲一定会用余生去加倍弥补当年的狠心。雅芳也是人到中年，比当年送雅芳出去的自己还大出几岁，这些年她到底在哪里？过得怎样？妈妈多想知道啊。而“女儿”睡在吕家妈妈身边，睡得很沉，她也找了几十年的母亲，好歹找到了一丝希望，累了一辈子的心终于可以休息一晚，她心里也希望这个就是她的妈妈。

吕家妈妈和顺芳，那天把所有的希望都寄托在DNA比对结果上：也许自己的感觉错了，她就是雅芳呢？结果出来了，顺芳母女没错，果然不是雅芳。“女儿”拿着比对结果扑簌簌地掉泪，她不愿意接受这个结果，接下去她不知该怎么办，她实在是没力气再找下去了。

寻找的过程被电视台记录下来，播出以后找到吕顺芳的人意想不到地多，从坐在轮椅上的肢体缺陷的人，到一米八几的壮汉，找到吕顺芳清一水地喊她吕大姐，都是眼里含着泪拜托她能不能帮忙找到自己的亲人。顺芳也就是从那时知道，饱受骨肉分离之苦的绝不仅仅是她一家。那么多的人找上门来，把多年的寄托告诉她，她担得住吗？吕顺芳没有拒绝。找到她的人很多来自她听都没听说的地方，他们会告诉她那有多少上海的孤儿。吕顺芳想，万一吕雅芳就在那儿呢？万一雅芳知道了也来找她呢？所以，她留下他们的资料，帮他们寻亲也是在为自己找妹妹。

新疆有一名上海的孤儿，大老远来宜兴和一位老太太做基因比对，20项比对上18项，这说明他们之间没有血缘关系，不是一家人。但是他仍然每一年的寻亲会都要来，他总是跟顺芳说：“万一有一天能找到呢？都这么近了，没准就在不远处吧。”60多岁的人，一年从新疆跑一趟江苏，为的就是揭开心中这个谜。

吕顺芳唯一的遗憾，就是不能再全国各地跑项目挣钱了，本来这些年业务跑得风生水起，给母亲和自己盖了楼，连妹妹的楼都盖好了，就等着她回来。这一忙起来，生意就只能放下了。先放放吧，父母年纪大了，在他们走以前找到妹妹是给他们最大的交代，生意等找回妹妹再做不迟。顺芳给自己定了个计划，花十年的工夫，从50岁找到60岁，即便找不到妹妹，也对得起父母了。

三年后，2003 年的第二天早上，母亲突然不行了，弥留之际，已经不会说话，眼睛却迟迟不肯闭上。顺芳几次把母亲的眼合上，但总是又睁开。顺芳突然懂了，母亲这是在等雅芳。她凑过去跟母亲说："妈，你放心地走吧，我一定把雅芳给你找回家。"是听到顺芳做了这个承诺吗？母亲的眼睛不再睁开。

母亲走了，终于摆脱了半个多世纪的内心磨难与煎熬，接下去就是顺芳用她的后半生去兑现承诺。顺芳去过太行大峡谷，在深山老林里，她想到自己的妹妹，如果雅芳是被送到这里，偏僻闭塞，她怎么能知道外面的世界？怎么能知道她的妈妈、姐姐在找她？顺芳也知道有些孤儿后来到了欧洲或美国，她也设想雅芳没准就在其中。当然，顺芳也不是没想过妹妹可能早就没了，但是母亲确认无疑地认为雅芳一定还活着。

每当找到一家亲人，顺芳发自内心地替人高兴，那是她和故去的母亲最大的期待，她懂得相聚意味着什么。可看着人家认了亲，心的最里面也隐隐地羡慕和嫉妒。为什么不是雅芳呢？雅芳在哪儿呀？人，不管是贩夫走卒还是帝王将相，越长大，越成熟，越接近终点，就越想搞清楚几个终极的问题：我是谁，我从哪里来，我向哪里去。吕顺芳在帮人寻亲的过程中，遇到过不少有身份、有地位、有钱的人，他们在特殊的历史背景下被父母无奈地遗弃，却用自己的努力挣来后半生优裕的生活，事业有成，儿孙满堂。可是他们内心越来越惶恐，如一叶飘萍，迫切地想知道根在哪里。

回　家

过往的陌生人，我经常远远地看着他们的脸和眼睛，猜测他们过着什么样的日子，经历过什么样的人生。面相可以吐露秘密，但看见的那一点点仅仅是神秘世界的入口，进去了才会知道里面是怎样的曲折幽深。人的躯体是一副皮囊，它盛得下一个人的肉身，却远远盛不下人走过的路。

我们周围的每一个人，看上去都是普普通通泯然众生，其实哪一个人心里没遇到过极难的关口，不曾反复掂量过这个现实的世界。人走一遭，八九十年，都会有难以言说的艰辛和痛苦。他不张口，外人便无从得知，而一旦得知，便是震撼。

我的采访，仿佛让我拿到一张通往别人内心的通行证，我幸运地跟着他们，坐着他们的独木舟，在他们的世界里一起去抉择、穿行、体验。

暑假中我采访到一位年过八十的老者高秉涵。他在时代的惊涛骇浪里沉浮颠沛，尽一切的努力不被一个接一个的浪头打翻——活下去。他的一生很辛苦，躯体的苦根本不值一提，他的折磨来自内心。

父亲为国民党工作，作为小学校长的母亲看到国民党大势已去，她不想让儿子一辈子受牵连，于是，在 1949 年亲手把他送进退到台湾的人流中。少年时在乱世中与母亲分别，再无相聚，也杳无音信。血肉相连的母子知道彼此在哪里，除此外却不知对方的一切。那种未卜的现在和将来，是介于生死之间、清醒与麻醉之间，让高老先生从少年起就对明天不敢期待，却又充满期待。

一个13岁的少年，在家里母亲、姐姐护着宠着，与世隔绝地享受着家庭的爱。突然间，没有任何过渡，一夜光景他就变成了一个流浪儿，夹杂在人心惶惶的溃败队伍中。再没有人嘘寒问暖，是冷是饿只能自己想办法，活下来是命，活不下来也不会引起丝毫涟漪，命如草芥，生死听天由命。

文明的外衣在丛林中已经不再需要，瞬间工夫，人又被扔回到弱肉强食的原始本能。高秉涵在逃生的队伍里经历着文明向野蛮的蜕变，远比想象的容易。他为了抢到一碗粥，烫伤了自己的腿，伤口溃烂生蛆，用烂布简单裹上，用尽13岁少年所有的力气，挤上了开往台湾的轮船。

逃难是个过程，开往台湾的船更像是目的地。经过了歇斯底里的争抢之后，总算在船上找到一个相对安宁的时空，而即将到达的目的地又是新的未知和争抢。台湾岛不是绿洲，更不是天堂。无依无靠地上了岸，有吃的，能住下，才能活。而这些对于一个没妈的孩子，无异于又把他投进了危险遍布的丛林。

没能力创造吃住，就从垃圾场开始。相当长一段时间，高秉涵在垃圾场和野猫、野狗争抢食物。没空心疼自己，也没工夫要尊严、想妈妈，跟猫狗争就要把自己当成猫狗。后来遇到了大陆来的乡亲，介绍他去火车站做小工，算是做回了人。一点一点，做工，读书，工作，算是走上了正轨。

十几年过去，兵荒马乱的年代渐渐尘埃落定，本以为一切都结束后能跨过海峡与母亲相聚，却没想接下去又是老死不相往来的内心敌对。

少年一天天变成了青年，又变成了中年。高秉涵的心却始终停留在13岁时分别的那一刻，他需要妈妈。不是脱离不了母爱，从山东菏泽往台湾去那条死里逃生的路上，他已经脱离了母亲的庇护瞬间成人；他需要的是归属、是依靠、是寄托，一个人来到这片荒芜陌生的土地，浮萍一样生长，但没了母亲的注视陪伴，前行的每一步都像锦衣夜行，没个标志，没个目的。

高秉涵从垃圾场里与猫狗争食，到考上大学，再到政府机关工作，他每天都写信给母亲。他知道这信到不了母亲手里，但他仍然写，他要告诉母亲他的改变，他的进步，也要记起在老家的点点滴滴，亲人、邻居、小狗、小草、鸽子、冬瓜……没有照片，就用笔描述出家乡的一切，不放过点滴。但是每封信里都有两个字：想娘。

生命的前十三年，天天与母亲在一起。母亲围着他，给他做吃的、做穿的，教他读书写字，教他规矩分寸。以为可以一直这样下去，到老再告别。早知道有那么一天，但是很远才到来，而且相伴一路，有那么多的事要共同经历。但他绝没有想到，永别的那一天竟然那么清晰地出现，前一刻还在眼里，转眼就看不见了。这个看不见，和平时上学去拐个弯的看不见，看上去几乎一样：早上上学也是这样的，吃过母亲做的饭，背起书包，抬起脚就跑了，也是这样离开母亲的视野；这次也是，一个小包裹装着路上的全部，就那么上路了。平日里等儿子放学，母亲在厨房里忙碌，知道儿子放学饿，想着他爱吃这个爱吃那个，早早准备好，等他回来狼吞虎咽。可是那一别，儿子就再没有回头，再不会回家。儿子有多疼，母亲就有多疼。

把儿子送走，想到儿子在逃难队伍中要受的罪，想到逃到台湾去的孤独无助，母亲夜夜不能眠。死算什么，死的痛苦只消一会儿，结束了就不再有更多的想象，一死百了。跟死相比，这种思念，知道对方在却没有任何方法能让对方知道的思念，要痛苦上不知多少倍。

高秉涵自己都没有想到，想娘的心会越来越重。以为年纪大了，要妻生子会让他淡忘，但每往前走一天，心里的负担就沉重一克。

高秉涵不敢娶妻，他总觉得自己早晚是要走的，回到菏泽，所以不能找台湾当地的女子，因为一走又是离别，他再不愿经受。

两岸在隔绝的日子里，他利用到国外开会的机会，想给山东菏泽的家里去一封信，揣在怀里去，愣是没敢寄出，因为走前领导千叮咛万嘱咐不能跟来自大陆的人交流，也不能往大陆寄信。一共“六不”，紧箍一样绷住代表团的每一个成员。高秉涵看着大陆来的学者，仿佛个个都是乡亲，仿佛个个都跟母亲有关，他想知道的太多，他想拉住他们仔细问问这些年所发生的一切，但也只能是想想。大陆来开会的同事也故意躲避着他们。就这样，彼此就在身边，但中间隔着的又何止千山万水。

但是，高秉涵并不甘心。他把信寄到美国的同学家，辗转再寄回大陆。这样一来，就把台湾的痕迹擦得干干净净，对自己，对母亲，都是保护。想想也是讽刺，不就是一页家书吗？儿子告诉母亲他很好，成家了，问母亲还在不在。但就是这简单几句话竟三十年没有寄出去。当时台湾与大陆不通邮，经由美国也不行，而大陆也经过了复杂的运动，别说台湾寄不出，就是到了大陆，也一样寄不到。

整个人类的历史，就是争天下，打天下，就是对统治权的争夺。黎民百姓，升斗小民，左右不了时代，也把握不了自己的命运，只能在争斗起伏的硝烟战火中艰难度日，苟且偷生。

信里装着高秉涵几十年的惦记，漂洋过海，舍近求远地到了大陆。回信等了好久。有一天，太太告诉他，香港寄过来的，大陆来信了。

突然，老茧遍布的心一下子变得脆弱纤细，不堪一击。从菏泽来的信摆在眼前，却连动都不敢动。三十年的思念，一开始像突然失明，疯狂地想摸到、看到、知道，因为距离能看见的时间太短；慢慢地，承认了这无望的空洞，不再徒劳，人不再挣扎，但心还在拳打脚踢；如今有人告诉他，有能看见的希望，他却突然安静了。这个信息太大太重，他不敢去碰。

高秉涵没敢把信拆开，放在怀里搂了一宿。老人对我说，他是怕啊。三十年，心里再苦，也是有个盼头。虽然不知道见娘的路在哪里，但是知道娘在终点，娘在等他。如今，把信盼来了。答案就在里面，娘在哪？娘怎么样了？娘还在不在？三十年过去，娘应该有 80 岁了，怕娘等不住了，所以不敢打开。

一夜过去，又过了一个白天。晚上，高秉涵终于打开了信。心急的呀，恨不得一眼就都看完，但是眼睛却又放慢了脚步，用最慢的速度一个字一个字地往下看，每一个字都是娘的目光。第一段看完，高秉涵就放下了信，不看了。果然，娘没了，去年刚没的。

虽然娘在娘不在，都是见不到。但娘活着，那个他曾经属于过的家就在，他就是个完整的人，他还有娘。高秉涵知道那是一个梦，可他宁愿在美梦里多待一会儿。高秉涵曾经期盼过重逢，虽然渺茫，但是他梦想着会有那么一天，母亲老得不成样，但还能相聚，哪怕就再看一眼。母亲走了，母亲的样子永远地停留在他 13 岁的记忆里。

曾经那么急切地盼望两岸能通信，在接到这封信之后，高秉涵却真希望两岸永远保持对峙，永远不要通邮，那样的话母亲就永远活在对岸，一直到自己去另一个世界找母亲。“两岸开放以后，我的一个同乡找到了妈妈，可是我的妈妈永远找不到了。”高老先生边说边流泪，说到哽咽处停下，用手背抹泪。

母亲的爱是不能被替代的。老先生说，弟弟给了他母亲的两件长衫，他挂在自己的书房里，每一次出行都要用头顶顶母亲的衣服，把娘的衣袖放在自己头上，就当娘摸摸。

人很奇怪，一辈子的时间用来学会控制自己，但是到老，却越来越像小孩，控制不了情绪了。眼泪也是一样。小时候逃难，一路走一路哭，到了台湾，一个人孤单还是哭；大了，慢慢不哭了；老了，又开始哭。高秉涵曾经说过一句话：“长夜当哭，一个没有在深夜里痛哭过的人，不足以谈人生。”他以为他的泪水都哭干了，到老才知道，人这一生，最不缺的就是眼泪。

我望着坐在面前的这位八旬老者，骨骼清奇，头发稀疏，看尽人间万象的眼睛已经开始浑浊。说起母亲，他泣不成声，一生受过的委屈只有在想到娘的时候才会吐出来。一位老者在你面前无遮拦地流泪是让人不知所措的，我只有他一半年龄，没有资格去劝慰他，也不能像安抚孩子一样去抚摸他，我只能坐在他的对面，望着他，用眼睛告诉他，你说的一切，我听懂了。

人活到80岁这个年龄，就不怎么在乎外界和别人了。所以，老先生可以说着说着就哭，流出泪水就用手背去抹。人的一生走的也许并不是一条直路，而是不断回到原点的旅程，老人和孩子，行为举止越来越相像。可是对我这个刚走到路中途的人来说，看着老者在那一刻变成一个孩童，心理冲击还是很大的。

高秉涵80岁，却一点儿都不恐惧死亡，他离终点越近，离母亲也就越近。80岁生日，从不过生日的他过了一回，心里许下了一个愿望，事后告诉太太还是“想娘”。

娘没了，故土就是娘。两岸关系恢复正常以后，高秉涵终于踏上了回家的路。心中有股莫名的怕，说不出怕什么，就好像当年不敢去拆大陆来的家信。离家越来越近，跟司机说：“你能不能快一点儿？”自己的话音还没落又跟司机说："你能不能慢一点儿呢？"司机不知高秉涵是怎么了，他哪能知道这个游子此刻的心？高秉涵曾经以为自己再也回不来了，含着泪喝下过来自菏泽的土，就是这样没希望回家的人回了家，心里才会怕，才会近乡情更怯。

不是所有的人都能回家的。当年在逃难队伍中给过他帮助的国民党兵，纷纷故去，高秉涵在两岸恢复正常关系以后，就开始把大哥哥们的骨灰带回大陆老家。在他心里，这是报恩，当年如果那支败军不让他跟着，那些老兵没有给他一口吃的，他就活不到台湾。当年他们把他带去，今天他就要把他们送回。二十多年，他往返大陆不知多少趟，把一百多位老兵的骨灰送回大陆的亲人的手里，落叶归根，让他们在天上能看见自己回了家。

从战乱到隔绝，到冰融，高老先生一辈子盼的是团聚，是能回到那个完整的家；对割据的两块土地，是统一。老先生本以为通邮、通航以后就能通心，但是人心远比海峡更深不可测，心路上的机关和障碍也远比想象的更幽暗复杂。两岸是一家，是高秉涵心中的天经地义；到了他孙女，教科书上白纸黑字写的"台湾是国家"，淡水河是"我国最长的河流"。不只是他的孙女，所有台湾人的孩子都这么受教育。高秉涵带着孙辈到真正的最长河流去看，面对着磅礴的长江、黄河，跟他离家时一般年纪的孙辈们除了"哇"的感叹，丝毫不觉自己与这里有着血脉的联系。

当年的分割已经是错，为什么在还没有能力改正这个错误的时候，不是先放一放、等一等、看一看，而是要急于再制造一个新的错？骨肉分离还不够痛吗？母子、夫妻老死不能相见还不够残忍吗？

他悲从中来：连自己的命运都左右不了，还想着能影响更多、更大？一辈子盼团圆，盼来的却是破镜不想重圆。这不是让他自己的一生变得虚妄？但是，老人的智慧又让他看到更远。

当年，他来到台湾不是也想着两岸就这样隔绝下去了，不会想到几十年后还会冰融雪化，他还能再回故乡。几十年对人来说很长，对历史来说不过一瞬，现在孙辈们受到的是“文化台独”的熏染，但是他们血管里爷爷、爸爸的血还能被换掉吗？开口还能不说闽南话？提笔还能不写方块字？活到现在，他渐渐感知到与亲人故土之间的神秘纽带，看不见，但永远存在。

老先生在坦然，甚至欢快地走在人生旅途的末段。他一生坎坷，内心饱受折磨，他平静地等待与母亲相聚。

我更希望他长寿。

用生命换一次做母亲

我采访了二十多年，这恐怕是唯一一次采访到半路我主动放弃的采访。

我的采访对象叫林茹，2016年10月刚过26岁的生日。2014年她被查出得了骨肉瘤，一种恶性肿瘤，会弥散到肺部，几乎不可逆。但是2016年年初她意外怀孕，尽管医生说怀孕会加速恶化病情，让癌细胞扩散，可是她仍旧没有终止孕育，直到第七个月时不得不早产剖宫生下一个女儿。生了女儿，她一边让人给孩子拍录像记录，一边给自己拍，说给女儿很多话，一年一个祝福，一直说到女儿18岁。她不想让自己用命换来的女儿根本不知道母亲长什么样。这个事情里面充满了强烈的对比：生与死，为了孩子少活还是为了自己多活，爱丈夫要给他一个后代还是会给他带来无尽的麻烦……这是一个比戏剧还戏剧的故事，但是就在生活中真实发生。我很感兴趣，想跟这个年轻的母亲聊一聊她心里对爱情、孩子、生活、活着的想法。但是看其他平面媒体的报道，担心她现在的状况能不能接受长时间的采访。

想试试，还是去了。

从虹桥机场坐车一个小时左右到昆山的一个居民小区，林茹就住在这里。爬六楼的时候我在想，没电梯，她想下楼恐怕也是个难事。开门的是位50多岁的妇女，满脸是愁，南方乡下妇女的打扮，想必是她的妈妈。我问："是阿姨吧？你女儿在哪儿？"她指指里面的一扇门，说："在里面躺着。"

房子简陋得很，她妈妈说这是租住的房子，单元房，三间屋，地上连水泥都没铺，就是毛坯房的地面，三个房间的门都关着，中间的厅就很黑。进去就是一股扑面而来的压抑。

我在她母亲的引领下跟着进了一间屋，林茹就躺在床上。

这第一眼的印象太深了。一大床被子底下，几乎看不见人形，只露出一个脑袋，因为她太瘦。露出来的脸，也看不出美丑，看了只觉得心猛地一抽。她眼睛深陷，衬得颧骨特别高，两腮也塌了，又显出牙床，眼睛半开半合，眉头紧皱，头发枯涩地散在枕头上，蜡色的皮肤包裹着一具骨架，看了让人害怕。

这种情况，能采访吗？

我到她床边坐下，轻轻地问："身体觉得行吗？能说话吗？"她使劲抬起眉头，靠着这股劲儿把眼睛彻底睁开，看着我说她今天身体不大对劲儿，但是愿意配合着我把采访做完。我当时心里很矛盾：她是这么个情况，真不应该让她说话了；可是大老远来了，很想知道她心里的想法，不想这么轻易放弃。而且，看她这个样子我就更想知道：她的孩子才两个月，她自己也早就知道身体会变成这样，为什么还坚持要孩子呢？我狠了狠心，对她说："这样吧，我们先开始，什么时候累了什么时候歇歇，你看行吗？"她点点头。

她母亲帮她垫垫高，上身能直起来一点。她坐起来，把一只胳膊拿出来，看出她也是打扮了，一件马海毛的白色套头毛衣，枕头边还放着一件红色呢子外衣，想是等着我们来采访时要穿的。

我想着一定要赶快，趁着她还能说话，一会儿怕是连话也说不了了。因为她真的是身体状况不好，眼睛转动一下仿佛都要牵着浑身的力气。

我没有从孩子开始问，而是从她和她丈夫怎么相识说起。我想了解他们的感情有多深。一个女人要怎样爱一个男人，才会搭上命给他生孩子。说到恋情，林茹枯萎的身体好像被水润湿，一下就来了神，她脸上竟然露出了笑，一点血肉都没有的脸上笑出了好多纹理。她说他们是相亲认识的，当初她没看上他，但是后来他来找她，慢慢相处，没想到彼此是最适合的。结婚以后她在幼儿园和一个幼教机构教画画，他在工厂搞技术，每天她下班晚，他就在家做好饭等他回来。虽然她不忍，觉得男人总应该干出番大事业，想着过渡一下再说，但是那半年是她最快乐的时光，所谓“小确幸”，就是生活平平淡淡，但是有滋有味，就那么往前慢慢推着走。

她回忆起这些的时候，脸上有了光泽和颜色，人也有了神采，连说话都有劲儿了。我心里暗暗感慨，男女的爱情，真是不可思议的奇妙。

但是，定时炸弹也是从他们结婚就开始埋下了。2014 年年初，林茹查出了病，两个人商量还要不要结婚。对疾病的一知半解加上对彼此的难以割舍，他们还是决定办事。如今躺在床上奄奄一息的林茹说到这里，“哎”了一声，笑容没了，笑脸堆起来的皱纹也跟着没了，能感到她的一切又回到了现实中。她说她要是知道病是这么凶险，当初就不会结婚连累他。可是，我看着她，心想：如果不是有这段感情，可能你的生活就只剩下了病，你又怎么熬过来呢？

我们的谈话也就刚刚开始了四五分钟，一阵剧烈的咳嗽开始了。她的脸憋得变形，看得出她没劲儿咳，她用了很大力气想抑制住，可是抑制不住，一股根本就不属于她的力量从她胸里涌上来，她先是细弱地叫了两声，然后就从身体很深的地方发出“空空”的咳嗽声，一声接一声，她干巴的躯体被震动得快散架了。

我、两个摄影师、录音师、编导，我们五个人就在旁边看着，有点不知所措，那种情形，犹如一个人在死亡线上挣扎，我们就在她旁边，还记录着，却无能为力，大家都有点蒙了。我从来没离死亡这么近过，眼看着死神就站在她的身边，双手拽着她，她在徒劳地抵抗。我用手摩挲着她的肩膀和背，摸上去像树枝。我只剩下问她："不说了，不说了，你休息能好点吗？"她陷在咳嗽里挣不出来，又过了一会儿，那阵雷霆一样的震颤才过去，她把力气用光了，连眼皮都睁不开，只是对我的问话点了一下头。

那一刻，我回过头去，两位摄像同事给我手势，他们已经关机了。

刚刚的惊心动魄林茹妈妈却好像已经习以为常，她走过来抚摸了一下女儿的额头，把散乱的头发拨回去，跟我们说，前几天刚出院，有家电视台来把他们俩口接出去拍婚纱照，连续折腾了两三天，她的身体状况恶化了，本来没这样咳的。说这番话，她没有怨气，只是发愁。

林茹妈妈的一句话直通通地戳在我面前，就在林茹身边，我心里问自己：记者到底是干什么的？没错，林茹的故事是耐人寻味，也的确值得让大家去思考人为什么活着，可是用什么手段呢？就像那张新闻史上著名的照片：一只秃鹫站在一个比它大不了多少的因为饥饿而濒死的小黑孩身后，等待着下一秒扑过去。记者在那时，是应该记录，还是去救助？是一动不动地等待机会按下快门，还是应该过去把秃鹫轰走抱起孩子？林茹病成这个样子，有价值有意义去表达她为什么要为了一个新生命这样做，可是她细若游丝，又怎么能逼迫她去做推她去死的事？

我们摄制组都出了林茹的房间。旁观一个病人的巨大痛苦，不是亲人、朋友，而是陌生人，就好像在粗暴地看一个人的裸体。我能感到林茹虽然病到如此，还是在极力维持着一个女人的体面，没有因为疼痛而不管不顾。她想保持好看，想给我们留下一个美好的形象。可是她已经形容枯槁，已经很不好看了。那一刻我做了决定，不拍了，不采访了，让她好好休息吧。

我们回了。所有我想问她的问题都没来得及问，只能猜测了。

当年初林茹发现自己怀孕的时候，她应该高兴吧？26岁，是一个女人黄金的生育年龄，她又那么爱他。可是她有病啊。癌细胞藏在她的身体里，如果平稳地治疗维持，虽然不可逆，但是不至于病发得这么快，至少能踏踏实实过两年小日子。可是孩子来了，是命运的恩赐还是残酷？一个女人，愿不愿意完成一个完整的生命历程？小两口在深夜里怎么去面对这个非此即彼的选择？

林茹妈妈在我们走的时候说，她作为母亲，真是反对女儿继续怀孕，哪是怀孕，那是在换命。但是，当女儿说“妈妈，我感到孩子在肚子里踢我了”，她又舍不得了，舍不得小生命，也舍不得女儿做母亲的那份深深的快乐。林茹心里一定不知衡量比较了多少次，她自己愿不愿意大幅缩短自己生命的时间换来做一回母亲。谁不愿意活，谁不想活？这世界上有什么有价的东西能换来多活的一天？但是这个女人却愿意用大把的生命去换一个孩子。

她换来了孩子，自己也精疲力竭，快走到生命尽头了。在到达前，她不想就这么走了，九死一生，孩子竟然不认识自己，她舍不得。她把自己打扮起来，用最大的可能看上去漂亮，好让女儿长大了看到录像时能喜欢这个妈妈，而不是害怕和难过。她说了好多体己的话，虽然刚刚做母亲，却有说不完的话给孩子，她要赶在自己不行以前都说给孩子。可是说不完呀，哪儿有母亲跟女儿能说完的话？我又想到那床大被子底下几乎看不到的林茹，她的身体里哪儿来的那么大的勇气？

赶上这样的事情，很难用平常人的逻辑去推测人家的生活。比如她走了后丈夫怎么带孩子，怎么重新开始生活，孩子怎么在没有妈妈的环境下长大……林茹作为一个女人，她爱过，做了母亲，即便短暂，也没枉来一遭。

我没有完成这次采访，有遗憾，但是我这么做也是对的。

把磨难转换成爱

曹　磊

所谓的好日子应该就是这样吧：夫妻两个人感情好，都有一份收入不多却稳定的工作，生活不能说宽裕，但是也不紧巴，孩子健康可爱调皮，每年全家出去旅行一次。平淡普通的生活一眼可以望到老远，能看见孩子一天天长大直到离开家，夫妻俩慢慢老了守在一起。这样的生活让曹磊特别满足而且有无穷的动力，为了孩子为了家，让他做什么都愿意。

可是突然，水龙头拧上了，细水长流的日子戛然而止。35 岁的曹磊被确诊得上了急性白血病，这个强壮的男人一下就被击倒在地，筋骨气血仿佛一夜之间都被抽走。医生说病很凶险，四个月的化疗疗程结束后应该马上进行骨髓移植，如果过了这个最佳时机，后果难料。

救命的骨髓从哪来？一个是直系亲属，一个是骨髓库。首选兄弟姐妹，曹磊没有，父母早已经过了 50 岁的上限，儿子还小，只有 8 岁，而且体重也没有达到与他成比例的 90 斤，只能等待骨髓库里去配型。

化疗三个月的时候来了消息，找到了八九个初步配型合适的，可是几天过后，进一步的验证都失败了，骨髓库里没有跟他配得上的骨髓。曹磊的心跟着传来的消息忽上忽下，他的命现在在老天爷手里，他只有旁边看的份儿。配型失败，他的心凉了，嘴上没说什么，但是心里已经放弃，无路可走了。

第三个月化疗结束回家，妻子说：要不，用孩子的吧。曹磊想都没想，说：不。妻子哭了，说：要不先让孩子去化验一下试试？曹磊不是没想过，可是这个念头在脑子里刚冒出一个尖儿的时候他就赶紧按回去了，去想这种可能性曹磊觉得都是愧疚，怎么可能让好端端的儿子为自己去动刀挨针呢？绝不可能。

躺在病床上，曹磊翻来覆去地想为什么妻子会提出来这个选择。如果说还有哪个人比他还疼儿子，也就是她了。他曾经闪过用儿子骨髓的念头，但是他想到妻子也许会不答应，她也许会说他自私。他是个男人，是个父亲，是来保护他们的，他不会因为自己贪生，让他们去疼。只是，他想知道：为什么妻子会提出来呢？

妻子像个小老太婆一样在他耳边没完没了地唠叨，让孩子去试试。这让他心烦，更让他心安，因为这个女人竟然舍得儿子去救他。作为男人，身体糟到这个地步，只有家能在他心里没边没沿的绝望无奈中让他落个脚。他问她为什么，她看着他，眼泪哗哗往下掉："因为你在，咱们才叫家。"

他同意了。

张　琳

医生告诉她的，比告诉曹磊的，要直接。医生说，他的病就是看能不能配到骨髓，半年以内配不到，怕是活不过几个月。

等待骨髓库消息的三个月，张琳经常睡不着觉，她虽然抱着无限希望，但心里是现实的，总觉得希望不大。果然也就是这样。她马上想到了儿子，没别的办法了，孩子是唯一的选择。

平时看起来没主意的一个女人，在一切都乱了套的关键当口，清晰冷静，有条不紊地在混乱中安排着没了方向的生活。

她心里知道糟糕的现状，但是要骗丈夫，告诉他情况没那么坏，只要你有信心，没准就能好。她告诉他骨髓库已经找到八九个配型备选，而实际情况是只有两个。我问她："这八九个跟两个有什么区别，为什么瞒着他？"张琳说："我要让他有希望，八九个就说明他配型成功的希望大，他就有信心往下走。"

张琳的命运要比别人多些波折，19岁没了母亲，父亲几年前也去世，独生女的她孤零零地没了根，丈夫和孩子就是她全部的情感寄托，这个温暖的家就是她的命。在一次又一次巨大的变动面前，她没处可躲，是生活活生生地把不爱说话、凡事不爱往前凑的一个姑娘锻炼成了独挑大梁的坚强女人。

她曾经以为她和命运之间的交易已经结束了：生活把她的父母早早带走，还给她一个体贴的丈夫。丈夫在生病以前就是她的盔甲，一切不想面对的都让他去抵挡，给她拢出一个小窝，让她在里面暖暖和和地相夫教子。可是命运怎么就不放过她，安心日子才过了几天，就一下把这个窝扒拉到了地上。她丈夫恐怕是再也不能为她遮风挡雨了，接下去的生活，都要由她自己去收拾。

骗了丈夫让他宽心，却骗不了自己。硬撑着在丈夫面前笑，可是回到家就是放声大哭。但哭也不能哭久，孩子和公婆要到家了，得赶紧恢复常态。

跟她丈夫一样，最开始她也被用儿子骨髓这个想法烫了一下，赶紧缩了回来。可是跟曹磊不同的是，她在走投无路时又转回来，仔细往下想该怎么操作。

她矛盾极了，一边是丈夫，一边是儿子。要延续丈夫的生命，就要让儿子遭罪。她一趟一趟地往医院跑，一遍一遍地问医生：孩子这么小，如果为爸爸捐骨髓，会不会给他带来伤害？她也害怕，为了丈夫的现在，搭上儿子的将来。医生并没有对移植后曹磊的情况做出明确判断，可是理论上能保证儿子的身体不会有问题。

她也问自己：为什么要这么干？万一儿子受了罪，丈夫还是没有起色怎么办？如果不让儿子去捐骨髓行不行？

如果儿子不捐，曹磊就没救了，再活上几个月；如果儿子捐，曹磊不见得一定能好，但是就有了好的希望。如果儿子身体上不受罪，爸爸眼见着就没有了；如果让儿子去经历一系列的救治，他能在相对长的时间里是一个有爸爸的孩子。

其实绕来绕去，就是一个简单的道理，让孩子去救爸爸，父母自己这一关能不能过。想来也真是的，如果是孩子需要父母的骨髓，顺理成章，父母犹豫才是自私，可是如果方向调过来，让孩子去捐反倒成了父母自私。

自私就自私吧，希望孩子能理解，救下爸爸，是希望能给他一个完整的家，男孩子的成长不能缺了父爱，如果不让孩子去捐骨髓，反倒不是爱。爱，就是付出。只是孩子小了点，对他有点早。

她带着孩子去医院做了初步的抽血检查，能配上，她心里就有数了。

然后她去跟丈夫说了她的想法。

说实在的，从妻子的角度来说，她真怕丈夫不答应，她想让他活，多一天也好。可是从母亲的眼睛去打量他的决定，又有点担心他马上答应，她也怕见到他的自私。你说矛盾不矛盾？

曹磊一口回绝。张琳从心底里涌起一股暖意，她找的这个男人没错。但感动推上来的泪水又因为他的拒绝而流了下来：你不答应不接受你怎么活下去？我们这个家怎么能维持？在丈夫回绝了无数次以后，她说了一句话："你在，咱们才叫一个家。"

鹏　鹏

有天晚上，鹏鹏下学回到家里，妈妈把他叫到身边，用跟以往不一样的神情看着他。他有点紧张，脑子里飞速过了一遍今天上学有没有淘气，会不会是老师找妈妈谈话了。妈妈用跟大人谈话一般的语气说："鹏鹏，爸爸病了，你知道，现在只有你能救爸爸，你的血跟爸爸的血一样。"孩子接下去没有问任何问题，比如要不要打针，会不会很疼，或者怎么用我的血，只是想了想，说："妈妈，我们什么时候去医院？"

事后，我问这个 8 岁的小男孩为什么要这么做。他长着一张标准淘气小男孩的脸，圆圆的脸蛋，一双笑眼，机灵的眼神，讨人喜欢。他抬起眉毛，用一种不解的表情，回答说："他是我爸爸，我的命是他给的，他病了，我也可以给他呀。"

孩子是一夜之间变懂事的。他是个调皮鬼，从幼儿园开始就被老师叫成"混世魔王"。上着课，人不见了，原来趁老师不注意溜到操场上去玩玩具。被逮住时说，因为下课人多他玩不上，现在来人少。不仅自己玩，还带着小朋友们一起来玩，能影响一片。上了小学被罚站是家常便饭，因为上课玩、说话、不认真听讲，回家以后跟妈妈说，他在课堂的几乎每个角落都站遍了，下一步就是站到课堂外了，听得妈妈一个巴掌呼在了他的小屁股上，打完他还冲他妈笑。

就是这个小孩，听懂了妈妈的话。从那以后，他就变了。

妈妈跟他说，要多吃饭，要赶紧把体重从70斤涨到90斤，这样就能给爸爸捐骨髓了。鹏鹏从小就有个毛病，吃多一点就要吐。平日里他用这个办法治爸爸妈妈，挑食，一治一个准。可是自从妈妈说了这句话，他就开始多吃，吃吐了，过一会儿再吃。他得赶紧吃胖了救爸爸。

妈妈看在眼里疼在心里。看着孩子撑得吐，回来再吃，她的心像被搅拌机翻滚，一会儿皱着，一会儿揉开，不知道是好受还是难受。

备血的过程一共三次，一次比一次时间长，一次比一次血量多。几个小时躺在病床上一动不动，等着血液从身体里到机器里进行大循环。出得快进得慢，孩子的脸色明显蜡黄，精神也没了。可是孩子一声没出。他知道，他哭他叫，妈妈也会哭。他不想让妈妈哭。

远远没有完，接下去还要吃药打针增加肌体的白细胞，这个过程就是让身体自己不断打破平衡，带来的影响就是持续低发烧。然后还要抽造血干细胞。

在漫长的煎熬过后，终于等到了孩子进手术室，抽脊髓血。

手术那天，孩子是自己走进手术室的。他跟他妈妈说他不害怕，还笑。我问他："你真不怕啊？"他摇摇头，说不害怕。我说："我不相信，阿姨去医院都害怕，你进手术室不害怕？里面又是手术刀又是要扎针的。"孩子低下头，玩着手指头，说："害怕，但是我不想让妈妈看见我害怕。因为我好不容易吃胖能去救爸爸了，我不能害怕。"

张　琳

看着儿子那么小的一个背影自己走进手术室，回头还冲自己笑笑，挥挥手，张琳心里只有后悔。她后悔自己做出的决定，不应该用孩子。她觉得她这辈子都过不去这个坎，亏欠孩子的太多了。

她觉得自己真冷酷。儿子每天在饭桌前，已经吃饱了还继续吃，她清清楚楚地知道他接下去要吐了，但是她没阻止。她的话就在嘴里，都已经在牙齿上了，一张嘴“别吃了”就会弹出去，但是她没说。她想救丈夫，眼前的这个小人儿就是曹磊能活下去的唯一希望。她没说，把话咽下去了。那一刻，她是想救自己丈夫的女人。

看着他撑吐，她这才慌慌张张给儿子找水漱口，摩挲他。看着孩子被呕吐憋得满眼都是泪，她想说“咱们不吃了鹏鹏，不难受了”，可是她不敢张口，因为那就意味着放弃，眼睁睁着看着自己的丈夫越走越远。她仍然没说话，但是她在经受撕心裂肺，母亲和妻子，这两个角色怎么会对立到这种地步？

孩子吐完了，坐了一会儿，歇歇，那时儿子说了一句话，“妈妈，我还没饱”，又回到饭桌上接着再吃。她不能张嘴，因为她的心仿佛飞机在高空遇到气流剧烈颠簸，一张嘴就会被颠出来。她不敢去面对的一个事实，是儿子被她当成了救命的药，她现在做的，是填鸭一般给孩子催肥，让孩子成为合格的药。那不应该是一个母亲应该做的呀。可是，孩子是不懂事，还是太懂事？他没说难受，没说不吃，竟然说出这么一句话。他知道爸爸妈妈在使用他吗？他知道他这么难受是爸爸妈妈故意的吗？她心里羞愧极了，可是仍然没有说话，没有劝孩子别再吃了。谁不知道呕吐过后五脏六腑都倒了个，难受得怎么可能想吃饭？可是她竟然没劝孩子别再吃了。整个过程，她没说一句话，没法说，因为要说的太多太矛盾，她心疼孩子，可是就是这么个心疼法？

张琳眼睛牢牢地盯着孩子一个人往手术室走，直到看不见。扯平了，丈夫孩子都在里面了，此时站在外面的她，既是母亲，又是妻子。

为了儿子，对不住丈夫，为了丈夫，对不住儿子，总是觉得亏欠对方一点。好了，现在是一半一半，都躺在手术床上。

那一刻，张琳有种特别奇妙的感觉，既被现实压得喘不上气，又突然间什么负担也没有了，轻得飘到了天上。

她想起儿子终于到了92斤可以给爸爸捐骨髓的那一天兴奋的样子，老远就冲他嚷："妈妈，我过了90斤啦，可以救爸爸啦。"她想到有一次，她回家哭完了眼睛红肿，被儿子放学回家发现，于是孩子就缠着她给她说学校里好玩的事，还给她跳舞，浑身的小胖肉一墩一墩果冻似的颤悠，为了让妈妈露出笑脸。她想起孩子这几个月不上学，在医院遭的那些罪，却一滴眼泪都没掉……生活待我不薄，她跟自己说，给我好丈夫，还给我这么好的儿子。

手术室外，是漫长的等待。

张琳有点恍惚了。整件事情给她带来的起伏太大，命运一拨拉就掀翻了他们苦心经营的窝，她灰心丧气到了极点。但是在不得不一点点去收拾的过程中，命运又不断地给她惊喜，让她发现平常生活中不会轻易发现的无价珍宝：儿子远远超出年龄的懂事和沉稳，丈夫对自己和家强烈的爱和依恋。

越收拾，她的心越宁静。生活也许就是这样吧，不会给你风平浪静，可如果有一条船，船上的三个人能抱成一团，彼此给予温暖和力量，能在惊涛骇浪中找到平稳，一个浪头一个浪头地过，不也是一种过法吗？过一关感情不就更深一层吗？

张琳长相并不出众，鹅蛋脸型，细长的眼睛，脸上的皮肤有点黑，脸颊和额头上还有痘痘，乌黑的头发绑成马尾，细长的个子。她说话行事很有教养。采访的时候，她尽量控制自己的情绪，尽量平静，控制不住的时候眼泪是静悄悄地流下来，没有放大悲伤，而是收紧。让人疼爱，而不是让人可怜。女人是这样，在大变化面前，越沉静越自制就越能呈现勾勒出平时藏得很深的美。张琳就是如此。第一眼看上去她太平常了，没有值得人注意的地方。可是她一讲话，柔声细语，表述时眉眼平静，却清清楚楚能听见她内心的风暴。那种冷静沉着的讲述，越听越让人对她尊重。

曹磊

9 岁孩子的造血干细胞表现出来的活力，让曹磊的身体在第九天就可以生长自己的造血干细胞，而一般情况是要等到第十四天才渐渐长出。旺盛的活力，让曹磊恢复得特别好。

刚做完移植时，鹏鹏到病房来看爸爸，隔着玻璃，孩子问："爸爸你疼吗?"虽然得了这么大的病，但是曹磊人前从来没哭过。孩子的话一出，他哭了。医生说，从自身再次造血开始，他身体免疫力完全就是一个新生婴儿的状况，也就是说，他重生了。他给了生命的儿子，如今还了他一条命。

他自己经过了什么检查和治疗，这当中是怎样的疼，他清清楚楚，所以他心里有点怕，不愿意去面对儿子为了他捐赠而要经过同样的步骤。妻子没说，他也没问。他在心里猜测着，儿子会不会做这个，会不会做那个抽血。其实他明白，他想到的儿子都要去做的，只是他病了以后，心也弱了，他受不了儿子真去做了。

曹磊本来就话少，病后话就更少了。转眼之间自己从一个家的顶梁柱到连生活起居都要人照顾，他心里从不认，到承认，再到接受，这中间的煎熬把他磨得不想说话，也不想以后的事了，还能怎么样呢?可是儿子这么小，为他做了那么多，还有妻子，平时什么都要靠他的一个女孩子，转眼今天里外都要靠她。他不能放弃，他必须得用力，配得上他们的付出。

他跟我说，现在他要做的，是好好地、小心翼翼地活着，别病。活过这五年，如果没有其他病症，五年以后这个白血病就能慢慢恢复了。到时候 再出去工作。

儿子是自己的救命恩人，曹磊心里明镜一般。但是当我问到，有没有想怎么报答时，曹磊戴着口罩的面孔生动起来，说："以后他再犯错误，我给他说好话。"

张　琳

张琳心里一直在想，如果重新让她选择，她会不会改变。

手术后的丈夫每天等着捐了骨髓的儿子放学回家一起吃饭，吃过饭后爷俩拿出象棋杀上一盘，儿子出了臭棋，丈夫手把手去教应该怎么摆。家里橘黄色的灯光笼罩着两个趴在棋盘上的脑袋。

张琳站在厨房里看着这两个亲人。多么简单的生活，得到却又是多么不易。失而复得，让她觉得每时每刻都宝贵。

她觉得自己做对了。当初她的想法是，男孩子成长不能没有爸爸的榜样。但是儿子所做的一切，又让他们做父母的知道，孩子也能为父母付出，爱和付出并不是一条单向街。虽然一家三口都经历了各种各样的难，但是值得，保全了一个家，更知道了一个人可以为爱和责任拿出全部。

生活让这一家人饱经磨难，但是这家人把磨难转换成了爱。

祝福曹磊能顺平地度过这五年。

孤儿杨六斤

14 岁的广西农村少年杨六斤命苦：6 岁时父亲因病去世，随后母亲带着弟弟改嫁，把他留给了爷爷奶奶；12 岁时两位老人又相继过世，此时已有两个幼子的堂哥杨取林把他接到自己家里同住。由于要供三个孩子上学，本就贫困的杨取林夫妻只能外出打工，自己的两个孩子交给岳母，而堂弟杨六斤就此开始一个人的生活。

对这个十几岁的孩子，命运一步一步逼得实在太紧，把亲人一个一个从他身边夺走，迫使他一次一次地迁徙。少年的身体本就无力，命运偏偏又让他在无力之年反复经受生离死别、家破人亡、颠沛流离。随着堂哥一家的离去，杨六斤已经到了命运的谷底，没法再坏了，也就可以安定下来了。虽说极度孤单，但动荡总算结束了。这个少年最需要的，恐怕是用时间来慢慢缝补心里的千疮百孔。

也许上天意识到对这个孩子实在是太狠了些，于是，决定补偿。

广西电视台有一个栏目叫《第一书记》，每一期节目都会介绍一个在贫困村里挂职的扶贫书记怎样千方百计把外部资金和项目引进大山，用技术改变贫困。2014 年 5 月底那期节目，命运安排杨六斤进入了电视节目，编导用几分钟的时间在一个小时的节目里详细地展示了杨六斤一个人生活的艰辛以及在这种环境下他的乐观向上。编导希望用这个励志的故事吸引项目和投资到村子里去，并能适当地资助一下片中的这个小男孩。

接下去，奇迹发生了。不知道是哪个人把杨六斤的故事从节目中提取了出来，制作成了一条微信，取名为“八亿人看后都哭了”。这个内容通过微信的平台以不可估测的速度迅速传播着，孩子孤苦伶仃一个人挖野菜、抓小鱼勉强维生，却仍然灿烂纯净的笑脸拨弄着人们的神经，刺激着人们的同情心，让人觉得一定得帮这个孩子做点什么良心上才过得去。马上，深圳一家学校把孩子接了去，希望他能在那里尝试开始新的学业和生活。与此同时，在节目播出以后两周的时间内，节目组为他开立的账户上已经有了超过500万的直接捐款。

巨大的变化又一次降临，杨六斤刚刚平静下来的生活又掀起了波澜。但与以往一次次的失去不同，这一次，是给予。

杨六斤家住在非常偏僻的广西西北角落。从南宁出发，坐五个小时的汽车到百色隆林县，之后换上越野车开两个多小时的盘山公路到德峨镇，再用上越野车的四轮驱动功能爬半个小时崎岖颠簸的碎石山路，就到了他家。此前的十四年，他没有离开过这座山。别说深圳，连距离不远的百色市都没有去过。现在他一下子被接到了这样一个色彩斑斓的世界，这个大山里的孩子睁大眼睛近乎贪婪地尽情地看着、体验着，眼前的一切在梦里都没出现过。

当杨六斤在深圳的学校里穿上漂亮校服开始新体验的时候，各路媒体哪里能放过这个好故事，早已闻风而动，长枪短炮蜂拥而至。几乎每天，杨六斤都被媒体包围着，在网上可以了解到他的很多信息。

媒体的连篇累牍报道、捐款的纷至沓来涌入，短短两周时间，几乎被命运抛弃的孤儿杨六斤成了宠儿。

孤儿也好，宠儿也好，杨六斤还是那个杨六斤，只不过是杨六斤在别人眼里的位置不一样了。于是每一个应该跟孤儿杨六斤有关系的相关方陆续出现了。

在深圳学校待了两周后，杨六斤的堂兄杨取林、村完小的校长、镇政府的副镇长一同来到深圳，接杨六斤回去，因为他的学籍在老家，没打招呼就走也不参加期末考试的话，没法升级。也许事实就是如此，也许他们各自都有自己的小算盘。但是他们来深圳至少道理上是说得通的，因为杨六斤没有办理转学手续，他的确是应该回去参加期末考试。

但是，镇政府此时出现真是画蛇添足。孩子这么多年艰苦生活不见镇政府身影，怎么孩子过上好日子的时候你出现了？你此行为什么去深圳？角色是什么，任务是什么？为什么要接他回去？甚至再苛刻点，你去深圳花的是自己的钱还是公家的钱？当几乎所有不相干的人都能表达爱心的时候，镇政府的确被参照出平日做得不到位。

镇政府一向的缺位而此时的出现使得深圳学校的义工深具怀疑挺身而出，决定帮助杨六斤留下，于是双方就形成了一种客观上的对峙：一方要接走，一方不让接走。义工站在自己的角度看，的确不想让这个苦孩子再回去，是好心。老家学校的校长、镇长想接他回去，也是好意。此时，真正的主体杨六斤已经成为一个被争夺的对象，被置于一个怎么都不是的境地。双方都单独找到杨六斤谈话，希望他能按照自己的意图做，并且都一再重点突出，“这是为你好”。农村少年杨六斤，常年处在没人关心的状态，突然出现了两大势力在高调“示爱”：一方是家里的“大官”，一方是带给自己这么多好东西的学校。哪个的话能不听呢？

在争夺的过程中，双方考虑过杨六斤心里的担惊受怕吗？做父母的人应该知道，孩子最怕的是父母吵架带来的家里紧张的气氛。但是，双方都没有从这个的角度去考虑问题。

在媒体的记录下，学校义工那些激动且过度的留人之举让人看到这所学校也许并不是杨六斤的归宿，他们在接杨六斤过来时也许并没有想好以后怎样，也许仅仅跟大家一样，是爱心涌动的一时兴起。而且到了深圳，杨六斤仍然是一个孤儿，怎样安排他的除了学习以外的生活，怎样给他一个家庭的温暖，没见提及和计划。如果这个大问题没解决，在深圳上学和在老家上学没有本质的区别，老家的学校最起码还省下了日后的乡愁。虽然都说孩子回去考试完了以后可以自己决定是否回到深圳学校，但结果已经摆在那里了，从长计议，深圳学校并不适合杨六斤。

这个选择是理性的。可是这个选择对杨六斤来说意味着什么？一个山里的孩子，突然被带到花花世界，一下子塞给他对比反差极大的生活学习条件，然后告诉他你自己选择，走还是留。他能选择走吗？他吃了那么多苦，过了那么多年艰难的日子，怎么可能经得起这样的选择呢？这本身就是不负责任的做法。一个孩子从没有吃过糖，路过的大人看了觉得心里过不去就赶紧给了他一块，孩子吃了，品尝到了糖的甜。可大人想过没有，你是只给一次还是永远能给？如果不能永远给下去，就不要随意地施舍孩子糖，因为他吃过甜就会比较出苦，就会对甜继续有所期待，而此时大人说我没想好能不能给下去，先给一次再说嘛。这不是爱，不是善心，是耍弄，是伤害。

太随意地给予，又太轻易地拿走，谁都没什么损失，除了杨六斤。经过短暂的深圳学习后，事实残酷地摆在那里，刚才那一切只是一场梦。

杨六斤回来了。

在外人眼里，杨六斤已经不再是以前的那个杨六斤，现在的杨六斤身家五百万。

钱这个东西，具有一种极其神秘莫测的力量。它能帮人解困于水火，而它自己就是万丈深渊；它能黏合人的距离，而它自己又天生带着拒人于千里之外的属性。人如果穷，会让人看不起，而有了钱，又会让人羡慕嫉妒恨。在贫苦的人眼里，钱几乎就是一切。山东农村有句民谚：有钱人坐上席，没钱你就是下流胚。钱，还是照妖镜，尤其是一大笔钱从天而降，人心在它面前会被看得一清二楚。

当孤儿杨六斤突然拥有了名下的巨款，远的近的，亲的疏的，各方逐一登场了。

先是堂哥堂嫂从打工的梧州回到了家。杨六斤的实际监护人是他，因为在杨六斤孤苦无援时是他接纳了他。按理说，巨款是应该由他保存的。可是法律上并不承认他是合法的监护人，杨六斤的母亲尚在，法律上应该是她，而她恰恰又实际上断绝了与儿子的一切往来，这钱给她保存支配于情于理说不过去。巨款现在在杨取林手上，他也意识到这是炸弹，所以至今没敢动。他说他不再准备去梧州打工，因为杨六斤需要陪伴，需要他。这话如果在没有500万的时候说，那就是情义；可他说出这些的时候已经是巨款在手，即便是真的真诚听起来也虚伪。当被问到不出去怎么维持生计，杨取林坦然地说："那捐款是给六斤的，有了那笔钱六斤上学就不用愁了，我也不用外出打工了。"因果关系是说得通的，可怎么听着就觉得里面有机巧。问到以后怎么用这笔钱，他摇头说没想好。看，作为旁观者，我们也在被500万影响着支配着：我们怎么知道堂哥杨取林说这番话不真诚呢？

我看着他们居住的这个叫"家"的屋子：泥土和草混合的建筑材料搭出一个房子的形状，里面摆放着人活着所需要的最起码的东西：简陋的灶台，对付出来的一张桌子，两张堆着破烂床上用品的床，脏得心惊肉跳的阁楼，沾满了常年居住累积出的油腻。屋外下着大雨，屋里就下着小雨，光线非常暗，散发出霉臭的气味。这就是杨六斤和堂哥一家的家，但是更像一个动物的洞穴。动用巨款盖新房是应该的，可是用爱心款项盖房又名不正言不顺。

堂哥话音刚落，杨六斤的母亲那里也发出了声音，她的丈夫说：“我们当时也是想把六斤接过来一起过的，只是他堂哥先接去了。”言外之意谁都听得到，让人不得不感慨贫穷真会放大人性的丑陋。

村里的邻居也坐不住了。对外来的记者抱怨着电视片里的不公之处：“杨六斤吃的野菜我们的孩子也吃啊，杨六斤抓的小鱼哪家的孩子没抓过？我们都是这样过日子的哦。”情绪中也不乏羡慕和怨气：“凭什么他一上电视就平白得了那么多钱？凭什么我们跟他差不多就一分都没有？”

杨六斤的巨款瞬间传遍了整个乡镇，人们嘴上不说，但是心里都在琢磨。

500万的吸引力让包括我们在内的媒体更不能就此罢休，大家跟着杨六斤回到老家，雨点般密集的采访包围着这个孩子。他一遍一遍地说着同样的话，一遍一遍地被从教室里拉出来，杨六斤终于爆发了，他用的是弱者的反抗方式——躲。

当我去采访他时，他已经开始使用自己的方式抵抗了。

先是平等地交流：“嗨，小伙子你好，今天考试考得好吗？”应答是腼腆地一笑一低头：“不知道。”“为什么不知道？”还是抬头笑一下，再低头，左手抠着右手，仿佛能抠出一个逃走的洞。“是烦了吗？”抬头，看看我，又低头抠手，“是太烦了。”他还没有变声，所以声音还是细弱的、女性化的，甚至还带点奶声奶气。用这样的声音说出这样一句话，我心里一震，我们是在伤害这个孩子，是在利用他没有父母亲人能保护他、为他抵挡他不愿意做的事。“能跟我说说吗？”摇头，还是保持着礼貌的笑，“为什么？”“不知道。”自此，我所有的问题，不管用什么方式问，套近乎的、讲道理的、居高临下的，甚至威胁的，他都是这一个回答，"不知道"。这是这个孩子唯一的武器了。我只能放弃。

杨六斤曾经是一个不幸的少年，因为命运从他那里拿走了太多：眼见着一个个的亲人离他而去，不得不经历一次次的生离死别、颠沛流离，这远非一个十几岁的孩子所能承受的；但是现在命运给他的补偿也太多太突然，他又似乎变得如此幸运——这世界上有几个人能在一夜之间拥有 500 万的爱心捐款呢？

但是这笔巨款真的能让幸运的他幸福吗？众人爱心汇聚而成的巨资，由谁花、由谁监督着花、怎么科学地花，直接决定着杨六斤的未来，而之所以大家都这样密切地关注，恰恰在于我们的社会还没有这样一个成熟而稳妥的机制做保障。

杨六斤早早吃了那么多的苦，但愿这笔钱能护佑他的成长，给他一份稳定、可预期的关怀和爱。

你的程序是什么?

“能把你的证件给我看看吗?”刚刚见面的刘丽给我提了这么一个要求。

她瘦瘦小小，额头、耳朵被一个厚实的毛线帽包裹起来，一双眼睛里充满了警惕，多少还有一点胆怯。

“为什么呢?”我一边从包里取出记者证，一边笑着问她。我很好奇。采访了这么多年，还是第一次有人问我要证件，而且是一个小镇上的姑娘。

她等着我摸索出证件，拿过去仔细看照片，然后抬眼再仔细打量我。确认人和照片对上了以后，她把证件还给我，说:“谢谢你。我现在不怎么相信别人了。”说话的时候，她的眼里渐渐充满了泪。

一个年轻的姑娘，怎么就对人失去信任了呢?

2013 年 11 月 24 日傍晚，26 岁的刘丽带着 5 岁的儿子来到湖南耒阳火车站，准备回浏阳的家。她在窗口买票，售票员拿着她的身份证，看看桌上的一张纸，又抬头看看她，之后打了一个电话。很快来了一个车站公安警察，在确认是刘丽之后，边说“跟我走”边拉扯她前行。突如其来的警察和不由分说的粗暴，让儿子不敢上去抱住妈妈，而是躲在凳子地下惊恐地哭，但他又怕和妈妈离开，只能钻出来跟着被拽着的妈妈跑。刘丽像遭遇地震一样，顾不上如何应对那个莫名其妙的警察的力量和众人诧异的目光，只想着怎么确保孩子在自己的身边。

到了办公室，众多警察拿着一张印有她身份证复印件的纸轮番问她一个问题："这个人是不是你？"刘丽被之前的侮辱和此刻显而易见的提问弄得怒从中来："你们这么做，至少得告诉我我怎么了？""因为你是网上追逃犯。既然承认是你，那么就跟我们走。"刘丽心想肯定是哪里出错了，她能想到的最直接有效自证清白的方法就是按手印。"我的手印跟罪犯的手印肯定不一样，比对出不同不就能回家了吗？"但是警察一句："我们不是办案单位，我们是在协助抓人，没法给你弄这个。"刘丽那个急啊，问道："你不能录指纹，谁能？""青海警方能，他们是办案单位。"刘丽知道，她遇到麻烦了。警察让她在一张拘留证上签字，不签不成，"因为这是程序"。刘丽万分不愿地签上自己的名字之后，接下去更意想不到的程序接踵而至，她被一副手铐铐了起来。刘丽既害怕又委屈，更加愤怒："为什么要铐我？""程序就是这样。"儿子惊恐万分地看着眼前发生的一切，然后撕心裂肺地与妈妈告别。

刘丽跟着警察上了车，孩子被舅舅接走。车在黑暗中行驶着，不知道方向。刘丽想哭，她遇到的一切都太荒诞不经了。要是搁别人身上她都不信，可是偏偏自己赶上了，能怎么办？越来越害怕，但是还要安慰自己。要证明自己不是警察要抓的人并不难，对比照片，对比指纹，分分钟就能出结果，这件事实在是简单得没什么可想的。刘丽回想到起刚刚警察的做法和态度，性格倔强的她想跟他们论理：警察抓人，先不说抓对抓错，看到我带着个孩子，就不能好好说让我跟你走，配合你行使公务吗？连拉带扯的，你看见把孩子吓成什么样？你没孩子？你不会等孩子走了再给我戴手铐吗？再说，我是个年轻女人，在大庭广众之下你使那么大劲把我弄得踉踉跄跄，我也要面子啊。但是，刘丽没说出来。手上的铐锁说戴就戴，可什么时候能摘下去呢？当下最重要的是证明清白，论理以后再说。黑暗中刘丽还是张口问了一句："为什么要把我带走啊？""按照程序，要先把你羁押。"刘丽又听见了"程序"这个词，她开始反感。因为程序让清白的她走到了这一步，她不懂他们说的程序，但她懂法，懂得公民要配合警察去走程序。事已至此，就按程序来吧。

刘丽还是太嫩了，她只想到结局应该是怎么样，但怎么也不会想到在到达结局之前会经历什么。

当晚到了看守所后，要脱光验身。必须得承认，手铐和脱光这两道程序会让人尊严尽失。刘丽含着泪按着程序的要求做，赤条条站在那里任由警察检查。她心里在问：程序是给罪犯的，我在履行着程序，不就承认我是罪犯了吗？她盼着天亮，因为她想着天亮以后警察就可以去联系那些办案人员，让他们尽早来取她的指纹拍照，好证明她不是罪犯。

天好不容易亮了，刘丽看见狱警过来就大声说出她的要求，请求赶紧来人。本以为配合着走程序最多三五天也就回家了，但她在看守所待了整整十二天。

一开始刘丽还逢人就说她的遭遇，后来不说了。她被强迫来到一片黑暗混沌中，她要出去，可任她怎么叫喊，都没有任何回应。她太累了，太害怕了，太委屈了，唯一能跟看守所的警察说，但是他们也做不了什么，只能等青海的警察来提审。青海在哪？青海到底跟我有什么关系？为什么我的自由会被青海警察决定？

决定刘丽命运的人叫张军治，是青海西宁公安局城中区分局人民街派出所的一名警察。

2012 年 11 月 18 日晚上，一个自称刘丽的人盗窃被抓，张军治主办此案。“刘丽”说没带身份证，张军治就从公安部人口信息系统中调取了“刘丽”的信息，看见和她说的家庭成员等基本情况都一致，就用“刘丽”的身份信息制作了笔录。错误就这么犯下了。

民警张军治在调出刘丽的信息以后，竟然没有核对身份证上的照片和眼前的这个人长得是否一样。我没有采访到张军治，所以不知道他当时为什么会犯这么低级的错误。也许他觉得一个女人偷东西的事情太小了，根本不值得他认真对待？也许他认为反正家庭信息都对上了，照片里的人和现实中的人不怎么一样是常有的事。事后媒体报道，偷东西的“刘丽”其实是刘丽的嫂子李芳。我们倒推就会发现，如果李芳和刘丽是亲姐妹，张军治分辨有误还能说得过去，但她们是妯娌，怎么可能看成一个人呢？这是要多么不负责才能犯的错。

那时李芳怀孕，所以作了取保候审的处理。当一年期满收监时，发现联系不上人了，这才有了刘丽在耒阳车站被抓的一幕。张军治的错误把他和刘丽的命运联系到了一起。

就在刘丽被抓到羁押的当天，也就是2013年11月24日，耒阳公安就已经把抓到人的消息反馈给了张军治，并且还在电话里跟他说了刘丽坚持自己清白的信息。第二天，张军治和两名同事出发去湖南押解刘丽归案。他们随身带的是当时的询问笔录，并没有任何照片，因为他们所在的派出所犯罪嫌疑人信息系统在重新安装的过程中，已经把“刘丽”的信息弄丢了。也就是说，在没有任何照片的前提下，即便是抓获了真的罪犯李芳，验证真伪的难度也很大。可是，张军治仍然行动了。他将如何处理这愈发复杂的案情呢？

11月25日出发，11月28日才到湖南长沙，在交通通畅的今天，不知道为什么他们路上会走四天。刘丽要是知道这些，恐怕会自费给他们买飞机票。张军治在漫长的旅途中在想些什么呢？一年过去了，他还想得起当初那个只见过一面的女子长得什么样吗？当然想不起来。人在他眼前都看不出哪里不一样，还能寄希望于一年过后突然有了火眼金睛吗？

到了长沙后，张军治并没有马上跟耒阳警方和衡阳看守所联系，而是在第二天买了 12 月 5 日回程的火车票，他打算在湖南待整整一周。他准备怎么调查呢？

刘丽做梦都不会想到，在她像热锅上的蚂蚁一样等待那个遥远的青海警察来拯救时，张军治开始了湖南六日游。游览长沙和韶山用了四天时间，在参观了革命圣地之后，张军治他们终于在 12 月 2 日到了耒阳。也许是旅途疲惫，在休息一晚之后，到了 12 月 3 日才跟湖南警方取得联系。在耒阳当然见不到刘丽，因为刘丽此时关押在距离耒阳一个半小时以外的衡阳看守所。没见到刘丽，但不能见不到南岳衡山，12 月 4 日，他又花了一整天时间饱览了衡山美景。第二天就要走了，没剩下多少时间，刘丽这个事怎么弄？

走的当天，也就是 12 月 5 日，张军治在耒阳火车站派出所办移交手续时，发现他带来的材料上的签字和指纹跟刘丽在火车站留下的完全不是一码事。如果刘丽此时知道这个消息，她将会多么高兴，因为这已经能证明抓她是抓错了。但是，张军治是来执行押解罪犯回青海的任务的，人不带回去，接下去得有多少麻烦啊？留给张军治考虑案情的时间实在是太紧迫了，以至他都没时间去提审刘丽，也没时间跟青海的领导汇报，便直接把刘丽带上了火车。

在衡阳看守所待到第十二天时，刘丽被通知可以走了。她欣喜若狂，但是出去后发现，她要去的是青海，而不是回家。她日夜盼望的青海警察来是来了，但是什么也没问她，连丈夫都不让见一面，直接又给她铐上手铐带走了。刘丽不解，为什么要这么十万火急？

12 月 5 日的火车，长沙到西宁二十多个小时，刘丽坐的是卧铺。但是，刘丽说她这一辈子都不会再坐卧铺。一路上，她不停地跟张军治说不是她，抓错人了，听者无动于衷，仍然不肯给她松掉手铐。去的时候用了四天，而回去只用了二十多个小时，12 月 6 日晚上就到了张军治所在的派出所。这时，刘丽发现催着她火急火燎的张军治又不急了，因为系统坏了，得等。张军治说，这个程序就是这样，有时快有时慢，得看。

最后，派出所所长凭着肉眼比对出结果：你带回来的这个人跟去年的那个怎么可能是一个人？

12 月 7 日，刘丽自由了。12 月 11 日，刘丽被所长和副所长送回湖南的家里。

刘丽是在半年以后，青海检方到湖南进行调查取证，准备对民警张军治提起玩忽职守公诉的时候才知道，在她度日如年的十二天里，张军治在做些什么。

采访中，刘丽对我说：“我知道我要配合警察，这是我做公民的义务。但是你作为国家公务人员，你的义务是什么？不断地跟我说这是程序，你必须怎样。但是，我在履行你给我规定的程序时，你在做什么？你的程序是什么？”

刘丽那年 26 岁，是一名小地方的幼师。

放下，宽恕

在一场农村常见的酒后争斗中，庄稼汉郑德富失去了唯一的儿子。但是他接下去的选择实在太不寻常——他竟然没有不依不饶血债血偿，反而向法官给加害者求情，争取留他一命好给他爹养老送终。

这个本来无须弄清当事人面孔的事件，由于这个庄稼汉的举动，事情中每一个人的脸都清晰起来。

主审法官说，她审了这么多年类似案件，一般会是这两种选择：第一种，一命偿一命，你给我什么也不要，就要你死；另一种，如果经济补偿到位，就接受事实。但是被害人的父亲郑德富两样都没选，他选的是原谅。

虽然人类有了这么漫长的演进历史，但以血还血、以命抵命仍是绝大多数人的本能，它甚至积攒成一种根深蒂固的传统。因为面对邪恶，这是最直接、最止疼的麻醉药。

但是也有人不是这样做的。2000年，常驻江苏的一家德国公司的副总经理普方一家四口在家里被灭门，凶手是四个打工的年轻人。罪行已经是不杀不足以平民愤，法院也已经做出了相应的判决。但是没有想到，从德国赶过来的普方母亲，却向法院求情免他们一死，因为她了解到是贫穷让这四个年轻人丧失了良好的教育而误入歧途，杀了他们也不会挽回自己儿子一家。事情发展至此已经超出人们观念，接下去更是让人没有料到。这位普通的德国老太太动员驻江苏德国企业发动了一个普方基金会，这笔钱用来资助杀她儿子的那四个人家乡的贫困儿童读书，当年据说资助了500个孩子。这个故事当时给了中国人很大的震动，但也仅仅是震动而已，因为普方老太太跟我们有太大太多的不同：她来自发达国家，对钱这个问题可能和我们有着不大一样的认识；她也许有宗教信仰，日常的祷念会使得宽恕早流淌在她的血液里；她应该是受过良好的教育，否则怎么会在大灾大难面前如此沉静理智……这些让我们觉得难以企及的因素，使我们除了激发自内心的触动和对她的尊敬外，并没有留下太多。

不报仇，而是报之以宽容和爱，通常会被认为与宗教信仰、良好教养密不可分。

但是，在庄稼汉郑德富身上，这种惯常的逻辑没有成立。

郑德富是个一辈子都在经历苦难的中年人。孩子6岁时丧妻，中途又背井离乡娶了一个带着两个女孩子的寡妇，没多久续弦妻子因病去世，他一人带大三个孩子，两个过继来的女孩成年以后与他断绝了一切关系，收回了她们母亲的房子和地，老郑父子白忙碌了十年。第二次续弦倒是一切安好，但是安稳日子没过几天又丢了儿子。青年丧妻，中年丧子，中间又遭到了两个过继女儿的抛弃，他平日里又不读书，如果不结怨不记仇，他又怎么样去释放内心里的苦闷呢？

老郑的选择是放下，是宽容。

出事以后，加害人的父亲老尤上老郑家谢罪，老两口心里发怵，不知如何是好。硬着头皮坐下后，没想到听到的却是一句：“这也不怪你，也不是你让孩子去打架去拿刀扎我孩子。”老尤听着眼泪就掉下来了，心如刀绞、无地自容，他宁愿老郑上来就是劈头盖脸的骂和歇斯底里的打，那样最起码自己还能还上些什么，可他说了这句话，就彻底没什么可还了。“他要是能活着出来，”老尤说，“让他给你养老。”就这么一句话，两家之间本应开裂的深不见底的沟壑，合上了。

加害者在法庭上听到法官说被害人的父亲为他求情，当庭冲着老郑磕了三个响头。死，也许会让他解脱，但是他被自己杀了的那个人的父亲救了一条命。他的余生只剩下一件事——赎罪。

作为一个老庄稼汉，郑德富可懂得土地：你种什么它就长什么，你怎么对它，它就怎么对你。人心也是一块地，你心里种了仇恨，它会生根发芽长大，等你意识到它压得人喘不上气来的时候，它已经有了自己的生命开始控制你了。尝尽生活折磨和艰辛的老郑，吃了比一般人更多的苦、付了比一般人更多的代价，因此也能比一般人更能看透生活的脾性。

老郑一辈子善良、要强，但也要强得务实。当年他带着儿子从张家口老家倒插门到这个村子，是寄人篱下，一个男人要依附于一个女人的土地和房子，村里人没少说闲话。但是老郑没往心里去，因为孩子有个娘照顾、自己有个家继续生活是顶重要的，其他人怎么说对自己的生活没帮助也不会伤害到哪里去，把日子过好才要紧。两个继女把他轰出家门，他没争吵甚至都没吭声，二话没说收拾铺盖卷走人，他知道跟那种不懂道理的人争执没用，即便争回来心里也不会好受，因为是自己把她们养大，而她们如此回报，等于是在抽自己的脸。整个村子把这一切看在眼里，不用老郑说一句话，村里人都在指责那两个女儿忘恩负义，而觉得老郑是条汉子。这个事上，老郑没争，但获得的比争的更多。

这事给了他很大的启发。

当遭了一辈子罪的郑德富失去儿子，他也随之掉到人生的谷底，他又像刚刚来到这个世界上一样，赤条条了无牵挂。也许在这个时候，他又想到了那一次放下的经历；也许在这个什么都失去了的时候，人会一下子解脱甚至升华。在丢了儿子以后，老郑决定不在心里埋下仇恨，他实在不想在巨大的痛苦和仇恨中度过余下的日子。

放下、谅解、宽恕，比怀恨在心艰难得多。而一旦做到，它显示出的力量就远非仇恨能及。

说到底，宽恕这种品质，与宗教信仰、教育水平、权势和财富都没太大的关系，它是一种生活的智慧，是逃避苦难的一叶方舟。因为很少人能做到，所以显得异常高贵。

如果说德国的普方太太能做到宽恕，是因为她具备了我们不具备的条件，那么庄稼汉郑德富又哪里是我们不可企及的呢？

英雄与看客

高考前几天，在公交车上，即将参加高考的柳艳兵拼了命和一个拿大刀砍乘客的凶手搏斗，救下了一车人，而他自己伤得太重误了这场重要的考试。这之后媒体舆论发自肺腑地称赞这个孩子，关键时刻想的不是自己而是别人，而且这个时刻对于他来说真是特别关键——高考是改变农家子弟命运的近乎唯一的途径。

可是，对这位刚刚成年不久的年轻人排山倒海的褒奖让人忽略了一个更要害的问题：在柳艳兵豁出命、豁出前途去救人时，同车那些成年人、那些有能力的被救下的男人都在哪里？为什么他们能眼见着一个身形单薄的学生孤身一人去和那个疯狂的持刀人去搏斗？社会关注的聚光灯耀眼地打在柳艳兵一个人身上，而让那些同车的袖手旁观者得以侥幸躲在台下的阴影里。其实，更应当关注的是他们。

在柳艳兵去夺刀以前，他已经被砍伤了，头上一刀，肩背部两刀，在感受到疼痛之前身体的反应是麻木，所以他以为自己伤势不重，不是自顾自处理伤口，而是辨清情况之后下意识地冲着那个歹徒扑了上去。这个时候的下意识绝对是因人而异的。有的人身体受伤以后伤口瞬间就成了全部，有的人会因为惧怕而全力躲避，也有柳艳兵这样的人，他们的下意识是制服对方。下意识不存在对错，它是先天的性格、后天的价值判断，还有其他一些因素的综合体。柳艳兵的下意识里恐怕更多的是性格：初三时班上同学打架，他下意识地用胳膊挡住了一个砸向另一个脑袋的方凳；再往前，他 10 岁的时候见到一个小孩子落水，在根本不知道水有多深的情况下，下意识地跳下去把救起了孩子……这种下意识在他成长的过程中有很多。

好，受了伤的柳艳兵扑上去了，他要把那个疯子手里的刀夺下来，制止他再砍向更多的人。在这个过程中，他是很紧张的，因为他不知道对方的力量到底有多大，自己能不能搞定。制服了还好说，如果没有制服，后果就很可怕了。但是这些是扑上去的时候没有想的，搏斗中他意识到了，意识到就会紧张就会怕，但那时已经没有退路。他抓住了他拿刀的手，两个人滚在一起。那个时候，柳艳兵的三处伤口都在流血，但他自己没意识到，大量的失血让他丧失了平时的力气，但即便如此，柳艳兵还是夺下了大砍刀。这个时候，他需要有人帮忙，或者帮他把夺下来的刀放得远远的，或者帮他按住已经制服的歹徒，以免他跑掉。

恐惧导致的下意识因人而异，更多的人不敢上前去直接搏斗，这说得过去，可以理解，胆子有大小嘛。但是当有人已经站出来承担风险时，要不要帮一下忙呢？尤其是已经扑上去的是个孩子，身上头上还流着血，这个时候是不是更需要出手帮他一下呢？比如说从侧面、后面猛击歹徒？比如上来几个力气大点的男人攥住他的胳膊？好，如果这时候众人仍是恐惧而不敢上前，也能勉强说得过去，因为的确还存在危险和不确定性，危险面前人可以选择逃避。但是当这个孩子已经抢下了致命的砍刀，需要人帮他拿一下的时候，为什么仍然是全体无力呢？这个时候还恐惧什么呢？

柳艳兵迫切地需要帮助，但是他没有等到，只好自己先跑到司机那里把刀交给他，等他回来时，歹徒已经跑了。整个过程，整个车厢的所有人没有一个伸出援手，任由已经被按倒在地的凶手在众目睽睽之下逃脱。

这个勇敢的孩子在受伤之后如果不是马上去夺刀，而是打电话叫救护车马上抢救自己，他不会伤得这么重。在殊死搏斗的过程中，紧张害怕和过分用力使他流了过多的血。事已至此，不知这个为了车上的其他人不再受到砍伤而奋不顾身的年轻人怎么面对这种无可奈何的局面：他舍命救下的这些人，却没人帮他哪怕是一点点的忙——况且也不是帮他柳艳兵，而是在帮他们自己。

此时的事不关己、躲闪逃避，就已经不再是下意识了，它已经转化成价值的判断、内心的算计。好，我们再退一步，算计对于芸芸众生来说也没错，毕竟不是每个人在道德上都是灯塔。可是算计也应该算出一个精明的结果来啊，而同车的看客算计出的袖手旁观却是一个最差最坏的结果：试想一下，如果歹徒爬起来不是逃跑，而是再去夺刀，并且夺过了刀，而这一次柳艳兵没有打过他，那他再一次手起刀落又会指向哪里？

如果下意识的反应没有对错，那么仔细算计做出的选择就有贵贱了。车上的其他人自作聪明、冷漠自私至此让人心寒、让人厌恶。我实在是深深地疑惑柳艳兵抵上自己年轻美好的生命去搭救他们，值不值得。他不是没想，怎么可能不想呢？只是他选择的是把他们往好处想，是不去往下深想。这恰恰也是这个孩子高贵的地方。

冷漠和自私的旁观者与那疯狂的砍人者一起，构成了这个事件的凶手。与持续表彰柳艳兵相比，更应该做的是追究那些旁观者的责任，聚光灯应该紧紧地跟随着他们，这个社会应该不断地、重重地诘问，一遍遍地回放那个过程，让他们无法逃避自己粗鄙丑陋的所谓自保之举。否则，表彰一个柳艳兵意义不大。遗憾的是，事发后人们还是紧盯住英雄，让帮凶——这群油滑的看客逃之夭夭。而不追究看客的责任，柳艳兵的下意识就总会是孤独的，类似的事情也会再次上演。

我要他们有尊严

27 岁，胡艳苹失去了第一个孩子，他走的时候 7 个月大，先天智障，眼睛之间距离宽，胳膊腿比正常短，手指只有两节。家人朋友都劝她：这是不幸中的幸运，你想想假如你要养一个智障的孩子，你这辈子还不得被他拖累进去了？

胡艳苹不这么想。作为一个母亲，她想的是，儿子来的时间太短，我来不及为他做点什么他就走了，他要是给我多点时间该有多好。

没了孩子的母亲，眼睛里、脑子里就只剩下孩子了。

胡艳苹在火车站看见一个干净的小姑娘，正在专心致志地吃冰棍，她的眼睛就黏在孩子身上挪不开了。忽然跑来一个脏孩子，年纪差不多大，冲着女孩子的冰棍吐了一口唾沫。女孩儿愣住了，看看手里脏了的冰棍，再看看身边那个异类，厌恶地把冰棍往地上一扔，用脚狠狠地碾碎，再嫌弃地看了脏孩子一眼，哭着跑了。脏孩子本想通过这个方式夺冰棍，没想到是这么个后果，也愣了，呆呆地看着地上的一摊泥，又抬头看看跑远的女孩儿，不知所措。

胡艳苹把一切都看在眼里。养过一个智障孩子的她看第一眼就知道脏孩子智力有缺陷，转身就去买了一根冰棍塞到小男孩儿手里。孩子看着手里的，又看看地上的，然后看着胡艳苹，一下子笑了。孩子傻是傻，但傻孩子的眼睛都是通着心，那眼神告诉她：你真好，我以为吃不到地上的雪糕了。胡艳苹眼泪一下子就跑出来了，感觉自己的心都化成了地上那摊冰棍泥。她想：我儿子要是活到这个时候，会不会也是这个样子？

胡艳苹那时当然不知道，命运在关上一道门的同时，已经又轻轻为她打开了一扇窗。那个火车站的小男孩，就是来为她推开窗户的使者。

火车站的傻孩子比别处多。从那以后，在火车站做小生意的胡艳苹，就开始留心他们，招呼他们来自己这里吃饭喝水。时间长了，他们的心就长在了她这儿。智商有残缺，但是情商一点不比正常人低。胡艳苹发现有段时间她的生意特别好，后来观察出是那些在她这儿吃饭的傻孩子到邻家去捣乱，把顾客都撵到她的铺子里来买东西。她把他们说了一顿，但是自己又感动得掉泪，这些孩子也有心啊，谁对他们好，心里明镜似的，他们这是用自己的方式在报答她。

人心就是这样，你给我，我给你，越付出就越能体会到幸福。他们彼此都感觉离不开放不下对方了。胡艳苹一个主意上了头：在农村买块地，盖几间房，把他们都带回去不就成了？

要理解胡艳苹的这个主意，还需要更多地了解她这个人。

1993 年，20 岁的胡艳苹就开始在长春火车站卖冷面、麻辣烫。有一天，一个流浪汉老大爷突然摔倒在她的摊前，她赶紧让老人在她店里找个地方躺躺。可是等要关门的时候，就做了难，怎么办？她想起来自己小的时候父母在镇上把她放在屯子里，就是这样的爷爷奶奶一顿饭一顿饭地照顾她。现在天冷了，这个老人无家可归，还有病在身，怎么能把他撵回大街上去？她硬不下心，就把老大爷带回自己宿舍，想着等他病好了再让他走。谁不喜欢有个安稳的家？大爷看准了这个姑娘心眼好，病好了跟胡艳苹说我能帮你干活，别赶我走。赶上春节，胡艳苹把老人带回自己老家，母亲哭笑不得，别人出去赚钱，自己女儿出去往家捡爹。从那时起，那个老人就一直跟着胡艳苹。

在经历过丧子不幸以前，胡艳苹是赶上了就收留；之后，胡艳苹就开始刻意收留那些智力障碍的流浪者，不分年纪。在收留了八个流浪的智障者之后，她脑子里冒出了把他们接回农村的主意。说干就干，她在老家买了几间房和一块地，八个智障者都接回来了，她还给园子起了个名，叫善满家园。

父母、爱人看在眼里，急在心里，弄这么多智障者回家怎么养？在外面辛辛苦苦挣钱，回家都花在他们身上？可是知道她没走出孩子的阴影，怕一拦着她再出点什么事，就让她爱干什么干什么吧。

胡艳苹从里到外地给他们洗，用大锅煮衣服，一天下来累得散了架。这都不算什么，因为工作量有数，总有洗完的时候。在外面的时候，体会到的是他们的好，知道疼人，知道冷暖，知道手心手背，可真往一块儿住，怎么规整他们，怎么挣钱养他们，都变成了横在眼前的大事。

人多，大米不够吃，越怕它没没得就越快，眼见着摆小摊儿做生意供不上他们的吃喝。再加上领回家以后他们几个彼此之间也会打架，智力障碍的那一块儿也逐渐显露出来，弄得胡艳苹筋疲力尽几近绝望。她问自己，我这是干什么呢？为什么要这么干呢？她是个麻利人，什么事不由分说先干了再说。可是头也不回地往前走了一大段，她发现自己只顾得往前走，并没有静下心来想过这些。

烦躁疲惫过后的平静里，她清楚地看见自己的儿子，他永远只有 7 个月大，他没有给妈妈机会看他长大了是什么样，但是胡艳苹想知道，迫切地想知道儿子的样子。孩子有障碍，就更需要妈妈特别的爱，虽然他走了，她却还想为儿子付出。胡艳苹想清楚了，她是在通过爱那些她收留的智障者，在爱她的儿子。

既然想得清清楚楚，那么所有的一切困难就都可以想办法克服。

命运也在偷偷帮她使劲。为了挣钱，胡艳苹开饭馆、开茶楼、开网吧，忙得焦头烂额，但是生意越来越好。

有了钱，胡艳苹就开始往家领人。用她的话就是“又不差这一个”。

在忙碌中，2004 年，胡艳苹的第二个孩子来了。连母亲都在想，这下可能不会再往家领人了。

但不是那么回事。别人能懂的，是胡艳苹在通过做事分散自己对早夭孩子的思念；但别人不能懂的，是那些看上去智力残缺的孩子，却给了胡艳苹最淳朴、最真诚、最信任的爱，那是一条只有他们之间能懂得的秘密通道，他们互相支撑，让胡艳苹渐渐走出了人生最困难的阶段。

他们中有一个叫二亮的孩子。2011 年秋天，胡艳苹到吉林四平办事，路过一个村子的时候看见几个小孩追打另外一个，被追的那个衣服又脏又破、右眼好像还有块疤，他跑得很急，虽然隔得远，但仍然能感到他的害怕，不像是闹着玩。胡艳苹赶紧下车先把打人的孩子揪住，问你们几个干啥呢？欺负人呢？一个孩子梗着脖子说：“他没爹没娘，没人管，别人能揍他，我怎么不能？”被追打的那个孩子也就五六岁的样子，见有人护着他，躲在胡艳苹后面，个头也就刚刚够着她的裤兜，双手紧紧抓住她的衣角，生怕她一下走了不管他了。胡艳苹的心疼得一皱一皱的，连说带比划把那帮孩子轰走了。这孩子可怎么办呢？

她拉着那个孩子，找到村干部了解了情况，知道他叫二亮，生下来是个智障，父母不要他，家里其他的亲人也不愿照料他，饿了就到邻居家蹭口饭吃，没少受村里孩子们欺负。他眼睛上那块疤就是让小孩用竹签扎的，要不是大人及时看见，右眼就瞎了。村里也想过一些措施，可都不能彻底解决二亮的问题。

胡艳苹当天就把二亮带回了家。一路上，二亮的小脏手就那么使劲地拽着她，生怕她走了，不要他了。胡艳苹偷偷掉了泪。

2014年，二亮得了病毒性脑炎，情况很危险。那时候胡艳苹已经收留七八十个人了，问她该怎么办？胡艳苹就一个字：救。她花了三万多块钱，把二亮救了过来。胡艳苹出差回来急匆匆赶到二亮病房，孩子第一句话就是安慰她："妈妈，我生病了，现在好多了！"胡艳苹懂，那是孩子怕给她添麻烦，怕她烦他，小心翼翼地活着。你说智力障碍的孩子不懂人情吗？他们比正常孩子还懂事。

知恩图报是所有被收留孩子的共同特点，他们用他们最珍贵的感情向胡艳苹这个妈妈表达。

二亮身体好了，对胡艳苹的感情更深了。

胡艳苹三四天回善满家园一次。一次回去，二亮从兜里面掏出一块饼干塞到她手里，期待地说：妈，给你。胡艳苹看看手心里的饼干，那层油皮磨没了，乌乌涂涂不成模样。胡艳苹问谁给你的，善满家园园长把她拉一边，说："二亮感冒了，我领他上门口诊所去打针给了两块饼干，二亮觉得挺好吃的，就吃了一块儿想着把剩下的留着给你。他想吃，又舍不得吃，一会儿摸出来瞅瞅，看看舍不得吃，又搁回兜里头，就等着你回来。"胡艳苹眼泪一下子就上来了，这哪是一块儿饼干啊，这就是孩子的一颗心。饼干是脏了，但胡艳苹心想：里面就是有药我也得吃下去。吃完以后她还问二亮："谁给你的饼干，这么好吃啊？"孩子高兴的啊，蹦着高拍着手乐。胡艳苹边笑边流泪。这块饼干让她觉得这么多年她干的事，值。

所谓机缘巧合，都是前面有了大量的铺垫工作，各种因素在一个恰当的时间碰到一起，开始促成了下一步。

胡艳苹钱渐渐越赚越多，善满家园的吃喝不再发愁了。一开始以为这样就行了，就达到目的了。但真养得白白胖胖了，胡艳苹又开始琢磨了：他们就这么在园子里傻待着？他们一辈子就这么活着？

她想到了自己。小时候在农村，觉得大队书记是最厉害的官；谁家有个拖拉机就觉得有钱得不得了。但是从农村出来到城市，看见了大汽车，看见了城市，看见了另外一个截然不同的世界，再回头看自己的屯子，就是个麻雀窝。人活一回，应该走出去看看外面是什么样。

物质的沉淀、经验的积累，让胡艳苹意识到，人在满足生存需要以后，还要有生活，还要有尊严地活着，她如此，她的孩子们也是如此。

1973 年出生的她进入 40 岁以后想到，自己不是一直能这么风风火火下去，等有一天她干不动了，这些人谁来养他们？就像残联的那个“闭眼工程”，得想一个办法，将来她没了行动能力，也能保证他们有尊严地活着，那样她胡艳苹也就能安心了。

所有这一切，让她决定要带着她的孩子们走出去，接触社会。

无意中有一次，她带几个孩子到茶楼，其中有一个跟她说：“妈，咱开一个烧烤店吧。”胡艳苹打趣地问：“你会串签子？”“不会。”“你会烤啊？”“不会。”“啥都不会你让我开个烧烤店？”“我会学。”这三个字一下触动了胡艳苹：我怎么没想到呢？

她把这个想法和朋友们商量，结果他们争得面红耳赤。反对她的说：别异想天开了，谁去吃？这帮孩子，能卫生吗？别说别人，我们就不会来吃饭。为什么非要开个餐馆呢？你要开个小工厂，不也能培养他们的能力？胡艳苹不这么想，她要的是一个与社会的沟通渠道，在饭馆里能和真正的社会交流，小工厂跟园子有什么区别，不是又把他们圈起来了？心想：你们商量吧，你们怎么说都对，但是我等不了了，直接开干。

2015年刚过完年，正月初六那天，胡艳苹到自己开的茶楼，环顾了一眼精心装修的铺面：小桥流水、水晶墙、幽静的氛围。走了两圈，拿起大锤子冲着水晶墙就抡过去。说实在的，抡上那一锤的时候胡艳苹的头也“嗡”的一声，眼前不是哗啦啦往下落的水晶碎屑，而是一片空白，那是钱，是心血啊！但，不抡这一锤，就永远走不出下一步，孩子们的餐馆就是个梦。

这下好了，没退路了。

胡艳苹没用设计师，都是自己琢磨，一天天在那坐着看，想着餐厅怎么样能通透，让人看着就放心；另外怎么设计才能便于孩子们服务。她置办的都是很重很结实的木头餐桌、餐椅，不怕碰，还能防止他们一打闹起来掀了桌子。餐厅的墙面也没有粉刷，而是保留了红砖的原状，又古朴，又避免他们往墙上乱涂乱画。地面也是防滑的，留的通道也足够宽敞……总之，结合她孩子的特点，能想到的，基本都做到了。

可是有一点，胡艳苹发现她自己再怎么努力也做不到了，那就是人员培训。

现实一步步推到这里，她迫切地需要有专业人员来帮她培训这些智力残障人士，尤其是涉及智力残疾者在正常企业里就业，她不懂的太多。有志愿者愿意来帮忙，可是不会跟智力缺陷人群打交道让他们越帮越忙。胡艳苹一直坚定地往前走每一步，扎扎实实的，她心里特别有数。但是走到这一步，饭馆张罗起来了，一切就绪了，她发现她有点迷路了，不知道往前该怎么走了。

其实，准确地说，胡艳苹不是迷路，而是前面基本就没有路。目前我国智障人士就业率不足10%，比残疾人平均四成的就业率还低很多，一个重要原因是就业辅导员稀缺。按照国外经验，就业辅导员应该有心理学、医学、特殊教育学、社会学等专业背景和工作经验，专业性很强，门槛也高；但是在中国，去参加就业辅导员培训的往往是智障孩子的家长、志愿者和社工，他们是靠着一腔热血来学习，而具有专业背景的人很少。

现实就是这样，但是胡艳苹已经走到这一步，也只能摸着石头过河了。走出去才知道，有这个需求的人还不少呢。打听到有一个中国智力残疾人和亲友协会举办的支持性就业国际通行课程培训班，国内外专家授课。胡艳苹赶紧派自己原来茶楼的员工去学，学回来再教她的那帮孩子。胡艳苹心里很清楚，这个培训就是救个急，她需要的很多都没有满足，但目前只能这样了，慢慢往前走再想办法。

紧紧张张，忙忙活活，胡艳苹的“阿甘餐厅”开业了。让她没有想到的是，她跟着自己的感觉走、为了孩子们开的这个餐馆，被命名为“全国首家支持性就业企业”，也就是说，她胡艳苹成了一个探路者、领路人。

一个人的好心肠现在要变成社会责任感，这是对胡艳苹的考验，是让她脱胎换骨做更大事业的门槛，更检验着我们这个社会是否足够成熟、友善、宽容和灵活。

她发现，跟智力障碍的人群打交道一点也不难，你对他好，他对你更好，你掏出心，他恨不能把命都给你。相比起来，跟正常人的世界打交道才是真难。

胡艳苹去税务局询问给残疾人就业的餐厅能不能税费减免，回答说必须法人是残疾人才行。她东北姑娘的幽默上来了，反问一句：“我把自己弄残疾了就能享受国家优惠政策是吧？”人家更逗，回答说：“是。”

让人哭笑不得，但胡艳苹就是在一片荆棘中开辟出一条路。

名头有了，荣誉有了，钱也跟着来了。有一个北京人，追着胡艳苹要给她100万，但她说什么都不接受。我很好奇，当初没完没了往家带孩子的劲头哪里去了？钱来找她，正是她可以扩大规模，容纳更多智残人的机会，为什么拒绝呢？

胡艳苹的回答冷静而现实："这几十个孩子，根据我的经济能力，我养他们没问题，我心里是有底的。可如果说大家开始给我捐钱了，看上去我是有钱了，捡吧，帮吧，到最后要是没有人支持了，你摊子铺得那么大，但是照顾不了怎么办？"

其实不是不想接受。很多妈妈知道她给智残人士开了个餐厅，就带着自己的智障孩子来找她，希望她能收留下。但是规模有限、岗位有限，还有不到位的培训，她只能狠着心说不。如果能有钱进来，她可以做大，接纳更多的智残人，但是条件跟不上。而且钱这个东西，今天可以随性来，明天就可以随性走，没有完善可靠的制度保障，她不敢贸然接受。

我去采访的时候，餐厅已经运行了两个月，胡艳苹挑选出来的那几个孩子没少犯错，这桌点的菜上到那桌是常事。他们的智力的确比正常人要弱，普通人马上就能学会的，他们要重复几百次才能学会，比如对客人说"欢迎光临"。但是他们从不偷懒，从不偷奸耍滑，烤羊肉串的铁签子让洗多少遍，就一定洗多少遍；而且他们异常珍惜这个机会，每一个人都是用足了劲儿去做，从他们脸上那专注的表情就能知道。

胡艳苹跟我说，她有比较，短短两个月时间，他们就像换了个人似的，如果能坚持下去，他们就能通过自己的劳动养活自己。与社会接触的时间越长，他们的思维方式与沟通能力就与其他人越接近，他们自主决策和自主生活的能力就越强。

我们国家有一千多万的智力残疾人，他们中的轻度和中度智障人士都可以经过培训走进社会，过基本正常的生活，但是不足一成的就业率让他们自己、家庭、社会都背负着沉重的负担，而其余躲在家里的智障人士过着事事需要人的没有尊严的生活。

胡艳苹无心插柳柳成荫，用自己的经验理解着正常的人的社会应该为他们做什么。社会对残疾人的责任，不仅仅是让他们吃饱穿暖，办托养机构，让他们很好地活着。更重要的是，让他们有价值地活着，能自食其力，有尊严地活着。

人在做天在看

贵州小伙子王冬在四川崇州打工，在准备回老家的前一天晚上，他骑电瓶车在路上撞到一位老人。老人没有纠缠他，而是让他走，但是王冬留了下来，叫救护车把老人送到医院。老人病情一再恶化，王冬把妻儿从老家接到崇州，与老人儿子住到一起，担负起照顾老人的职责。

在整个采访的过程中，我问得最多的是这句话："为什么当时你不走？走了也许就没有现在这么多的麻烦和负担。"我知道，这叫以小人心度君子腹，但这恰好是这个事情中最核心的环节。我们被"扶不扶"这个问题纠缠得太深太久了，钱、时间、责任……要卷进来考虑的因素太多，哪个都要命，以至于在看到王冬和老人做出这种选择时，都不能理解了，还要反复去追问。

我带着一个复杂的脑袋，去采访几个单纯的人，他们说的话做的事，即便采访已经时隔多年，仍然在我眼前栩栩如生。

王冬在撞了老人以后，其实有几次机会可以走，并没人知道他的存在。

2012年11月6日，王冬从打工几年的工厂辞职，到街上为父母、妻儿选购礼物，准备第二天一大早离开成都，回到贵州遵义市习水县大坡乡的老家。晚上7点多，他骑着电瓶车带着精心挑选的礼物兴致勃勃地返回厂区宿舍。初冬的天黑得很早，此刻只能靠着昏暗的路灯骑行，突然他看见前方有个人，想躲已经来不及，电瓶车一下子把那人撞倒，王冬也磕破额头。他赶紧下车去看，是位老人，60岁上下。"您有没有事？”他问，随手在老人头上一摸，湿乎乎的，老人的头也磕破了。“你走吧，我没事。去街上缝几针就行了，不用那么麻烦。你走吧。”昏暗中老人催着他走。王冬问出了老人目前孤身一人，儿女也不在身边。天黑了，四下没人，被撞的老人也没亲没故，关键是还允许他走。

“要是那时走了呢？”我问他，“想过走没有？”王冬说：“没有。除非他有子女能过来，带着去检查没事，我才走。如果我把他放在那了，他真的有事，我不知道怎么面对人家。”

这是第一次，也是最好的一个机会，当时的一切都为他提供了走的条件。如果从个人利益的角度出发，小伙子最好的选择应该是听老人的话——走。几个小时以后，他就回贵州的家了，见到很久没见的父母、妻子和小女儿，不会再与这里有任何关系。再说黑暗中老人也说自己没什么事，还亲口说让他走，走是没问题的。如果不走，就要陪着老人去检查，要花钱，要花时间。然而王冬没有走，他马上打了电话叫来急救车，陪着老人去了医院。

我问他：“是不是注意到周围有摄像头，或者想到也许黑暗中有人会看到才这样做。”他摇头，告诉我他不是为摄像头和别人的眼睛去做。我还没完没了，继续问：“在你确认没人看见时，也就是天知地知你知了。”他看着我，接着我的话说：“对，是天知地知，但是我知道还有一句，叫人在做天在看。做人做事最起码要对得起自己的良心，不能为自己的良心增加不必要的负担。”这句话让人对他刮目相看。仔细打量他，长得很普通，寸头，颧骨和腮骨线条分明，眉毛形状很好，他的眼睛和神态特别大方，表达事情清清楚楚，目光不躲闪，直视我的眼睛。这样的人站在人群中，就是一个普通的打工者，但是一说话，完全不一样。

第一次走的机会，王冬放弃了。

王冬随着救护车来到医院，陪着老人做CT检查。在这个过程中他得知老人姓李，今年60岁，家住南充，也是在崇州打工。CT台上，老人再一次劝王冬离开。虽然医院知道王冬是肇事者，但是不知道他的任何信息，如果此时走，也经过了老人的允许，还是说得过去的。但是，老人的一再相劝让王冬心里又温暖又难过，老人心地这么善良，怕给撞了自己的小伙子添麻烦，但这时候走，心里又怎么对得住他。

半小时后CT结果出来，情况不妙，老人颅内出血，要转入重症监护室并马上手术。王冬怕了，怕的不是自己的责任，而是老人家要是没了可怎么办？

医院通知老人家属往这里赶，赶到还需要几个小时。这时，是第三次机会。

在等老人家人来的时候，王冬走了，但他是回宿舍去取钱。他把准备带回家的3000多块钱和向同事借的1000多块捆在一起，匆匆赶回医院，在医院的走廊里待了一个晚上。

我问他："那个晚上有没有算一下，如果你不走，老人的医疗费你就要背一阵子了。重症监护、颅内出血，都是要花大钱的。言外之意是：看，你不是不走吗？现在麻烦来了，你背得起吗？"小伙子说："我算过了，是要交很大一笔钱。但是就算背经济上的损失，也总比良心受到谴责或者一辈子活在惊恐当中要好得多。最少我自己做到了我认为应该做的比较对的事。"

听他说的时候，我脑子里想到的是药家鑫。也是深秋初冬的晚上，念大三的药家鑫开车撞上骑电动车的一个同龄女子，药家鑫没去问她伤情，而是想到自己的"麻烦"——她会记下车牌号告诉警察，他在日后会没完没了地给她花医药费。药家鑫想的是如果她死了，麻烦就没了。

于是，他回到车上取了随身带的刀，捅死了被撞的女子。人和人，到底相差在哪里呢？王冬受过的正规教育跟药家鑫比差远了，但是药家鑫身上看不到一点点“良心”的影子，良心跟学历没关系，它是家庭和环境的产物。

在王冬的世界里，钱上的账数字再大也算得清，而良心上的账他欠不起，也还不清。身体上的苦累有限度，但昧了良心做的事会没限度地折磨他。他懂得不多，但他懂得他想过心安的日子，他想做一个负责任的人。

我想最后确认一下。于是，我问他：“站在不少人的角度看，对自己负责的选择应该是走。但是你觉得不走才是为自己负责，为什么？”

小伙子就说了一句话：“不走，是保护我自己的良心，是保护我自己。”

至此，三次所谓的机会，在王冬眼里根本不存在。接下去，就看看凭良心做事的王冬会遇到什么。

当老人的儿子李云昌接到电话连夜从南充往崇州医院赶时，他在心里一遍一遍地想，怎么把肇事者狠狠地揍上一顿。他的老父亲为了给家里增添点收入，这么大岁数还在外面打工，那个小子怎么开车不长眼呢？他又恨又怨。

李云昌见到了王冬，知道他是那个撞了父亲的小子，就没给他好脸色。没想到的是，那个小子并没躲，而是过来仔仔细细把撞老人的经过都说了，听得李云昌将信将疑，心想怎么还有这么没心没肺什么都说的？之后的两天，李云昌暗中打听了一下情况，跟那小子说的基本没差别。他开始琢磨，那小子不是没机会逃啊，有好几次呢，如果他逃了，我恐怕再也见不到我老父亲了，而且我也根本找不到那小子。李云昌觉得，设身处地把自己放在这种情况下也会逃，况且是老父亲让人家走的，这小伙子得有多大的勇气才能担下来，自己肯定做不到。与此同时，李云昌也接到了医院的病危通知书。

按理说把老人撞成这样，王冬是要负刑责的。但在与王冬打交道的过程中，李云昌也渐渐了解到，王冬的家境并不好，父母年纪都大了，母亲好像还有些残疾，他自己的小孩还没断奶，爱人也没有上班在家带孩子，一大家子都等着他去供养，如果他要是背了刑责，这个家就彻底玩儿完。李云昌不是没想过让他承担责任，毕竟他把老父亲撞成现在这个样子，老人动了三次手术，治疗花了 20 多万，后续治疗还要十几万，但王冬说过这笔钱他一个人都担下来，自己还能说什么呀？王冬的真诚、坦率和勇气，让李云昌觉得自己没法在另一条路上跑。

李云昌跟亲戚朋友说起这事的时候，所有人都下意识地说："呦，他没跑呀，你真是碰上了个憨子。"他知道王冬不憨，王冬是条汉子。跟汉子打交道，人家又喊自己大哥，那就应该拿出大哥的劲儿来。就在那一刻，他决定不让王冬承担任何刑事责任和经济赔偿，治病的钱，咱们一起出。本已经很糟糕的事情，却由于两个人的宽容和友善，开始朝着好的方向发展。

为了方便照顾老人，李云昌就出钱在崇州医院附近租了两间房，知道王冬已经身无分文，房租也不要他出。王冬让老婆带着没断奶的孩子从老家过来洗衣做饭，照顾起临时组建起来的两家人。与此同时，他们的事知道的人越来越多，当地媒体也去采访报道。

我采访王冬的时候，跟他一起往医院走，忽然一位中年妇女跑过来问："你是王冬吧？"王冬有点儿发蒙。那位大姐突然往他手里塞了 100 块钱，转身就跑。王冬边追边问："大姐您贵姓？"大姐落荒而逃，头也不回地说："不用不用。"

王冬跟我说，这些天他总能遇到这样的事，有大姐这样直接往手里塞钱的，有打听到他往医院送钱的，他找了个小本子，把收到的每一笔钱都记在上面，虽然大多数时候只能记下是无名氏、好心人。

采访时我问他，遇到这么大的事哭过没有，他说没有过。但是，在说到别人用各种方式支持他的时候，这个小伙子说不下去了，低下头用手抹抹眼睛："我犯了错，大家还能这样认可我，鼓励我，我没想到。"

采访当事双方的过程中，在简陋的出租屋里，他们穿着再普通不过的衣服，过着仅仅是过得去的生活。但他们富有，心里宁静，虽然被巨大的医疗费压着，但是脸上看见的是安详，不急不躁。

职　责

34 岁的董丹在济南公交集团开了十一年的公交车，是一名老司机了。每天在同一条线路上跑，看到的是一模一样的街景，停靠的是固定不变的站点，穿的是一成不变的工作服。钟摆一样的节奏，上班开车，下班带孩子，生活平静得都有点儿单调。直到 2015 年 7 月的一天傍晚，宁静在一瞬间被划破了。

那是一个周末下午五点的小高峰，朋友聚会、孩子培训班下学、逛完商场回家吃饭时分，董丹的车里坐着 20 多名乘客，还有 10 多个空着的座位。在济南中心医院站停靠，最后一个上车的男子一上来就走到董丹身边。董丹并没在意，关门以后侧头看一下那人，说了句“你好”，语调是上扬的，她等着这名男乘客要问她什么，而回答她的是那人把一把刀悄悄地顶在她的腰上。董丹感觉到了刀尖，还没反应，随之而来的是男人把左手又紧紧地掐在了她的脖子上。不近看，完全看不出董丹被那男人牢牢挟持住了。那人说：“别停车，继续开，到泉城广场。”

突如其来的巨大危险让董丹在一瞬间蒙了，几秒钟的空白之后她第一个动作是下意识地按下了双蹦灯，这是用车语在说，车有问题了。但是，这报警的语言在熙熙攘攘的车流中没有引起任何注意。董丹此刻心里翻江倒海，她怕，但是求生的本能告诉她，比怕重要的是先要稳住这个人，让他平静下来别激动，这才能给自己留出时间逃脱。

虽然心在狂跳，可求生欲让董丹镇定下来。她不知道这个人到底想干什么，但是她已经判断出这个人是想弄出更大的动静，因为泉城广场是济南的地标，也是人群最密集的地方。她肯定不能把他带到那里去，万一他身上带了炸药呢？可是，她怎么才能把这个男人制服呢？

董丹用余光扫了一眼在她左上方的红色紧急按钮，那才是关键，这是与公司和 110 联网的，只要她一按下去，就会有人知道她遇到了麻烦。但是，她的这辆车是第一批安装紧急按钮的车，当时没考虑周全，需要驾驶员起身才能够得着，不像第二批的紧急按钮就安装在手边。就是这个不完善，让董丹深陷危险之中。眼下最最紧要的，是按下那个红钮。

车上的乘客李风军是济南市公安局公共交通分局侦查队的警察，50岁，平时的工作就是维护公交车的安全。今天他休息，陪着爱人逛商场回家。从劫匪上车以后一直贴着司机站、距离那么近、时间那么久的这些异常，李风军几乎可以肯定司机遇到事件，职业的训练让他即便是休息，眼睛也不会闲着，他能嗅到旁人不易觉察的危险。

没多久，司机旁边那人的手机响了，他通话过程中的一句话坐实了李风军的判断："别说了，都没用了，已经晚了，只能这样了。"李风军马上从后面的座位起来，想走到前面去看看究竟。劫匪注意到有人过来，转过身大声喊："回去！"同时晃着那把刀。

惊恐万状的乘客开始争先恐后往车厢后面跑。李风军心里有数，不能惹毛这个人，要观察他想继续怎么干。于是，他也跟着乘客回到车厢尾部。他心里不免担心，司机是个瘦弱的姑娘，她能不能应付眼下这一切？之后，他掏出手机，压低声音报了警。

与此同时，董丹心里在盘算，自己必须得动起来，找机会起身去按上边的报警按钮。她柔声细气地跟那个人商量道："师傅，我陪着你去泉城广场，让车上的人下去吧，带着他们也不方便。"劫匪想了想，说可以。

之后，董丹把车停好，她想的是站起身来转身用车上的麦克风跟大家说明情况，在这个过程中一直起腰就趁机按下按钮。可是劫匪始终用刀顶着董丹的腰，一只手攥住董丹的胳膊，让她没法在起来转身过程中抬起胳膊。董丹只得跟大家说："别怕，这位师傅也没恶意，他就是想去泉城广场，我带他去，大家都下车吧，别耽误事儿。"

此时，李风军的爱人悄悄地拽了拽他的衣襟，让他赶紧跟着下车。爱人的意思老李明白，媳妇是心疼他、担心他，今天又不是你的班，这就不是你分内的事，赶紧跟我回家。可老李心里不这么想，我是没穿警服，今天也不是我执勤，没人知道我是警察，可我知道我是，如果我下车了，虽然没错，但是这一辈子心里怎么能过得去！老山东的劲儿上来了，他甩开爱人的手，给了她个眼色，小声却是用力地说一句："你先下！"劫匪听见，大声问他："你怎么不下？"李风军打哈哈说："师傅，我也去泉城广场，急着赶时间，再加上不认道，车上不多我一个，就让我待在车上吧。"劫匪似乎没怎么多想，不再说话，算是默认了。

董丹感激地看着李风军。那人 50 岁上下，两鬓头发已经白了，很精壮，一身休闲打扮，直觉告诉她，他是留下来帮她的。两人眼神碰了一下，彼此心知肚明。就那一眼，让董丹紧张的心不那么沉重了，她可以依靠这个男人的帮助，不再是一个人面对劫匪。如果那时董丹知道老李就是警察，心里应该更踏实。

站着的董丹还有最后一次机会去按那个红色报警按钮，但她的右臂被抓着。在她回身坐到座位上时，装作没站稳，伸出左臂支撑了一下，顺势把红钮按下。好了，大家应该知道情况了。

空荡荡的公交车厢里只剩下他们三个人。公交车在专用车道里没遮没拦地跑着，董丹意识到要是保持这个速度很快就要到泉城广场了。于是，她利用一个左拐弯，把车开出了专用车道，加入社会车辆的队伍中，哪个队更堵就排哪个队。车速明显慢了下来。

劫匪又恢复了原来的姿势，把刀顶在董丹腰上，但董丹的心越来越镇定，她开始和劫匪聊天，说咱们都是普通老百姓，出了什么事至于走到这一步？有什么是她能够帮得上忙的？从顶在腰上的刀的力度就能感受到，这几句话看来是触碰到了劫匪的痛处，他的情绪明显受到了影响。这一点变化，在车厢后部的老李也注意到了，他不顾劫匪只能坐在后面的命令，利用这个机会一点点走到了最前面的座位上，抓住这个话题继续跟劫匪聊。劫匪真走过来了，坐在他身边，但是还没忘把刀卡在老李脖子上。看来他是很想交流。劫匪是个中年人，一脸沧桑，饱受折磨的样子，他是保安，生活不宽裕，总是想通过买彩票中大奖在生活里翻身　可是事与愿违，越买越赔，到最后赔进去了老本，他还不甘心，跟别人没完没了地借钱去买彩票，人家催着还钱，自己走投无路想到弄出个大动静，他人进去了，债务也就不作数了。

他的情绪很低落，也很混乱。李风军想的是怎么能把这刀始终架在自己脖子上，而不是再回到女司机那里。于是就缠住劫匪聊道："兄弟，需要用钱我借给你，别这么干啊。"劫匪叹了口气。"咱们是男人，有事咱男人自己解决，放了她。"就这样一来一往，十分钟过去了。

在老李把劫匪吸引走的空当，董丹想到踩急刹车把劫匪摔倒，他们两个人再扑上去把劫匪制服。但是，事发以后的巨大压力和紧张害怕似乎已经把董丹全身的力气都用光了，她的手脚都是飘的，而且一点儿都不敢肯定这一刹车她能不能和那个中年男人一起跟劫匪搏斗。这一招太危险了，不确定性也太多，现在劫匪还在可控范围，万一他身上再带着什么爆炸物，那可就完了。

之后，劫匪又回到了董丹身边，一切都恢复到老样子。

董丹不住地看后视镜，算着时间，警察接到报警也应该来了。果然，她在后视镜里发现了一辆警车。与此同时，她用余光看见有一辆公交车正在专用道上与她并行，仔细分辨，司机是自己的同事张宇，他正使劲往自己这里看。董丹做了一个打电话的手势，做出"报警"的口型。张宇一下就明白，马上加速超过了董丹。这时警车也已经赶到，把董丹的车别住。车停了。劫匪看见了全副武装的警察，其实他心里不是不知道会有这么一幕，只不过真的来了，这条绝望的路也就到了尽头。

特警的到来，把车厢里的气氛瞬间抽紧，接下去一定免不了动手。劫匪紧紧掐住董丹的后脖颈，越来越使劲，董丹感觉他的指甲都快抠进肉里去了。劫匪很害怕，按住董丹的手虽然很使劲，但还是控制不住地在发抖。董丹不知道他下一步会怎样，但是她知道留给她自救的时间也不多了。董丹心里琢磨着，最后还有一个能用得上的武器——灭火器，就在董丹的座位右后侧，随手就能够着。可是，她被劫匪牢牢地按着，根本动弹不了。同样，李风军也意识到必须出手了，否则姑娘就有可能被劫匪拉下车去做人质，那样就更麻烦了。

这时，同事张宇出现在公交车前门外。张宇是个壮汉，一米八几的大个头，30 多岁，往那一站就是一扇墙。他隔着门冲里大声说："师傅，你别激动，别激动啊，有事咱说，都是男人，要不我上去把她换下来？男人的事，何必扯进一个姑娘呢，你说呢？"董丹的眼泪呼一下就顶上来了，他这是要用他的命换我的命啊，平时他不言不语的，关键时候他能豁出命去救我。

张宇不敢贸然行动。他和董丹都知道，公交车门外有一个紧急装置，可以从外面开门，但是他不敢，他怕一旦开了门劫匪的那把刀就会扎进去。张宇小心翼翼地看着，现在千万不能招惹他。车上的李风军也一直在寻找夺刀的机会，危险是危险，但是只有这一条路了。老李瞬间判断了一下自己的条件，自己 50 岁，对方 30 多岁，他手里拿刀，自己赤手空拳，最关键的是，他从没有夺过刀。但是他也给自己打气，不管怎样，我也是警察，受过专业训练，胜算虽然不能百分百，但总有七八成。在张宇说完话，劫匪迟疑的那一刹那，老李冲了过去，从背后紧紧握住劫匪拿刀的右手腕。劫匪左手腾了出来，从右手里接过刀，冲着老李就扑过去，老李急忙躲闪。这下，就把董丹解脱了。董丹拿起灭火器，拔开销锁，用全身的劲儿疯了似的朝着劫匪的方向猛喷，瞬间车厢里就什么也看不清了。

这时有人喊："快开门！快下车！"车门已经从外面打开，董丹和灭火器仿佛长在了一起，她一边下车一边不停地没方向地乱喷。直到她确认脚已经踩到马路而不是仍在车厢里，身边已经是警察而不是劫匪时，突然就一点儿力气都没了，咣当一声扔了那个大铁罐，抽走了筋骨一样瘫了。

劫匪被特警迅速制服了。

李风军下车看见爱人已经等在那，脸上还带着惊恐，她是乘坐下一辆公交车赶来的，目睹了刚刚发生的一切。俩人没说什么，也没跟人打招呼，趁着大家忙乱，悄悄地回家了。接着，李风军接到了电话，让他去派出所去说明一下情况，因为他当时是用手机报的警。到了警局，见了同事和领导，大家以为他来上班，没想到他就是现场那个留在车上的大哥。朝夕相处的兄弟们没别的话，都冲老李伸出一个大拇指。

张宇回家后只字未提当天的经历，他觉得作为一个男人，理所应当。

在董丹回家的路上，她才有时间去回想整个事情的经过。其实，她是有时间跑的，劫匪上车把刀杵在她腰上，当时她可以顺势从左侧打开的大窗户跳出去，毫发无损地跑掉。可是车上的这二十多人怎么办？他们不会开车门，没有经过逃生训练，万一那人拿着炸药，不就都完蛋了吗！半路上让乘客下车时，她不是不害怕，她当然知道车上的人越多给她的帮助越大，但是他们留在车上就是危险，里面还有老人和女人，没必要把更多的人卷进来。乘客呼啦呼啦下车的时候，她心里特别复杂，真希望能多留下几个人帮她。真是要感谢那个中年男人啊，没他后果都没法想。回到家里，看见父母、孩子在等她吃饭，家里温暖而平静。想到刚刚经历的惊心动魄的生死搏斗，陌生人、熟人都能用心用命去保护自己，她激动得又哭又笑。

最后的告别

2016年末尾的时候，有一张照片让很多人重新打量自己的婚姻：医院ICU病房里，两位白发老人分别躺在自己的手推病床上，两张床并在一起，两个人手拉手，彼此望着。照片的解释文字是：宁波鄞州人民医院，93岁的冯明多器官衰竭，已经走到生命尽头；他的老伴张萍95岁，同在医院住院，与67年的老伴作最后的告别。

这张照片里，没有精致工巧的摄影，也没有千回百转的剧情和复杂交错的关系，就是这一刻，相伴一生的两个人告别，却包含万语千言。它打动了几乎所有人，因为他们过的是所有人的生活，最普通最家常的生活，恋爱结婚、生儿育女、操持家务、平淡度日，六十多年下来，把两个人过成了一个，谁也离不开谁。

当这张照片被ICU的护士长拍下来放到网上后，所有人都觉得它是一颗饱满的稀世珍珠，温润，完美，沉甸甸，隐隐地散发着高贵的光泽。谁都知道是蚌孕育珍珠，可谁也没去深想，一只再平常不过的蚌能用几十年的时间，把一粒沙含辛茹苦养成这样一颗珍宝。

每个人的婚姻都是一枚蚌，都需要用血肉去涵养那粒沙，所有的不舒服和痛苦都要自己慢慢消化，要有足够的忍耐，当然也要自然的造化。最后会孕育出一颗什么样的果实，谁也不知道。有的小，有的走形，有的蚌是蚌，沙是沙，有的会美得让人惊诧。

当我去采访老太太的时候，已经是2017年，媒体蜂拥而至的风潮已经过去，老人家的生活归于平静。

老太太95岁，满头银发，皮肤白净有光泽，眼睛也没有那种灰色的浑浊，脸上看不出是什么表情，平静极了。我心里是愧疚的，因为老人家好不容易把踏破门槛的各路记者都盼走了，结果还是没个完。

做采访很多时候都是这样，新闻中的人物，谁都盯着，全国的媒体同时扑上去，谁受得了？可是我也是媒体之一，想采访，就得裹挟其中。好在我做人物采访久了，有一点点好处就是人家会优先考虑我。越是这样我心里往往就越是过不去。

我坐在老太太床边，跟她说："奶奶，很对不住您，又来打搅了。"老太太摆摆手，用宁波话说："别这么说，你们大老远来也不容易。"

我先问她身体情况。老太太说摔倒以前还能到处走走，现在只能躺在床上了。我问她现在心里和身体都不好受吧。老人回应说："还可以，有四个孩子，还有第三代，换着班来看，还好。"又说到老伴在世时，两个人说福禄寿咱们都有了，满意了，什么时候走都没有遗憾。

我知道，老人是在刻意回避伤心的话。

我们给一对有情人最深的祝福，不过就是白头到老，永不分离。可这美好的愿望是多么地虚幻。年轻的时候，无数的诱惑、彼此的不适，都会轻易拆散一对眷侣；足够坚持最终携手到白头，却又要面对逃不过的生死关，终究要分离。

互相深爱的夫妻，其实是先走的那个有福气，留下的那个要独自面对满满的回忆和深不见底的孤寂。儿孙满堂能不能填补一点点？老妇人摆摆手："不一样的，丈夫跟他们是不一样的。"

我追着问："您老伴说你们这辈子的人生很圆满，什么时候走都没有遗憾了，但是他先走了，您遗憾吗？"

“怎能不遗憾呢？儿女再多再好，和丈夫不一样的。我现在经常有幻觉，听到老头子在叫我‘老太婆’，今天两点多一点，我又听他叫了，我赶紧应：‘啊，什么事老头子？’可是什么都没有了。”

老人自顾自说着，神情里有老人的平淡，语气里却有幼儿园孩子般的委屈。她的老伴没有了，再也回不来了，可是他的床分明还在身边呀，他的书桌也在那里呀，还有他的衣服、拖鞋……到底哪个是幻觉，哪个是真实？

老伴还在的时候，曾经笑着对她说：“你比我长命，你能活到100岁的。”可是他走了，再活多少时间还有什么意思？

老人的眼角淌下一行泪，她自己都不自觉。

没人能逃过这一关的，不过是早晚的区别。老人家的经验在先，让人想知道她会怎么面对。

“没办法，有什么办法？最需要的是老伴，他走了我也没有办法。我现在只想找他去，做人做到头了。”

她舍不得老头子，也舍不得一大家的孩子。可是失去老伴就像砍掉了半个人，孩子们怎么能懂，怎么能填补？那是说不出来的疼，是只有她一个人的暗夜里的汪洋大海。有老伴在，一切的热闹团聚才叫天伦之乐。丢了老伴，那些都不想要了。

她有的时候能看见他的，可是看不见周遭，看不见背景，影影绰绰地在那儿。更多的时候是看不见，哪里也找不到。

找着急了，就跟二女儿艺梅说：“我花20万，你带我去找找你爸，看看他在哪，过得好不好。”老人是任性，还是已经糊涂了？

夫妻相伴六十八年，最后的告别是在医院病房。老太太自己摔坏了骨头，也是躺在床上动弹不得，两张病床紧紧地挨在一起。她拉着老头子早早就伸出来的手，看着老伴脸上的呼吸机和各种管子，只露出一双眼，那眼神里面好像什么都有，一辈子都在那一眼里了。她看懂他舍不得她，她又何尝不是呢？但是她知道，得让他放心地走，于是大声说："老头子，你放心走吧，我会好好照顾自己的。"他红了眼睛，点点头。

相见时难别亦难。拉上的手，怎么能分开？

老先生的喉管里插着管子，说不出话，可是他心里有话啊，万语千言。他有点奇怪，跟老太婆说了一辈子的话，怎么还没说完呢？怎么这么快就要跟她告别了呢？他放不下心她，知道他这一走，留下她自己的日子不好过，但是有什么办法呢？命已经不在自己手上，不得不走了。他使劲地看看她，好像看见了她做姑娘时的模样，又看见她挺着大肚子，还看见她在厨房里戴着围裙套袖忙活……怎么一生这么短？好像几天一样。

老太太的病床被拉开了，他们的手够不到了，他还想使劲去够，可是一丝一毫都动不了，一点点脱离了拉了一生的老太婆的手，目送她一尺一尺一寸一寸地远去。

他心里明白，再见不到了。一直以为两个人分不开，也不可能分开。不是的，有尽头的。人是要走到尽头，才知道有尽头的。老先生送走了老伴，就看见了尽头，那里有一扇门。虽然最后时光身体带给自己那么多痛苦，知道跨过去就是解脱，但是真到了门口，却不是解脱，而是牵挂。也是到了尽头才知道，活着的时候什么都有选择，到了这扇门，没有，有一股强大、毋庸置疑，却温柔的力量，一把把他推进了那扇门。一切都结束了。

生活是流水。太阳照常升起落下，四季照常轮换。生生死死，悲欢离合，那只是人心里的变化，生活什么也没变，什么也改变不了生活本身。

老太太的生活还在继续。

走到这一步，老人难，子女也难。老人心里的塌陷任凭是谁也填补不上，可子女明知徒劳仍要填补。人性的可贵和可悲都在于此，努力了，仍是徒劳，可不会因为徒劳而放弃努力。

生命的方舟

石家庄福利院院长韩金红曾经是一位律师，他比谁都清楚设立弃婴岛将会把自己和弃婴岛本身置于多么尴尬和举步维艰的法律与道德困境。弃婴犯法，他设立弃婴岛就等于在默认父母弃婴行为的前提下去救助婴儿，但作为福利院院长，他又比谁都知道被抛弃在人迹罕至地方的婴儿是怎样命如草芥，既然铁了心不想要这个孩子，能不能给孩子找一个相对安全一点的地方再遗弃？

天下的父母如果不是万分无奈、走投无路，都不会做出放弃孩子的选择。在中国，弃婴绝大多数有重病或者重度残疾，有的父母因为面对不了这个残酷的现实，也承担不起这沉重的责任，自私地放弃。这些父母会在夜深人静时分，把孩子放在僻静避人处，有的孩子命大，被发现时还活着，但是经过一夜的煎熬，往往被夏天的蚊虫蚂蚁和冬天的冰天雪地逼得奄奄一息，送到福利院时已经惨不忍睹。

韩金红的福利院里曾经接收过一个婴儿，是被人在雪地里发现的，送到福利院时两腿已冻坏，不得不做了截肢。捡了一条命的孩子顽强地活下来，上了大学，参加了工作，再后来结婚生子，一切都好，就是肢体永远残缺。韩金红一直在想，如果当时有弃婴的救护措施，他不就能保住一个完整的身体吗？这是被救活的，可是又有多少孩子，被扔在冰天雪地没有被发现，或者发现的时候已经奄奄一息。遇到夏天，被扔的孩子更可怜。韩金红说他看见过一个被老鼠啃掉耳朵、被蚂蚁咬得浑身没一丁点儿好地方的弃婴被送进来，当时他的脑袋嗡嗡的，只想着必须做点什么能让这些弃婴有作为人的最起码的生命尊严。

他曾经读过一本书，提到新中国成立以前烟台福利院有“弃婴抽屉”，好心人发现弃婴，或者父母抛弃孩子，不用进到福利院里去，只需从外面拉开抽屉把孩子放进去，再摇一摇铃铛，里面的老大爷就知道孩子来了，从里面就可以拉开抽屉抱出孩子。这样可以避免双方见面，也能让孩子有个相对不受伤害的处境。这段历史记载给了他启发，韩金红想明白了一个问题：我没法改变抛弃孩子的行为，但是我可以改变孩子被抛弃以后的结果。为什么我不能尝试一下呢？

2011 年 6 月，韩金红在石家庄市福利院门口盖了一个像警察岗亭大小的“弃婴岛”，里面有婴儿保温箱、小床和空调，还有一个红外监控仪，让抛弃孩子的父母能把孩子抛弃在这个“安全岛”里。

建在什么地方、配备什么设施、要不要监控、怎么避免尴尬的见面……所有的细节，里面都是人性的揣摩。弃婴岛不能远，如果放在火车站、汽车站或者明显的、人多的地方，就需要 24 小时值守，有人在就没人敢放。可没人看管，就需要有监控措施，这样一来同样也不会有人选择放在那里。但是，如果不安监控，流浪乞讨的人就会挤进来，也可能变成公厕，根本达不到救助弃婴的初衷。弃婴岛也不能近。如果放在福利院里面倒是不需要人和监控，但是更不会有人敢进去扔孩子。所以一定得找一个可控的区域，能管理也能服务。最后，弃婴岛是设置在离福利院门口几分钟路程的路边。

安全岛里放了弃婴，福利院怎么知道呢？想来想去，安装了延时按钮和一个远红外探测仪。有了这个设施，人一进去福利院值班员就知道了，但是，不能马上出去，一定要等上五分钟，既能够保证把孩子在弃婴岛内放好，又能够保证对孩子的救助在第一时间实施。既不能再短，也不能再长。如果三四分钟，就有可能和孩子父母撞个满怀；如果七八分钟，也许就跑不赢死神。不能再短是为了大人，不能再长是为了孩子。五分钟，真是处心积虑费尽心机。但是，这五分钟会产生一个很深的困惑。

法律明确弃婴有罪，福利院知道弃婴的发生却没去制止，而是留出时间让父母去完成遗弃的行为。这就是说，福利院是以不追究遗弃儿童的父母的法律责任为条件，换取被遗弃儿童的生命安全。在遗弃儿童是犯罪行为的条件下，如果父母知道自己的行为会被追究法律责任，他们就不会把儿童遗弃到安全岛。因此，安全岛必须保护父母的身份和行为不被追究。但因此产生的问题是，如果遗弃儿童属于犯罪行为，遗弃儿童到安全岛，父母遗弃儿童的责任就不受到追究，那么实际上这会被看作纵容遗弃儿童的犯罪行为。这是违法的。

韩金红是律师出身，在这个看似悖论的分析面前，他从理论上找到了依据。法律具有生命、自由、财产、秩序等多重价值，这些不同法律价值对应着人类生理和社会等不同层面的基本需求，它们之间并不是完全平等，而是有主次先后之分。生命自由价值任何时候都优于财产和秩序价值，这必然导致在具体法律制度和法律规范之间也有主次和先后之分。同样道理，那些致力于保障生命自由价值的法律制度和法律规范理应优先于维护财产和秩序价值的法律制度和法律规范。如此一来，设立弃婴岛与追究遗弃罪，孰主孰次，孰先孰后，便一目了然了。设立弃婴岛是为了保护弃婴的生命健康权，使其免受二次伤害；而追究遗弃罪只是为了处罚违法犯罪者，恢复被遗弃这种违法犯罪行为损害的社会秩序。显而易见，在保障生命健康权利这种最高位阶的法律价值面前，制裁犯罪这种维护秩序的法律价值必须退居二线。

除了理论依据，韩金红还想了很久：遗弃亲生骨肉当然犯法，但是纠正这个错误不是福利院能做和该做的，作为政府的福利机构，它的职能就是给社会最弱势群体提供帮助。保护好弃婴，是儿童福利机构的法定职责。我是福利院，我要把儿童利益最大化，怎么做对孩子更好，我们就怎么做。婴儿安全岛与政府会给从事性交易的女性提供避孕套、给吸毒人群提供一次性注射器的性质是一样的，这不是承认、鼓励恶本身，而是在问题一时无法解决的时候想方设法去把伤害降到最低。

这个是非问题想清楚后，韩金红开始等待弃婴岛里第一个孩子的出现。

整整过了两周，但是韩金红说他的心理时间远比两周漫长。他的心里有两股劲儿在撕扯，既希望能有个孩子早早出现，这样就少一个被扔在角落里的小生命，也能验证他对人心的判断，让他证明这个小岛存在的价值，又打心眼里不愿看到一个弱小的生命就此永别了父母和家。韩金红心里五味杂陈，在期盼和谴责自己期盼的矛盾心理中等来了第一个孩子。

时间是建岛半个月以后。6 月 15 日晚上 11 点，值班员通过红外报警知道有情况，五分钟以后赶到，看到的是一个先天异形的残疾孩子，残疾程度很重，看样子也就是刚刚出生几天。韩金红的心只落了一下地马上又提了起来，这是一条垂危的小生命啊。天一亮，韩金红和同事就把婴儿送到附近的医院，医生检查以后摇摇头说养着吧，没得救了。把孩子带回福利院医疗室，维持了半年时间，还是走了。

韩金红心里难受极了。虽然他知道，弃婴岛能做的是尽量减少气候和动物给那些可怜孩子造成的二次伤害，他可以减少一些小生命被蚂蚁和野猫撕咬，避免一些婴儿被冻出肺炎，但他拉不住他们离去的步子，更不能改变所有弃婴的命运。

从 2011 年 6 月建岛到 11 月，一共进来 68 个小生命，最后能留下在这个世上的也就 38 个，30 个生命还是没有留住。韩金红和他的福利院尽力了。离开的 30 个小生命，被送来的时候要么自身残疾程度很重，要么就是带着输液针从医院直接送过来，在家人看来已经没有抢救价值或者无力再担负治病的重负。不管什么情况，福利院都是全力以赴去救，即便救不回，也让那些生命能体面、有尊严地离开这个匆匆经过的世界。

外人总是上来就用价值和道德的标准去评价一个人、一件事。韩金红和福利院努力的方向是那活下的 38 名孩子，可外界却更会去看那离去的 30 个数字。从绝对值看，这个数字仍然庞大，可是对比从野外捡拾回来的弃婴，存活率已经提高很多。在心里默默受到鼓舞的时候，韩金红却要面对铺天盖地的质疑和谴责。很多时候，议论者仅仅是看到了有感而发而已，但是议论却会给议论对象带来意想不到的麻烦和阻力。

韩金红艰难地推进他的工作，不厌其烦地向外界解释。他看着有的孩子走了，有的孩子留了下来，一天天、一幕幕，生命就在他眼前匆匆经过，他能从孩子的眼睛里看到留恋，看到求生的渴望，看到弥留之际的无助。他在心里对自己说：我们不是上帝，我们只能尽自己最大的努力，能救一个就救一个，只要多救活一个孩子都是成功的。这个标准可能很低，但是它给韩金红和同事很大的安慰。

中国的弃婴现象跟国外有所不同，中国绝大多数都是病残婴儿，国外绝大多数是未婚生子。

弃婴岛的出现体现的是文明和进步。只是任何进步总会举步维艰，尤其是当它涉及最基本的人伦观念时。石家庄市福利院的弃婴岛是全国第一个，它在一片争议中度过了两年半时间。这个时间段内，石家庄福利院从安全岛接收的弃婴占到 2/3，这种方式成为接收主体。到 2013 年年底时，民政部开始在全国倡导鼓励修建婴儿安全岛。也就是说，以后更多的弃婴能够通过相对有尊严、安全的方式进入福利院。

采访院长韩金红，他带着我去看从弃婴岛收到的一些孩子。在育婴房里，韩院长告诉我一个个小家伙都是什么时候来，什么病症。

从进入这个房间到采访结束，我都没有注意到她——直到快走了，余光里才发现一个小小的人一直靠在门框边，坐在一个小板凳上。她可能也就2岁左右，童花头，齐齐的刘海，穿得鼓鼓囊囊，系一个细蓝白格的围衣，不哭不闹也不乱动，一个人坐在小板凳上，晃悠着脑袋，嘴里还不住地发出咕咕的声音自己跟自己玩。我快速地回忆了一下，她好像的确是始终没有离开过这里。如果一个孩子持续保持一个动作半个小时以上，一定是哪里出了问题。我找到保育员小声问这个孩子什么情况，那位50岁上下慈眉善目的大姐还没说话倒先叹了口气，说："那是佩佩，她被送到这里的时候就是双目失明的，2岁多了。"我的心好像被人重重地推搡了一把，怪不得呢。

我轻轻地走近她，在她面前蹲了下来。佩佩停止了一切动作和声响，低着的脑袋也抬起来，向着我的方向。我把她正在玩的两只手打开，攥在我的手心里。孩子的两只手那么小，比猫爪大不了多少。我用细软的声音对她说："嗨，小家伙，你好呀。"她仍然没有反应过来，为了搞明白对面到底发生了什么，她侧了侧头，让右边耳朵集中精力听，紧接着又换了一个方向，让左边耳朵也帮着进行分辨，与此同时，眼珠却毫无目的地转动着。我盯着这个小小的人仔细地看着，那么漂亮的一双眼睛，深褐色大葡萄粒一般的黑眼珠，浓密的长睫毛，牛奶一样细嫩白皙的皮肤，小塌鼻子。也许是年龄小，看不见东西的眼睛并没有那么无神，如果不说，看不出有什么问题。我拉着她的手又问："你在干吗呢？我抱抱你好不好？"她一下笑了，发出"啊、啊"连续的声音，露出一嘴小白牙，给我一个毫无保留龇牙咧嘴的笑。

我伸手把她抱了起来，一只胳膊托着她，另一只胳膊包拢着她的后背，手托着她的头，这样我就给了她一个包裹得很密的拥抱。一开始她有点儿慌张，微微往后躲，因为即便看不见我，她也能分辨出这是一个陌生人。但很快，我的拥抱传递出的女人、妈妈的气息和温度被她迅速捕获了，小身体很快主动贴近，不假思索地把脑袋靠在我的胸前用脑门蹭蹭，这还不够，紧接着伸开两只胳膊，最大面积地依偎着我。半天，她一动没动。我看不见她的脸，她把头深深扎到我怀里了。她像离群的小动物一样紧紧抓住片刻的温情使劲地感受，那种珍惜和不愿放手的表达方式远远超出了她的年龄。

我紧紧地抱住这个孩子，心如刀绞。那一刻，我与这个孩子一样无能为力。我养育过孩子，知道妈妈对孩子意味着什么，那是他们的整个世界，只有妈妈能不知疲倦地呵护着冷暖，没完没了地用语言、用动作、用表情交流，生病了没日没夜地照顾，并且无时无刻不在用心牵挂着孩子的一切。如果是像佩佩这样眼睛看不到，母亲更会加倍付出。可我怀里的这个小女孩儿却什么也没有，一个从没有享受过妈妈爱的孩子，她本来就黯淡的世界会是怎样的荒芜冰冷啊？

当人们绞尽脑汁改变了幼小生命被遗弃的方式时，却改变不了他们的命运。因为再好的福利院也不可能像一个普普通通的家。韩金红院长已经鞭长莫及了。就像此刻趴在我怀里一动不动的佩佩，福利院里一名保育员要负责照顾十几个孩子，他们尤其要关注的是重症儿童，像佩佩这样不声不响的老实小孩自然不需要太多的特别照顾。而孩子成长的每一天，母亲都要与他们频繁密切地交流互动，在这个过程中，孩子建立起对人、事、环境、规则的认识，但这些对佩佩们是奢侈的。他们在成长的过程中欠缺的爱，长大以后要多久才能弥补上呢？

跟佩佩住在同一个房间的一共有十几个孩子，都是两三岁，有几个一直躺在床上。我走进去看他们的时候，是下午三点多，冬日午后浓郁但无力的阳光侧照在他们的小脸上，勾勒出一个金边，能清晰地看到他们脸上的小绒毛，孩子的皮肤在阳光下像绸缎一样干净柔润光滑。可是，只有这么一小会儿，阳光很快走掉了，所有的美好转瞬间全被带走。我一眼就能看出他们跟正常孩子的不同，眼神呆滞，脸色灰暗，躺在床上不怎么动。美好幻象和残酷现实在那一刻转换，连我这样的旁观者都猝不及防。

忽然想，为什么要挽救这些苦难的生命呢？如果任由他们去了，痛苦也许就此结束；可是如果把他们拉扯回来，延续了他们质量并不高的生命，他们就不痛苦了？韩金红不能接受这种假设："怎么能这么比较呢？福利院里除了没有父母的病孩子、残疾孩子就是没有孩子的孤苦老人，如果按照正常人的标准，他们的生命质量、生活质量很低。但是我在这里这么多年，从来没有听说过谁会主动放弃生命，相反，他们求生的欲望都很强，甚至比正常人强烈很多。我们永远都不能用自己对生命的态度去揣度别人，硬加给别人。每一个生命都需要去尊重。"

我们在塑造文明的同时也在作茧自缚。我很难想象，当父母满心欢喜迎接自己孩子时却发现他是重度缺陷，那是一种怎样的绝望。每个人的承受力不同，当无力面对生活安排的这个残酷事实时，他们能不能有别的选择，比如把孩子放到福利院的婴儿安全岛？作为旁观者去谴责父母的自私残忍是容易的、正义的，可是伴随缺陷儿的父母日后每时每刻的痛苦和绝望谁又能去设身处地地分担？但是，如果他们真的选择把无望而残缺的孩子遗弃掉，困惑和惶恐也许一时能够卸载，但心理上的重负和罪恶却注定会如影随形相伴终身。解放了肉身，却换来灵魂永远被监禁。

采访结束了，我得走了。我把趴在我怀里的小佩佩轻轻放下，她不愿意，但是也没哭，她知道她没有任性的权利，那是在妈妈那儿才有的。那一刻我无能为力。

理解与宽容

2012 年 3 月 20 日，为了治愈鼻炎，连恩青在温岭市第一人民医院做了鼻中隔纠正及双侧下鼻甲下部分切除的微创手术。术后几个月，他感觉自己的病情非但没有好转，反而症状加重。为了解决问题，他多次投诉医院，40 次寻找主治医生，要求治好他的病。医院也曾组织院内外专家会诊，期间出具种种医学数据均显示手术成功，没有再做手术的必要。对此连恩青并不认可。2013 年 10 月 25 日，他到温岭市第一人民医院用刀刺死医生王云杰。2015 年 5 月 25 日连恩青被执行死刑。

2015 年 4 月 2 日，二审结果出来后，我在温岭看守所采访到连恩青。

要想了解连恩青，就必须了解空鼻症。空鼻症是 20 世纪 90 年代中期才被国外医生提出的，这到底是不是一种病症，到现在医学界仍在争论。从结构上讲，鼻腔有过滤空气中灰尘、给空气加温及和加湿等功能。过敏性鼻炎、肥厚性鼻炎或鼻窦炎患者往往在接受手术时将下鼻甲或者中鼻甲做过度的修除，术后鼻腔过度通畅，而病人却会抱怨鼻子不通气、咽喉干燥或有异物、头晕、睡眠品质差、胸闷和心情沮丧。华中科技大学同济医学院附属协和医院有一篇相关论文曾经提到，“很多时候，空鼻症的症状易被医务人员忽视，因为医生无法清楚解释这种宽阔鼻腔的患者出现这种矛盾的鼻塞的原因”，而且 CT 检查也是正常的，只会显示患者鼻腔在术后变大。有医生认为，空鼻症是一种主观性疾病，需要依靠患者对症状的描述才能确定，单靠检查是检查不出来的。这就可以解释，为什么空鼻症患者屡次复查结果均会显示正常。

连恩青就是在鼻炎手术中切除了下鼻甲，术后出现了上述症状。好了，在了解完这些知识之后，我们来看连恩青的经历。

连恩青的世界里只剩下了鼻子。手术后的每一次呼吸都苦不堪言，总觉得被什么堵住马上就要憋死。他一次一次地去找主治医生，但是医生告诉他手术没问题，看不出哪有问题。医院最后还请来了上海专家会诊，说的话都一样。他不理解，明明自己已经难受得生不如死，怎么一照片子却显示一切正常呢？说不定是温岭医院错了呢？于是，他又到杭州、台州、上海的医院去照，但是所有医院出来的CT结果都一样。他有点儿蒙了，这是怎么回事？

事后看，这个过程是患者自然而然的反应。患者当然迫切地想知道，既然手术成功，医学数据也一切正常，为什么比手术前还难受？在互联网上谁都可以轻易查到的一种病症，耳鼻喉科的主治医生不可能不知道。但医生知道了，患者不一定知道。

连恩青一连找了给他做手术的医生40次，医生有没有告诉他有空鼻症的存在？这和病人的下鼻甲切除手术有什么关系？为什么会出现更难受的情况？从我对连恩青的采访来看，似乎他并不知道空鼻症。那为什么主治医生没说？也许医院历来治疗鼻炎多采用这种切除的方法，医生并不觉得有必要跟患者解释这么多；也许医生在疲惫的工作中，实在没工夫一遍又一遍跟同一个已经做过手术的患者去解释；也许连恩青表现出来的偏执让人心生反感……总之，通过解释做疏导的这关键一步，医院看上去是缺失了。这似乎是可有可无的心理疏导，给一场悲剧埋下了导火索。

永远感到窒息的生不如死的状态和自己主治医生一次次的拒绝，让连恩青开始病态地怀疑是不是医生搞的鬼，做了见不得人的事，而医院的一些不规范、不严谨的处理方式也给连恩青提供了把柄。他回想起医院给他登记信息时，病历卡上有时写“连恩青”，有时写“连恩清”；有时写他 33 岁，有时写他 80 岁。这么一想，他觉得很有可能是医院 CT 造假了，再联想一些医患纠纷案例，他越发觉得医院一定是藏着一个惊天黑幕。

其实，这个悲剧有偶然，也有必然。医生忽略了与他深入沟通的环节，而连恩青闭塞的个性也让他从不与家人朋友去诉说他的心理，只是用摔东西，打母亲、妹妹这种暴烈方式来宣泄缓解他窒息的极度难受。家人躲他还来不及，根本谈不上去走进他的心。连恩青越来越孤独，越来越深陷在自己的逻辑中，而家人看他的言谈和行为则是越来越古怪，于是怀疑他是不是精神上出了问题。连恩青生拉硬拽被家人强行送到上海市精神卫生中心，医生对他的诊断是持久妄想性障碍，需要入院治疗。连恩青知道，他没病，他就是鼻子出了问题。但是，他的表现让所有人相信他是出了精神问题。

现在我们看得很清楚，连恩青与周围人最大的隔阂就在于那个空鼻症。当医生和家人都用医疗数据来看待手术是否成功和揣测他是否难受时，没人来用一种合理、尚未定论且仍没有治疗办法的解释来平息他因痛苦而狂躁的内心。事后看，这种解释和沟通是多么的重要。不能保证跟他解释了他就一定不会去伤人，但不去解释无疑使他伤人的可能性增加了很多。

从精神病院回到家的连恩青不仅没有治愈心理问题，反倒让他暗地里做出一个可怕的决定：凡事有果必有因，你让我生不如死，我干脆让你死。他在墙上用黑笔写下两名医生的名字，又恶狠狠地添了一个“死”字。我见过那字，光是那一个字就让人不寒而栗，能看出他孤注一掷，尤其是那最后一撇，真的是像一把尖刀，杀气腾腾地要刺向旁边的医生。

2013年10月25日这一天，连恩青藏好了一把从肉摊上偷来的大尖刀，来到温岭第一人民医院。到了走廊，他见到了王云杰医生。王云杰并不是主治医生，但是他给连恩青讲过片子，说过手术没问题。“没问题？我现在这个样子就叫没问题？”王云杰医生曾经说过的那句话点燃了连恩青的怒火，他拔出那把刀，朝着王云杰身上就砍了过去，一刀、两刀，捅到第三刀的时候重重地深深地往里刺。当连恩青发现旁边有人要救助的时候，他发疯似的把人赶走，回过来继续，第四刀……直到第七刀。主审法官梁建说，他见过刀口，每一刀都是很深的，不是一般的捅上一刀就走，杀人的决心非常坚决。

此时的连恩青，已经从一个饱受疾病折磨的弱者变成一个恶魔。他没有丝毫悔意，反倒觉得这是终极解决之道，是在为民请命。如果说在被家人带去看精神病时他还清醒，那么在杀人以后他真的是失常了。他沉迷在自己的逻辑里，觉得医院医生的黑幕需要他去揭开，为与他有同样遭遇的病患去开路。他去惩罚了医生，让医生以后不敢再这样搞鬼。

我采访他，他侃侃而谈，宣讲着他自己的逻辑。面对我提出的问题，他经常说“你等等”。我问：“你觉得你的病能治好吗？”他说：“能。”我问：“谁告诉你的？”他说：“我自己。”我问：“知不知道有很多病是治愈不了的？”他打断我说我扯得太远。我看着他滔滔不绝地说，心里说不出来的难过。他不知道他的空鼻症现在的医疗水平是无解的，患者只能在痛苦中度过余生。能帮助他的，只有医生，可是他却把医生杀了。

连恩青的面相并不凶恶，白净的面孔戴着一副近视眼镜，甚至还有几分文质彬彬。邻居都说印象中连恩青是个好人，能吃苦，能干，平时少言寡语不惹是生非。这样一个人对曾经帮助过自己的医生怎么会如此心狠手辣？

主审法官梁健说：“如果医生能疏导好他的心理，可能不至于走到今天。疏导可能有效果，也可能没效果，但从这里来观察，医院的疏导是做得不够的。”我记得采访宣武医院凌峰医生时，她说：“面对疾病，人类的医术实在太有限了，多数时候无能为力。医生的作用更多应该是陪伴，设身处地地站在患者一端，去帮他缓解心理问题，去帮他共渡难关。”不是苛求医生，而是希望医生能把病人当成有感觉、有感情的人，而不仅仅是躺在手术床上的医学对象。理解病人的疼，才能换回病人对医生的理解。

黄洁夫曾经对我讲过一句话：“你们其实并不懂得医生的心。医生在面对复杂疾病时，他如果尝试去解决，就要冒险，而冒险是需要前提的，那就是病人的理解和信任。当医生拥有了这两样，他会在险中求胜，而治愈的可能恰恰是在这风险中。如果你不放心他，他无疑会放弃尝试，而医生放弃的同时也等于病人放弃了一线生机。”

在采访完连恩青以后，我觉得医患之间最需要的是理解和宽容。现实的残酷在于，疾病面前医学的能力是很有限的，有的疾病医生可能治不好，这个时候就需要患者的宽容来理解这种无能为力，这样的宽容将换来医生更大的责任心，更加不懈地探索和努力。而医生的宽容也同样重要，因为当患者在经受了巨大的痛苦而表现出急不可耐，甚至是暴躁的时候，医生的理解和宽容，将会改变患者的身体状况、心态，甚至命运。

文明前进的每一小步都困难重重

苏州遗体捐献者纪念园在城郊，占地不大，典雅庄重，整个纪念园依着山脚顺势而建。江南的树叶到了冬天，颜色上会发生巨大的转折，有的继续绿下去直到发黑，有的绿着绿着变成了耀眼的红色，多数还是循规蹈矩变黄落下。此时山上正是颜色饱满，既有冬天的肃穆和苍劲，黄红这样的暖色也能觉出温暖和悲伤。沙砾与灰色大理石相间的路把人引向园区尽头，那里竖立着被高高捧出的一颗心，一笔勾勒出的极简雕塑，因为触目跳脱的红色而有了勃然生机。在它的两侧，一人半高的米色花岗岩墙悄悄围拢过来，上面工整地镌刻着在身后捐献出自己身体的人名。

我们到这里时已是暮色四合，冬日的夕阳刚刚收去最后一缕光照，温度和色彩都一下子掉落下来。

周颂英要来这里看看自己的父母。她径直走到了刻有名字的围墙边，在自己父母的名字前面停下。对她而言那不是两个名字，那曾经是一个温暖的家。她慢慢地伸出手，先用手掌仔细拂去上面的灰尘，再用指尖按照笔画的顺序轻柔缓慢地在名字上抚摸着。她的动作幅度很小，可是用情很深。

我站在周颂英侧后不远的地方，看着她的背影。太阳下山把白日的喧嚣也带走了，院子里一片静谧，听得见风穿过松林发出的沙沙声。风把周颂英鬓边的一缕头发轻轻吹起，非常伤感。我虽看不见她的脸和眼睛，却能想象她此刻的神情，49 岁的女儿，隔着花岗岩，在用指尖跟她的父母说话。他们已经离开她很久了，曾经暖暖和和的三口之家，剩下她孤零零一个人十几年。没有骨灰盒，没有墓碑，爸爸早就说过，人走了就是走了，走了以后什么就都没有了，灵魂什么的都是不存在的。也就是说，她与父母没有了任何联系。她在跟父母说话，他们听得到吗？49 岁的孤儿，她孤单吗？她心里后悔吗？

周颂英是独生女，她的父母年近 50 岁才生下她。2000 年，70 多岁但是身体健康的父母提出要在身后把遗体捐给医学院做教学用，让女儿去打听渠道是什么。周颂英并不惊讶父母的决定，但她知道周围的人得知后会怎样惊讶。之后，她小心翼翼地动用每一个关系，仔细包裹每一句询问，以便看上去是漫不经心。即便十几年过后，社会对这个问题认知程度仍然不高，所以在当时，周颂英是用这种近乎偷偷摸摸的方式去完成一个高尚的任务的。在社会还缺乏理解时，就要学会保护自己。

不知道绕了多少弯路，她找到苏州医学院基础医学教学部。在听到这个不速之客开门见山表达了想捐赠遗体的意愿后，陈医生心里的冲击应该是很大的。

人在去世以后，把自己的身体捐赠给医学院供学生解剖，医学界尊称他们为“大体老师”。从这些捐献者身上，医学生们认识了第一根神经，切开了第一条动脉，熟悉了第一个脏器，在成长为医生的过程中，遗体捐赠者是默默的引领者。但是中国的传统观念不大能够接受离开人世时不留一个完整的身体，因此遗体是医科大学最稀缺的资源，缺口非常大，十名医学生才有一名大体老师，而按照教学大纲，每四名就应该有。这么多年紧紧巴巴地教学生解剖，陈医生已经习惯了。突然有人找上门来，他心里虽然激动，但是表情语言上是冷冷的，他不想激动过后是失望，所以要先确认一下来者的意愿。他拣最实质、最有可能打消捐赠意愿的内容说给周颂英听：“遗体主要用于教学，手术刀会在遗体上这样划那样划，会把表皮层、真皮层一层一层地切开给学生讲，这个是什么，那个是什么。过程就是这样，结果是整个人就成了一块一块的，专业叫尸块。”陈医生一边讲，一边仔细地观察着周颂英的脸，他多么希望她能坚持她的初衷，但越是这样就越要把这些告诉她。周颂英的耳朵在听，脑子在想：她的爸爸妈妈，会变成一块一块的身体。陈医生继续说：“认真考虑，我们很需要遗体，但是如果捐出来，是连骨灰都没有的，我们什么都不能还给你了。”

虽然自认为想得很清楚，但是不留骨灰这几个字还是给了周颂英心理巨大的冲击，她想打退堂鼓了。回到家，她用最缓和的语言描述了她掌握的信息。父母平淡地说：“活着的时候一家人在一起快快乐乐，人走了是什么也带不走留不下的，厚养薄葬，挺好。”父母是老革命，一生为自己笃信的事业付出，到最后还要把自己的身体交付出去。周颂英小时不懂事，长大却渐渐觉得父母有牢固的信仰、甘之如饴地持续付出，实际上是很让人羡慕和敬重的，这让他们如此与众不同，在芸芸众生中愈发显露出内心的高贵。

周颂英虽不情愿，但还是从苏州医学院领回了一张纸，上面简单地几行字：“苏州医学院基础医学部，×××同志，生后志愿把遗体捐献，用于医学教学。”公章已经盖好，领回去捐赠者和家属签名，就可以了。没有这张纸，一切都只是一种可能性，可做可不做。但是，一旦在这志愿书上白纸黑字地签下名字，就变成一个契约，就真的要一步一步往前走了。

女儿把志愿书摊放在父母跟前，她看着他们，他们也看着她。她是希望他们先不签，反正已经做了决定，什么时候不得不签再去做。父母看着她，却是希望她快签，既然心愿已定，就不要等到事到临头再草草潦潦。女儿不舍得，签上字好像这个完整的家就没有了；父母也不舍得，但知道分别的一天已经不远，要妥妥地安排后事，不要到了那一天让女儿手忙脚乱。那张纸的存在提醒着一家人要珍惜在一起的每一天每一刻。签下字后的六年，每天都是美好，都要省着过。

直到那一刻到来，父亲走了。

周颂英眼里看着爸爸，手却要拨电话给陈医生。真拨不动那几个数字啊，刚才还是爸爸，等陈医生来，就是“遗体”了。不知道电话里是怎么说的，很快陈医生就来了。看着他们给病床上的父亲鞠躬，轻手轻脚地把父亲的遗体运走，周颂英不知所措。

晚上，她问母亲：“妈妈，你看着爸爸被运走，你在想什么？你难过吗？”母亲平静地说：“你爸爸走的时候，我其实在看着你，看你会不会给陈教授打电话，看你怎么说。你答应爸爸的事都做了，做得很好。我放心了，我走的时候我相信你也会这样办的。我很欣慰。”

母女两个人静悄悄地处理完父亲的身后事，但是树欲静而风不止。

苏州有风俗，父母去世后停留三天，然后大操大办。没有这么做的周颂英在亲戚朋友眼里已是个异类。父亲老朋友渐渐得知消息到家里来看望，问墓地在哪，去看看送一程。她搪塞，但是没几个问题下来就露馅了。老人们惊讶不已：“怎么能不留骨灰，还千刀万剐？”已经躺在床上的母亲说：“人死了也就烧了，为什么不能发挥点儿用处给医学院的学生解剖用呢？”在不解中渐渐没人上门，母女俩也不再解释，理解的不需要解释，不理解的再怎么解释也没用。

不想在没了父亲的熟悉环境中再生活下去，也是为了避开周围人怪异的目光，母女俩搬离了住了几十年的家。与母亲相守了两年，分别又来临了。这一次，没有人再注视周颂英怎么去打电话通知陈教授了。

母亲弥留之际，母女俩曾经有过一番交谈。母亲说：“我走了，就剩下你一个人办这些事了。这些年妈妈也看到了，知道很难，但我相信你能挺过去，要勇敢。”周颂英从母亲的眼睛里看到了深深的难过，是舍不得女儿的难过。有自己在，多少能给女儿个支撑，这一走她可怎么办？

母亲走了。周颂英久久地看着走远的妈妈。当年父亲走了，还有母亲，现在母亲也走了，她就是孤儿了。答应了母亲给陈教授拨电话，可是放下电话她觉得天塌了。一旦陈教授来了把母亲抬走，她与父母就不再有任何联系了。她想反悔，她想像所有人那样厚葬母亲，留下一抔骨灰放在自己身边，也不用去面对潮水一般的质疑和指责，她想逃避。但是妈妈最后嘱咐自己的就是这件事，她必须要完成。

不久陈教授就来了，旁边还有一位陌生人，他们进来以后一起向老人的遗体深深鞠躬。陌生人走过来告诉周颂英，他是苏州市捐献遗体委员会主任，代表个人更代表组织向老人和她对医学以及人类做出的贡献表示感激，并且希望能陪着她送老人最后一程。那是周颂英最无助的时候，雪中送炭的一个人的一番话，让她觉得父母的心意终于被读懂了，他们的选择得到了理解和尊重。仿佛在水底憋了很久，就要淹死的时候有人带她上了岸，周颂英深深呼出了一口气。

母亲去世以后不久，周颂英又去找陈教授，这次希望能签下自己的遗体捐赠志愿书。37 岁，正是人生的壮年，身体健康，连陈教授都说可以过两年再签。周颂英没答应，跟陈教授说既然主意已定，早晚就不是问题了。其实这个想法她也跟父母交流过，父母的意见是等她自己的孩子大一点，如果孩子不理解，要慢慢改变。父亲去世那一年，周颂英的女儿 15 岁，从小跟两位老人一起长大的小姑娘不大能理解为什么他们不能像别人家的爷爷奶奶那样入土为安。等奶奶离开时，她已经接受遗体捐赠这种做法。

自己女儿身上发生的变化让周颂英想到，既然能改变自己的女儿，也可以改变更多的人。她从一名捐赠志愿者，成了苏州遗体捐赠委员会的秘书。她会走访社区老人的家，慢慢跟他们拉家常，小心地绕弯子告诉他们什么是遗体捐献，七八年的时间，从最初的几十个人，发展到2000多人签下意愿书。这个变化，是周颂英自己都没有料想到的。

一方面，像周颂英这样有过家属捐赠经历的个体不断增多，对周围人有影响；另一方面，社会作为一个整体的引导在加大。2010年，苏州遗体捐献纪念园建成对外开放，所有成功捐献遗体或者捐献器官志愿者的名字都被镌刻在花岗岩墓碑上，每年清明节的时候，相关政府部门会组织庄重的悼念活动，平日也供普通人来凭吊纪念。这对周颂英和其他捐赠者及家属来说是最大的回报和安慰。要知道，没有父母的墓碑，周颂英不能像其他没了父母的孩子那样给自己的父母扫墓，去送上束花、烧一炷香、说说话这样的机会都没有，唯一能做的就是在家里看看父母的相片。纪念园的出现让周颂英有了寄托，还有那么多素不相识的人祭拜她的父母。而周颂英在凭吊自己父母时，也在悼念所有的捐献者。

周颂英说参加悼念活动的人中有志愿者，以后也要参加遗体捐献，对于他们来说这也是一种感受，同时也有医学生，他们是在用最朴素的方式表达对“大体老师”的敬慕和感谢。

文明前进的每一小步都是困难重重，周颂英父母签订意愿书这二十年，改变在静悄悄地发生。多一个能理解并且去捐赠遗体的人，就是往前进了一步。

重　生

常永芬是李杰的妈妈。

李杰是一名药剂师，2016 年 10 月由于突发疾病造成脑死亡。常永芬在儿子用呼吸机维持了 22 天生命之后，决定把 34 岁儿子的完好大器官捐赠，遗体捐献。她的这个决定，让 4 个人的生命延续了下去。

失去儿子的过程很短暂。

10 月的一天晚上，李杰下班回家觉得胸闷。到了半夜，他已经喘不上气。急救车送到医院，经过 3 个多小时的抢救，心脏重新恢复跳动，大脑缺血缺氧时间过长，人已经失去了自主呼吸，生命只能依靠呼吸机维持。

一个晚上过去，自己一米八几身高的大儿子再也起不来了，不能说话、不能走路，连心跳都得用呼吸机维持。常永芬总觉得自己是在做噩梦。

医生告诉她："这种情况人是救不回来了，短期情况是植物人，最后会脑死亡。如果你经济条件许可，就送到 ICU 病房维持一段时间，如果不行，就这样吧。"医生是在用很委婉的方式告知家属，这个生命已经结束了。

在一个母亲的理解里，只要孩子有一口气，就没有不救的可能。她要求把自己的儿子送进 ICU 病房。与此同时，她开始在网上查找信息，寻找她儿子只是暂时昏过去的证据。

此时的常永芬，就好像刚刚做了截肢手术，明明腿没了，意识却总觉得腿应该在，她不相信现状，使劲地找到还在的感觉。

第二天白天她去医院看儿子，ICU 病房不能进，只能隔着玻璃往里看。她的大儿子就安静地躺在那里，跟几天前在家里睡觉没区别。她愈发相信儿子就是睡过去了，一定有办法能把他叫醒。

她在网上接连查了三天，所有她能懂不能懂的信息都告诉她，她的孩子不是暂时，而是永远醒不过来了。

你能理解一个母亲的心思吗？她没有把在网上查找的那些问题直接问医院的医生，不是不信任，而是不敢。她怕问了以后，医生会直接给她一个答复，再重复一开始那个可怕的结论。儿子眨眼间倒下再也醒不过来，常永芬的心就一下陷入到了黑暗中。但是她给自己留了一点点念想，万一有可能，窗帘能拉开一条缝，进一丝阳光也够她用了。她想在自己查找信息资料的过程中，看见这丝光亮。

但是三天的寻找，只把她带向了更深的黑暗。医生说得对，她儿子醒不过来了。她承认了。

可是，常永芬想，就算他是植物人，我也要，我把他接回家，天天伺候他养着他，只要他活着。

她改变了方向，在网上查找在这种状况下，怎么能延续生命。最后找到北京的医院有高压氧舱，或许有一丝希望。

常永芬 60 岁，做服装小买卖，没怎么读过书，那些医学术语对她曾经就是天书，可是现在她能像分诊台的护士一样分门别类地去给她儿子寻找治疗的可能性。在一个母亲身上，谁也不知道蕴藏着什么可能。

她找到了北京的那家医院，医生答应她可以试一下，互相留下了联系方式，她可以随时把儿子的情况变化告诉北京的医生。

李杰在ICU里已经躺了十九天。内脏器官都稳定，但是身体外部发生变化了，眼睛渐渐地肿起，肩膀前胸也开始长红点。常永芬急忙把这些情况通知给北京大夫。他们赶过来，分析情况过后，告诉常永芬，呼吸机也维持不了多久了。

常永芬浑身打了一个激灵。像触电，有疼，有麻，有意想不到的惊讶，拨开所有这些复杂感受之后，还能分辨出那么一点点一点点的通畅。

听完医生的这个宣布，常永芬说的第一句是："能把李杰的器官和遗体捐赠出去吗？"

他们母子俩曾经说过这个事的。

常永芬曾经给自己的母亲养老送终。回族的传统要土葬，土葬之后还有各种的仪式。伺候母亲不累，但繁杂的程序让她筋疲力尽。埋了母亲以后她想，人死了，埋到土里就没了，为什么要这么折腾活人呢？等我没了，绝不能让我儿子给我弄这些。

李杰大学学的是药学专业，放假回家跟常永芬聊起来他们上解剖课，难得有一个完整的尸体，都是不知从哪里弄来的尸块，挺不舒服的。儿子说者无意，常永芬却想到母亲的离去，那次她想到的是：不用仪式，那为什么人死了非要土葬、火葬呢？为什么不能把遗体捐给医学院，让儿子他们这样的学生好好学习用呢？她脱口而出跟儿子说："等妈妈没了你就把我的遗体捐到医学院去，给他们做解剖。"李杰说："好，等我没了也送去。"常永芬说："你还是先送我吧。"母子俩说完还哈哈乐。

谁能想到是母亲把儿子的遗体先捐出去呢？

问完了那句话，医生有些不解地问："你确定？""我确定。"常永芬说完又添了一句，"我儿子的内脏都很好，赶紧联系有需要的人，等不能用了再联系就晚了。"

说完这句话，常永芬一下解脱了。她过去二十几天是生活在虚幻的想象中的，她麻痹自己蒙骗自己，想让自己相信儿子能回来。医生那句话让她彻底清醒了，儿子是药剂师，他会愿意怎么做呢？

儿子曾经跟她说，一片药就能把人救活，那种感觉真好。等我自己开药店，给那些买不起药的人送药。如果儿子知道，他的心、肝、肾能救人，一定会高兴吧。

当天，常永芬夫妻俩就签了器官和遗体捐赠协议。

手术那天，常永芬到病房见了儿子。这么多天了，从出事以后，她就只能隔着病房玻璃看，现在终于能摸到孩子了。儿子还有呼吸，身体还是温热的。她去摸儿子的小脚丫，她就管那两只大脚叫小脚丫，再大的个子，再大的年龄，也是她的孩子。她攥住儿子的脚，想到它们曾经是"小肉包子"的时候，想到她用自行车带着他去上学下学，想到教他认字，想到长大了儿子对她的一切好……她放声大哭，她的儿子要离开她了，再见不到了。

常永芬儿子李杰的心脏、肝脏和两颗肾脏，分别植进了 4 名患者的身体，他们已经等了好久了，移植过后，应该有了更好的人生。

白发人送黑发人，摧心肝。可是每当想到儿子的心脏还跳着，常永芬就觉得安心。

追　捕

见到周建功是在东宁县看守所。中等身材，脸黑瘦，寸头，穿着羁押期间的统一服装，白袜子、拖鞋，戴着手铐，被警察带了出来。远远地看见了我和摄像机，皱皱眉头，但被警察往前带着走，脸和身体都说着无可奈何。我心里有点发紧，替他难受。因为如果我是他，肯定不愿意面对媒体，但是已经走到这一步，没有什么选择可言，只要没有绝对的不同意，总要听安排。我能做的，就是不冒犯他、尊重他，然后完成我的采访。

等他坐在我面前，我先自我介绍，我是谁、来自哪里、想了解些什么。他非常认真仔细地听，之后马上说："能不能不用我的真名？能不能把我的脸处理一下，别让人看到？"说这些话的时候，他眉头紧皱，把脸上已经松懈的皮肤都剧烈地扯动了。然后习惯性地低下头，搓着双手，说："我不想让我的女儿看见我这样。"好一会儿，他抬起头，不是看我，而是看我的侧后方。他的目光怯懦、躲避、不安，我知道他想看的是我的反应，但是不敢直接去看，要绕一下，装作不在意地用目光掠过我的脸。我回应他说："我们会的，如果你不愿意的话。"他似乎放心了些，开始跟我说起了过去的这十三年。

周建功45岁，从农村考到了牡丹江市的中专，后来又考进东宁县财政局，能干又会干，很快被提为副股长。小伙子人长得体面，又有能力，前途光明。自然被东宁当地一个有头有脸的人家看上，把女儿嫁了给他。周建功的岳父是东宁的领导干部，岳母是人民银行的部门负责人。

没人知道这步选择给他带来的究竟是什么。这个高就的婚姻其实否定了周建功之前的一切努力，别人看他是搭了快车便车，娶了好媳妇，有了好工作，还找到老丈人家这样的靠山，未来一切妥妥的；岳父家也这么认为，是自己提携了这个穷小子。可周建功心里又怎么想呢？一个农村小伙一步一个脚印地付出努力，赤手空拳打拼到现在，进了岳父家的门，心里却根本没有以前那样舒展，压力越来越大。因为在岳父眼里，他得做出些什么来表明他配得上这个家。

周建功心里的焦急没人能去倾诉。周围的人一个个做生意发了财，让他如坐针毡，生怕被岳父和妻子拿去比较。他决定自己去试一把，想着别人能挣自己也能，还想着挣到钱让岳父一家对他另眼相看。但是，不是每个人做生意都会赚，周建功尝试的结果是赔钱。三四十万的窟窿在当时对一个县城的公务员来说就是一个无底洞。

不敢告诉家里，更无从找钱还上，周建功被折磨得寝食难安。他绝望了，想到这事情传出去会让他岳父一家颜面尽失，他也会在那个家里永远抬不起头，更还不上欠下的几十万债。他觉得自己被推到了悬崖边上。

周建功当时是财政局企业股副股长兼出纳员，有机会接触大额现金。看着过手的一沓沓现金，他突然想道：如果拿上一笔钱走呢？

我问他："当时怎么想到的这个主意，这应该是一个再差没有、再笨没有的选择。"他又皱起了眉头，万般不情愿地面对这个问题，身体在凳子上挪来挪去，很难受，但最后只能坐回那有限的一小块地方。再抬起头来，满脸的无奈和疲惫，被生活拖得精疲力竭。"我自己也不知道，当时就是年轻，冲动，没想以后，没想怎么办。"

一个农村走出来的男人，娶了一个城市体面人家的女儿，一路拼搏的强势渐渐被驯化为弱势，在这个家里，没有他的地位，男人的自尊心一点点萎缩，生活里的憋屈扭曲着他。当证明自己能力价值的努力以失败告终时，在周建功心里，这个家就已经回不去了。

没跟老婆孩子告别，特意选了一个上班上学都不在家的时间，简单收拾了一下离开了家。我猜想在他最后做出这个决定之前，应该和他的妻子发生了很不愉快的争执。在争吵中，他也许愈发觉得自己在这个婚姻中的失败，一个入赘的女婿，一个靠老丈人家吃饭的男人，他拼搏奋斗的意义都没有了。他一定舍不得5岁的女儿，也舍不得一砖一瓦垒起来的家，但是捅下的这个天大的娄子和婚姻中的挫败感，在那一刻让他觉得带着钱逃亡，也许更是一条生路。

与家不辞而别，他坐上了出租车，带着200多万的现金漫无目的地开始了逃亡。辽宁、河北，走到哪算哪，不敢住店，不敢坐飞机和火车，哪里能收留他，心里都是感激不尽。

“其实，”他说，“从我坐上出租车那一刻，我就后悔了。”那时的周建功哪里能够知道，后悔将会像大蟒一般紧紧地缠绕他一生，越来越让他喘不过气。那个时候他后悔的还只是这个冒失的举动，直接而且清晰，他未曾想到的是，从那以后，每过一天他都会为以前的每一天的总和而后悔，但是后悔的对象已经变得混沌泥泞、浑浊不堪。意想不到的残酷现实一天一天地长大，一口一口吞噬着他，愈发痛彻心底，愈发麻木不仁。

周建功逃亡了十三年，这期间，他的巨款几次下来就被人骗得一干二净。他明知上当，却不敢声张。这让他逐渐看清了自己，没名没分，没权利没义务，没钱，没亲人没朋友，没有立身之地，关键是他自己也没了。他带钱逃亡，就是不想让人找到。目的应该是达到了，但是他也变成了一个多余的存在，哪儿都不需要他，在哪儿都担惊受怕。周建功彻夜难眠，撕心裂肺，黑暗中他清晰地看见他选择的是一条通向深渊的生活道路，往前走的每一步都是下陷和沉沦，每一步都是更糟。不是没想过自首，但掂量的结果告诉他，不能回去。当初走的时候多少还是个人，现在回去连个人模样都没有了，只能给父母和孩子带来更深的耻辱。就这样下去吧，继续藏着，不再给亲人添伤口，所有的难自己消化吧。他知道，早晚有那么一天会有人来抓他。日子最煎熬的时候，他甚至盼着有人能来逮他。

2015 年 11 月，东宁检察院的检察官在经过五年细密调查织网后，在山东聊城的一家宾馆房间里抓住了他。惊魂甫定之后，他释然了："这一天终于来了。"

通往看守所的道路让他跟现实世界恢复了联系。他才知道，十三年前他逃跑的第三天，他的妻子就把他留在家里的 50 万上交，并且马上提出离婚。而那 50 万当初留给她，想来也是给她家里的一个表白。但是，哪个家需要那笔用自由、用一生做抵押的赃款呢？相隔十三年，知道这些心里还是一紧，耻辱。

他还知道，女儿大了，考上了大学。他自己的父母都还在，很想他。能说什么呢？如果后悔有用，他愿意在过去十三年的任何一个时刻停下来。

我看着他，想着刚刚看过的十三年前通缉令上他的那张大头照：茂密的黑发，脸上没有一点儿褶皱，眼睛直视前方，嘴角稍稍抬起那么一点，仿佛带着笑意，风华正茂，前途无量。眼前的他，佝偻着，脸上的肌肉已经塌陷，颧骨楞楞地凸着，风吹日晒的肤色，眼睛从不正视，躲闪着看一切。

一个人的命运，为了一些无法言说的痛楚而走上一条危机四伏、凶险难测的道路。周建功用他的一生证明，他错了。

周建功的逃跑选在一个星期五，中间隔了一个周末，直到周一才被发现。那时候一切的侦查都迟了，只知道他往哈尔滨方向跑，仅此而已，之后就毫无痕迹。没有任何头绪，这个案子就放了下来，直到八年以后，被列为公安部 B 级通缉犯的周建功又重回到东宁市检察院的视野。王旭光作为检察官接下了这个案子。从头开始调查梳理周建国出逃案，让彼此陌路的两个人的命运自此有了交集。

王旭光很年轻，大学法律专业毕业后直接考到东宁市检察院，没有任何刑侦经验，有的就是初生牛犊的一股子热情。在反贪局工作五年的王旭光接手案子时已经料想到这是个硬骨头，但没有想到这个案子会耗上五年。

无中生有地找线索，家人是唯一的路径。前妻在收到周建功留下钱的第二天就上交，说明对他已经恩断义绝，若是有了联系她也会马上通报。周建功离开时他的孩子还小，没有手机、电话供他联系。母女这条线可以基本排除。分析到这里，王旭光感慨最近最亲的人最早、最快、最清晰地划出界线，这个婚姻得是多么惨淡。周建功想用这种方式告诉妻子他还能弄点钱，虽然很傻，但如果这女人心里对他有感情，最起码会停几天，哪怕只是思前想后这是自己男人的一片心。但他前妻是发现马上就交，生怕因他沾上污了自己。周建功的婚姻是多么失败。

不管周建功做什么，父母永远都是他的依靠。排除了妻女，王旭光马上锁定周建功的辽宁老家。

马上要过春节，没有比这个再好的蹲守时机了。王旭光装扮成一个从山东去辽宁卖年货的小贩，开着一辆农用车到了小村子里，在离周建功父母家一百多米的街上摆起了小摊。他跟大姑娘、小媳妇有一搭没一搭地聊着天卖着货，可眼睛的焦点始终是在一百多米外的那个院子，看是不是老样子，看有没有反常。早早摸清小贩是夜里在农用车里睡觉，第二天不用挪地方可以继续卖货。可他晚上不能合眼，得盯着周建功的家，因为周建功如果想家回来也只能在夜深人静的时分，每一个夜晚，都可能出现他的身影。

从接手案子那天起，王旭东就开始对着周建功那张证件照没白天没黑夜地看。他得把照片看到心里去，得把这张平面的照片看出立体来，他必须得做到在人堆里一眼能把周建功认出来。王旭东把周建功的照片拍到手机里，想象着他要是变胖了会什么样，变瘦了又会是什么样，哪个地方什么样想不起来马上拿出来再仔细看。唯一的一张证件照让王旭东看得比熟悉自己还熟悉周建功的那张脸。王旭东心里有了数，只要周建功人出现，就绝不会从自己眼皮底下漏掉。

辽宁农村春节前的夜晚冷得能把人的耳朵冻下来。王旭东在严冬的深夜里死死地盯着那个小院，他要忍住困，忍住冷，忍住枯燥，忍住长时间不洗澡。临近春节，空气里哪哪都是喜庆团圆的味儿，他还要忍住不去想家，那真叫煎熬。眼见着春节到了，他家还是没有一点动静。白天是不能进村了，否则人家会怀疑为什么这个小贩过年也不回家，只能等晚上村子里的人都睡下了，再开着农用车潜回去盯一晚上，第二天天亮前赶紧走。眼见着十五也到了，还是没动静。苦、冷他都能忍，他年轻，20 多岁，什么苦都能吃。可一个多月下来没有任何进展，怎么来怎么回去。这一个多月，王旭东小心翼翼地扮演着别人，生怕哪个细节不合乎情理暴露了身份。他准备得那么充分，却一拳打在了棉花堆里，想想心里那个失落和憋屈。

虽然没有找到线索，但是排除了一条，这也是往前进了一步。王旭东到葫芦岛周建功哥哥的海鲜摊，那里卖海产品的地方是一个市场，很嘈杂，白天没法监视，而晚上一家人回去就睡，有时候还不回家。感觉无从下手的时候，王旭东偶然发现，这家人是用快递进货，这可是个突破口，这样就可以在任何时间去他哥哥家了。

弄清楚地址，王旭东马上去应聘快递员，他要尽量做通经理的工作，让他负责周建功哥哥家这一片。年轻人，嘴甜，体格还可以，他很顺利地当上了快递员。货物可不是卧底，想让它什么时候到就什么时候到，王旭东要天天跟真快递员一样东跑西颠送快递，还不能心不在焉，如果业绩排在最后几名就要被淘汰，他得保住这份工作。半个月，终于等到了有他家的快递。

6月的一天下午，王旭东精心选择了下午四点这个时间，带着快递上门了。开门的是一位老人，王旭光问是不是周立宽，确认一下快递是否送对，老人说是他的亲戚，他不在家。王旭光请求借用一下卫生间，通过拖鞋看清了家里的人员情况。回去以后，结合工作组的调查，放弃了这一路。放弃归放弃，王旭光还是干满了一个月的快递员工作。他想到的是细节，如果他马上走了，连月底结算的工资也不要，那么下一个负责这片区域的快递员就会议论，说那个小子干半个月，连钱都不要就走了，有问题或是有毛病吧，万一在周家人面前说，或者他们听见了，就会打草惊蛇。

虽说排除可能性也是接近靶心，不能说无功而返，但连续几个月时间乔装打扮、神经紧绷得到的是没有结果的结果，这还是让年轻的王旭光有深深的挫败感。回到家看着自己的妻子、孩子，又想到流落天涯的周建功。四十几岁的大好年纪，为什么就孤注一掷地走上这条回不了家的路呢？这个世界上有多少美好的东西不需要用钱去交换。

在家的两天给王旭光充足了电，他又出发了。这一次，目标锁定在周建功的叔叔——吉林白山的一名房地产老板上。

如何自然而然地接近目标，找到顺理成章的理由，是每一次卧底的关键。与前两次卧底不同，周建功的叔叔社会关系广泛复杂，老谋深算，硬邦邦地出现一定会让他警觉。王旭东摸清了他的公司和家庭的基本情况，但接下去再怎么接近他，十几天都没有想好。

突然有一天，周建功的叔叔的公司大门口贴了一则招聘广告，招工人和司机。机会来了！虽然不是给周建功的叔叔开车，只是往工地拉材料的卡车司机，但只要有了这个突破口，后面就能找到机会。一切都得小心翼翼。证件当然不能拿出来。找到哈尔滨的一个朋友，长得方方正正、浓眉大眼，跟王旭光说不出哪有点儿像，于是拿着去应聘，稀里糊涂地就过了，一个月 2000 块钱，先干着再说。

应聘上了就真得干活，王旭光在工地开了整整两个月的卡车。这两个月，他把公司里的工程项目情况弄清楚，把人际关系搞好，除此之外没有实质性进展。但所有这一切都是必需的，没有这些铺垫，机会来的时候没准会露马脚。王旭光利用各种机会和公司每个部门的司机聊天，他发现老板的司机从来不跟他们混在一起。有一天，公司里拉财务办事的司机无意中说到不想干了，近几天就走。王旭光听见后回去就跟项目经理说，这边活太累了，腰受不了了，能不能把他安排到财务那边去开小车。前两月请吃饭、拉关系结下的人缘，此时起了作用，二话没说，王旭光开始给财务开车。他心里吐了口气，总算往前走了一步。

在小车上能跟财务聊天，渐渐地也开始了解更多、更深的信息。王旭光觉得自己就是在幽暗的隧道里穿行，总盼着再往前走走就能看见出口，但是迟迟不见前面的光亮。有的时候真是烦躁，他在心里问自己，这么干下去什么时候是个尽头？他又想到前两次的卧底行动并没有结果，假如这次仍然如此，怎么办？可是该排查的关系都排查了，就剩下周建功的叔叔，他到底和周建功有没有关系总得有个结果，连个说法都没有，不是白干了吗？已经走到半路，往回走也是不可能了。

在等待中，中秋节到了。王旭光的心里很不是滋味，在外面一待就是一年半年，又不能和家里说实话。他现在不是他自己，他过的是另一个人的生活，整日提心吊胆，一旦打电话报平安某一个细节说漏了嘴，马上就会处于危险之中。他脑子里又出现了周建功的脸。仅仅是几个月，他就已经彻底体会到人过着不是自己的日子是多么扭曲艰难，而这样的日子周建功只要是逃亡就要过一辈子。周建功会后悔吧？会不会有一天自首呢？好在自己的任务总有结束的那一天。

在三个月枯燥的蹲守以后，突破口终于出现了。王旭光拉着财务去银行办事。在车里他问会计："姐，这钱存哪儿？"会计说存到辽宁的身份证上。就这"辽宁的身份证上"一句话，王旭光猛然看到了隧道前方的亮光。

汇报给工作组以后，侦察的全部重心放在了这里。不能再被动地等待了，要尽量快地接近周建功的叔叔。王旭光给周建功的叔叔的司机找了一份工资更高的工作，空出的位置暂时由他来顶替。

准备了那么久，就是想接近周建功的叔叔，现在真到他身边了，王旭光却紧张起来。之前漫长的准备和等待是在黑暗中摸索寻找光亮，现在看到了出口，越是准备得久，到冲刺时就越紧张。王旭光告诉自己，稳住，千万别慌。

他的对手是一只老狐狸，丰富的阅历和聪明的头脑，让王旭光每走一步都要想好。跟支走司机不一样，对付他，只能等机会，不能制造机会。追逃跟打猎一样。猎人要在物质上和心理上做好充分的准备，要有足够的耐心。猎物再隐蔽也会留下痕迹，时间足够长就能发现规律，寻找到了规律捕获的可能性就大。但时间的长短仍要看运气，这可不是猎人能掌握的。

前几次卧底的结果，王旭东并不满意，因为他想要的是抓获猎物，却只收获了排除目标。他是个年轻的猎手，还没有丰富的捕猎经验，总觉得一出手就应该有所收获。几次表面上的无功而返打击着这个年轻人，却也在磨炼着这个天才捕猎者的耐性，暗地里教给他做一个好猎人必备的条件。王旭光事后才意识到，前几次的排除法让他一点一点地缩小了猎物的范围，他在一步一步抽紧收口，目标越来越清晰。其实，运气也不是完全不可把握的。付出了足够多，辛苦的努力就可以为运气的到来积攒条件。经过了两年多枯燥却需要随时保持机警的卧底，运气如期而至。

一天下午，周建功的叔叔要坐车出去办事。刚一上车，他突然拍了一下大腿，埋怨自己说真是老了，楼上办公室门竟然忘关了，让王旭光赶紧去关一下。王旭光听到这句话，狂喜的心都快蹦出喉咙口，他在这里快半年了，从货车司机一直蹭到给老板开车，等待的就是能有机会去老板的办公室，没想到这一刻突然来到。他脱离了周建功的叔叔的视野之后，箭头一般冲进办公室，短暂的时间里要干的事太多，要熟悉办公室的格局，看办公桌上都有什么，才能发现什么其他的东西。但没有想到的是，他进门的第一眼，竟然看到保险柜的门是开着的，里面就放着那张会计说的“辽宁身份证”。这一切仿佛就是为了他而准备的。王旭光按捺住激烈跳动的心，用手机照下照片，他知道他的任务往前迈了一大步。

第二天，周建功的叔叔见到他说：“你可真是的，让你关门就管关门，没看见我保险柜开着？不知道帮我关上？”王旭光笑笑，心想：好了，我该走了。

王旭光并没有马上离开，而是又干了一段时间，期间不停地在老板面前接到未婚妻催他回去结婚的电话，直到老板让他赶紧回家去结婚才走。至此，他整整在这里花了半年。所有的信息都梳理出来，周建功的叔叔既然有能力为自己办两个身份证，就有办法给周建功也弄上一套身份。密切关注他的叔叔，总能找到他俩的交集点。

等待仍在暗中进行着，时间又过去了两年。在此期间，王旭光也办其他的案件，但是他的注意力丝毫没有转移，时间在慢慢地把他磨成一个有耐心的猎手。办案人员都知道，追逃这事要耐得住，但又不能一直静静地等，人只有在动起来时才会露出马脚，如果总是一动不动是抓不住逃犯的。适当的时候就要刺激一下，晃动晃动，看谁会怎么动。

派出所打电话给周建功的父母，劝他们赶紧让儿子投案自首，连逃到国外的逃犯都能抓回来，他最后能跑？自首还能争取宽大处理，要是被抓回来就是从重判处了。父母被刺痛了，没过两天就打电话给周建功的叔叔，对方听到这个消息处理得很警觉，说你们不用管了，接着就把电话挂了。尽管只说了一句话，可王旭光从“不用管了”几个字里听到的是丰富的信息。口气上的果断分明是在说，我来处理这件事。果然，一周之后周建功叔叔拿着辽宁身份证住进了大连一家宾馆。

调查组全部出动，紧紧地盯着周建功的叔叔的一举一动。越是大军压境，越是不能打草惊蛇，直到退房之后才进到宾馆，把所有的信息全部调了个遍。看着看着，一张脸突然让王旭光一机灵，是他吗？王旭光对周建功的了解，基本上都来自那张十几年前的证件照。他的眉眼、他的神情、他嘴角那极其微小的一个上扬，在漫长的等待里不知被王旭光拿出来琢磨过多少次。王旭光追踪了他五年，在扮演别人去接近他的时候，夜里躺在床上，脑子里检查完一天下来自己有没有闪失的同时，也在猜想周建功此时在哪里，在干什么。素昧平生的周建功，占据了王旭光的全部，不管干什么眼前都会出现这个人。即便如此，在这张照片前王旭光还是不敢肯定。变化实在太大了，照片上是一个皮肤红黑、粗糙的中年人，脸、眼睛和嘴都耷拉着，尤其是那双眼，涣散的目光里有厌倦、有疲惫、有呆滞，还有警觉，而他熟悉的周建功，年轻帅气，从眼睛里都能看见太阳。这不是正常的衰老过程。十几年下来，人会变成这样？拿回单位，技术部门人像比对出是同一个人。王旭光又拿着照片找到周建功的朋友，看了又看，没错，是他。周建功换了身份证，换了名字，换了地址，也让岁月换了脸。用新身份证把周建功的活动轨迹查出来以后，接下去就是守株待兔了。

山东聊城的一家小宾馆，做生意的缘故，周建功经常住在那里。等到他办好入住，王旭光和同事已经布好天罗地网。王旭光敲门说查房，周建功在里面没有防备，王旭光推开虚掩的房门，看见他一个人坐在床上看电视。四目相对几秒，那几秒，王旭光心里像熔岩即将喷吐，激动得发抖。五年，终于见到他了。王旭光迅速出来，给全副武装的警察一个眼色，又是几秒，周建功被制服拿下。

结束了。

王旭光面对面地看着他追捕已久的周建功，脱口而出一句话："我终于见到你了。"

周建功不知道具体是谁在追捕他，但第六感告诉他，一定有这么一个人一直在暗中盯着他。王旭光明确地知道周建功，但是不知道这个追捕的对象在哪里。两个人都在暗处，彼此心里都知道对方的存在，但一切都在无形中进行。这是他们第一次见面，两个人的心都落地了。没怎么抵赖，周建功就承认了。

回东宁的车上，沉默许久的王旭光突然发出了一声长长的叫喊，伴随着喊出的是不断流出的眼泪。五年，终于有了一个交代。这期间，王旭光曾经很多次问自己，为什么一定要把周建功追回来？时间过了那么久远，他当初带走的 200 万现在可能已经花干净，为什么还要他这个人？

多少个不眠之夜，王旭光终于想明白：如果我抓不回来他，他做了恶却没有被惩戒，法律就输了，公平就输了。如果学法律、搞法律的人不能像啄木鸟一样去把虫子叼出来，一只也许没什么，但逃脱的蛀虫会衍生出更多的虫子，大树终究有一天会被掏空。

王旭光 2006 年大学毕业来到东宁检察院，完成周建功案已经是 2016 年。王旭光的这十年跟周建功有相同之处，就是有大量的时间是在不见光亮的黑暗中等待，但是他们在黑暗中行进的方向却截然相反。

经过这十年，黑暗中的等待让王旭光无比期待隧道的尽头，黑暗中的摸索更让他意识到自己身上的责任。初出茅庐的青涩和毛躁渐渐褪去，时光历练出了一名优秀的检察官。他是个魁梧的小伙子，浓眉大眼，方正的脸上那双眼睛有时还会闪现出年轻人的活泼，夹杂在坚定的眼神里，让人觉得这个年轻人既可敬又可爱。同样是十年，周建功在黑暗中只能是沉沦，他看不到方向，并且他注定看不见光亮和出口。年轻时的一时冲动，恐怕不会想到前途是如此艰辛无望。

人生，可能就是那一步。

辩　护

六十多年前，在沈阳进行了对日本侵华战争战犯的审理，当年才25岁的李长泰是三名日本战犯的辩护律师。和所有参与此事的法律工作者一样，李长泰一开始接受不了这份任务。日本在侵华战争中那么暴虐，做了那么多恶，现在让中国人给两手沾满中国人鲜血的日本战犯做辩护，这不是疯了吗？谁会去做这事？把他从东北调过来，就是研究这几个日本人，替他们说话？李长泰真想不通，他的经历也让他没法想通。

1931年出生在辽宁锦州的李长泰，一下生就是“亡国奴”，即便6岁时举家迁往内蒙古林西县，仍然没有摆脱日本人的管辖，还是在“满洲国”里，接受的是不伦不类的教育。开学第一天，语文课本第一页就是“三月一日建国节，皇帝陛下万岁万岁”；背《三字经》，里面要加上一段“九一八，满洲兴；康德帝，都新京”；溥仪去趟日本，回来颁布“回銮训民诏书”，通篇讲日本对他怎么怎么好，要学生们一字不差地背下来。

教育这事很可怕，在一个人的小时候，教给他什么就是什么。李长泰年纪小，不知道这些东西是怎么回事，但是在日本人的学校里，有一位上了年纪的韩老师知道，如果不说，孩子们就真被奴化了。他顶着没命的风险在课堂上告诉这些小孩子：记住了，你们是中国人，我们中国地大物博，日本人在我们的土地上长久不了。仿佛在大海上常年漂泊，突然看见了远处的一座灯塔，光虽然有些闪烁，但明亮坚定，这几句话照亮了李长泰懵懂少年的方向。

1945年，日本战败，林西的日本人都走了。15岁的李长泰开始在中国共产党热北专员公署里当一名勤务员，之后又去中央政法干校东北分校学习法律，并留校工作。直到有一天，教务处通知他到北京去培训。他怎么也没想到让他去北京，原来是培训怎么给日本人辩护。新中国成立之初的共产党员，组织纪律性很强，心里再不愿意，组织的任务下来也得去干。年轻的李长泰学习苏联远东审判、东京审判、纽伦堡审判的辩护词，也逐渐开始看三名战犯的卷宗。

一方面，李长泰渐渐地要说服自己：他要去辩护的三名战犯都是战争政策的执行者，对军人来说，就是服从命令，他们也没有选择。在一场已经发动了、杀红了眼的战争中，人变成了野兽，并且任由自己兽性大发而不加任何规制。但是另一方面，李长泰看了三个日本战犯军官的卷宗，每一页都是触目惊心：抓东北抗联的战士当活靶子杀死；把中国人送进731部队去做生化试验；整村整村地屠杀中国老百姓……越看越觉得没法给他们辩护。怎么辩？他们曾经对中国人做过的那些恶摆在那，抵赖不去，抹杀不去，让他们死十次都不足以偿还，怎么还会去为他们说话？

年轻的李长泰每时每刻都在这个完全相反的逻辑中备受折磨，作为中国人，他没法为杀人放火的敌人去减轻罪责，心里全是仇恨，但是作为律师，他要和他的委托人站在一起，为他的委托人说话。说实在的，这个弯李长泰一直没有转过来，他说服不了自己，但他是共产党员，他知道党交代的任务一定得完成好。他只得暂且把中国人的角度放下，就从律师的角度考虑问题，常年搞法律的他清楚一个道理：战犯也是人，他有辩护权，我是律师，我在保护他的这个权利。

李长泰一次次地去看守所见那三个日本战犯。他说他们长的就是一般人的模样，有的凶，有的慈眉善目，你怎么都不会把他们和魔鬼联系起来。

庭审现场，有一个平顶山惨案幸存者出来作证，被告日本战犯吉房虎雄忽然跪下，痛哭不止。李长泰说，一个中年人在那么多人面前失态地放声痛哭让他没有想到，那时他觉得吉房虎雄也挺可怜，在战争的旋涡中，没人能左右自己的命运，个人的理智反而被视为疯狂，被捆绑在轰隆隆往前开进的战车上，烧杀抢掠恣意地放任着人性中的恶。战争过去了，再癫狂的人也会逐渐平息，他会在内心审视自己，渐渐找回丢掉的人性。

没有一个日本战犯被判死刑，最长二十年，从 1945 年被逮捕时算起，审判过后没几年他们就刑满被释放回日本了。

完成了辩护任务之后，李长泰回到东北。1958 年，他收到了一张明信片，发自他当年辩护的宇津正孟雄，在回国途中经由香港时寄给他的。宇津正孟雄感谢中国对他的宽大，也感谢李长泰给他的辩护，回国以后一定会报答。李长泰心里有股说不出来的触动，那一刻，他觉得自己的工作是有价值的。

在漫长的人生岁月里，李长泰对这个任务只字未提，连他的几个孩子都不知道。直到沈阳的审判六十周年，他才对孩子们说起。我问他为什么，老人轻描淡写地说："就是一次任务，我一辈子还干了许多其他的事呢，没必要跟别人说。"但我总觉得这种刻意一定是他不想提，不愿提。我问他的小儿子怎么看，他说："我觉得我父亲一辈子心里都没想通这个事，为日本人辩护。退休以后不少老同事都出去做律师，他始终没有；我女儿考法律专业，他说毕业以后不能当律师。当时不明白为什么，现在他说了才懂，一定是他想到了自己的经历。"

倔强的老人在几十年的时间里陆续从新闻中看到有不少回到日本的战犯用自己的下半生在从事中日友好的事业，他一点一点地释然了。冤家宜解不宜结，如果当年判了他们死刑，把他们杀了，是解恨，但是不如今天他们活着为和平、友好做事更好。

当年的审判和辩护不是为了仇恨，他为什么又要把仇恨放在心里那么多年呢？年过八旬的李长泰终于想通了当年自己的辩护。

证明自己

2015 年刚刚入冬，我们去浙江采访王建平。

在一家主营家电、厨卫的公司，王建平占有 27%的股份，这家企业刚刚在上海股权托管交易中心 Q 板挂牌，借此进入资本市场，谋求更大的发展。如果只论商业成就，王建平远不足以吸引众多媒体的目光。把镜头对准他，更多的是因为那个他背负了十八年的特殊身份。

1995 年，王建平 20 岁，跟几个朋友一起搞了一家广告装潢公司。年轻的小伙子信心满满，每天干得热火朝天，他觉得眼前铺陈开的这个世界既新鲜又美好，有太多的可能和选择，虽然还想不好的自己喜欢干什么，但他相信只要跨出脚步认真努力去干，总会干出点儿名堂来。心里有个目标，现在给人家干，等干上几年有了经验，就自己当老板。

就在王建平努力干活实现自己梦想的时候，1995 年 5 月和 11 月萧山发生了两起出租车司机被抢劫杀害弃尸路旁的恶性案件。这让当地警方承受着巨大压力，市公安局要求“快侦快破”。

1995 年 11 月底，王建平接到当地派出所打来的一个电话要他去接受协查，他放下手中的活就去了，但他怎么也不会想到，他的命运就在那会儿彻底地改变了。十八年以后再回来，已是人到中年。

“萧山案”中王建平等五人被抓都是始于一个名叫朱富娟的女人检举。1995 年 8 月，朱富娟因为其他事被抓，为了能减轻惩罚，写了一份戴罪立功的材料，她说听一个叫郑彩芳的女人说过王建平他们五个人收了人家 18000 块钱，杀害了一个司机。然而，警方似乎并没有找到这个关键线索知情人做进一步的了解，因为律师说即便到现在都找不到这个关键证人郑彩芳的任何询问笔录。无声的物证远比口供具有说服力，王建平等五人的指纹被警方录入后，与被害出租车里提取的很多指纹进行对比，但是结果是根本对不上。只此一点，警方拿不出其他证据就应该放人。但是萧山警方坚持在 1996 年向萧山市检察院进行了五人的有罪供述，提供的是五人的认罪口供，却隐瞒了指纹这个关键物证。六个月之后，萧山市检察院批准逮捕了五人。

在王建平被电话叫到派出所后的第五天，做出了有罪供述。

‘坦白什么？什么都没干，甚至什么都不知道，坦白什么？他们说什么就让我承认什么，不承认就打，直到打得你承认。人被打成那个样子啊　我只能说是我干的。”即便是过去了将近二十年，再说起当时的情景，王建平仍然是满腔的愤怒。他弄不懂，为什么警察不去证实他的清白，而是非要证明他有罪。

1997 年 7 月，杭州市中院一审，检方没有出示作案工具、血迹、指纹鉴定等核心物证，34 个证人也没有一个出庭作证，唯一的证据就是口供。在证据极不充分的情况下，法院还是判王建平死刑。

莫名其妙平白无故地被判了死刑，什么语言都无力形容王建平的心。他尽其所能，用语言捕捉到告诉我，那是“非常痛苦的滋味，说不上来，你想想，什么是死刑？随时可以把你拉出去让你死”。命运异常荒诞地把他放置在这里，不是噩梦，是现实。王建平安慰自己，中院上面还有高院，还有北京更高的部门，一定能给他一个公正的判决。

然而，他信任的法律并没有还给他应有的清白。一审判决五个月后，离 1998 年还有三天，浙江省高院下达终审判决，认为事实清楚，基本证据确实，但在量刑上调整为死缓。当我们可以作为旁观者回看整个案情时，会发现所谓的证据链不是有没有紧扣的问题，而是根本就没扣上。涉及五个20岁的年轻人的一生和五个家庭，手握公检法国家重器的人竟然如此粗枝大叶。

判决下来了，已经在看守所里捱过两年多的王建平要被转往监狱服刑。这两年多的时间他曾经心急如焚，外面的生意还等着他，父母也没打声招呼，他已经22岁了，时间不能就这么在这里面耽误。那时候他觉得虽然人在看守所，但跟外面有千丝万缕的联系，可是二审死缓判决一下来，一往监狱转，就要在里面待上很长的时间。多数人的未来和命运都是未知的，需要自己不断地探索，前一天给后一天做着铺垫，不管是成功还是失败，都有一种揭开谜底的期待。但是对王建平来说，自己的命运被别人定好了，所谓的未来是没有希望，没有意义的，他要一直在黑暗的隧道里走，走上几十年，把青春走完也走不出去，见不到光亮。

在叙述这个命运转折点时，我问他："在一个人最无拘无束无忧无虑的20岁被关进了监狱，而且明确告诉你一辈子都会在这里，怎么接受？""到了特定的地方，在特定的环境，不是说你不想接受就可以不接受的。"王建平长着一张坚硬的脸，浓黑的眉毛，深陷的眼眶，不说话时嘴唇好像一直在用力，眼睛里从没有过笑意，感觉就是一块生铁，只有在说话时，才会流露出强烈的情绪。

设身处地地想，20岁遭受了巨大的委屈，没有自由，没有能力，还能做什么？心里怎么消化？"活着，我唯一能做的事就是好好活着，活着就有机会去申诉。"我采访过不少坐过冤狱的人，黄家光也好，徐辉也好，虽然他们心里都藏着一股超乎常人的韧劲儿，可漫长的监狱生活让他们在与人对话时，不去看对方的眼睛，而是低头看地，这个小动作多多少少显露着他们内心有一部分是认了。但是王建平不是，他始终盯着我："我一定要继续申诉，这是我活着的理由。必须得有人来为这件事买单！我什么都没做，我凭什么要吃这个苦？是不是？谁给我吃的这个苦？"他说话时抑扬顿挫，追问一句紧似一句，声音一句比一句有力，身体也一句比一句挺得更直。说完，我看见他的眼睛红了，这时，他才猛地低下头，努力抑制掩饰着他的激动。

遥遥无期的监狱生涯开始了，2006—2013年在新疆的那七年尤其漫长。种棉花、摘棉花就是生活的全部，除了劳动的辛苦、塞外的风沙以外，顽固的饮食习惯也让王建平难以适应这个陌生的环境。王建平从小吃大米，到了这里没有大米，做完了农活很饿，但是只有馒头，他就着水往下送，可是水喝光了，感觉两个馒头还堵着消化不下去。其实吃不惯馒头本身并没有什么，是巨大的冤屈堵在他的胸口，让他无法下咽。与其说是就着热水，不如说是和着眼泪。尽管如此，他坚持活着。

他想父母，年迈的双亲为了给儿子证明清白，不停地在申诉，他觉得亏欠他们。在王建平心里，活着也是为了父母双亲，让他们可以看到自己清清白白、健健康康地出来，让他们放心，好好安慰他们。支撑他熬下去的还有对未来的规划。我问他年复一年的劳作，脑子里是空的，还是被什么占据？他说他总会出去的，他一直在想出去以后做什么。我问："还有那么远，为什么要想遥不可及的事呢？"他说："新疆这么恶劣的环境都健健康康地过来了，我有双手，出来有饭吃是肯定的。"

在与王建平的对话中我发现，他经常用一种反问的口气说"是不是"。说到当时他寄希望于二审："中院上面还有高院，高院上面还有北京，总会给我清白，是不是？"说到应该追责时，他说："总会有人为这事买单的，是不是？"说到父母，他说："我出来要好好安慰他们，是不是？"这最简单的几个字，他所表达的是个体在面对国家的时候，无力、无奈，还有一种寄托和向往。

2012年，杭州警方在一次行动中获取了一名嫌犯项生源的指纹信息，和十七年前出租车司机命案现场的指纹匹配。真凶的出现让浙江省高院于2013年1月开始对王建平等五人杀人案启动再审程序。2013年1月，浙江省高院的人到了新疆奎屯王建平所在的监狱提审他。当他们报出自己的身份时，王建平把身体凑到离他们很近的地方说："我等了你们十八年，你们为什么现在才来？"此时，距离王建平刑满，也就还剩下两年的时间。2013年5月，真凶项生源认罪，同年7月，宣判王建平等五人无罪。

我问他："就算是他们不来，你也快坐满了，这十八年跟二十年有什么差别？""天壤之别。坐满二十年，出来我也是个戴罪之身，还是背了一个黑锅，它还是在折磨我。但是有人给我平反，我就是清白的，家人也特别高兴。"可是，我们听过之后高兴得起来吗？太偶然了。如果那个姓项的真凶没被逮住，王建平只能坐满二十年才出去，那他要做的就是花费大量精力去洗冤，他无法去开创新的生活，只能活在过去，无法获得真正的自由。

被无罪释放回到浙江老家的王建平已经38岁了，年近不惑的王建平，人生被拦腰截断，社会的发展一日千里，他却原地没动。以前的水稻田变成了苗木地，以前的田埂变成了大马路，记忆中还是女孩子的同龄人早已出嫁，男孩子也讨了老婆，这些人的孩子他更是根本不认识，不知道是谁家的，甚至连乡音都不再熟悉。在采访过程中，有小贩叫卖声很大，影响到录音效果，我们停下来等小贩过去。我随口问："这是在卖什么？"他仔细听听，回头大声问他父亲："爸，他卖什么呢？"老人告诉他是卖卫生纸的。"连家乡话都听不懂了？"我问。"太久了。"他顺着小贩叫卖的声音望去，眼睛没有聚焦，仿佛在看许多，实际上什么也看不见。

等待他适应的远不仅仅是乡音和乡景，手机电脑不会用，高铁地铁不会坐，公共场所卫生间的水龙头是自动感应的，他却还在找他离开时熟悉的手拧阀门。周围人看他慌乱的样子觉得好笑，但是王建平的眼泪被强压下了一次又一次。“我委屈，我为什么会这样，谁造成了我今天这样？我王建平之前健健康康一个人，是社会中的一分子，为什么把我搞成这个样子？我做错什么了吗？没有，但为什么被剥夺成了这个样子？”谁能回答他的问题？即便是回答了，过去的时光又能倒流吗？他还能回到那个20岁清清爽爽的青年吗？

从“里面”出来，身体和大脑还带着十八年运行的强大惯性，做不到一夜之间把以前的所有画上句号。就像当年被硬生生地拔离，现在又被猛然放了回来。凭借着陌生中仅存的那点儿熟悉，王建平艰难地摸索、适应着这个社会。他知道他的时间不能停留在怨恨上，过去的沉重虽然很难忘记，但是必须把它埋到心底，他要往前走，证明了自己的清白，他接下去要证明自己的能力，他要成功。

在新疆摘棉花的时候勾勒的未来，现在就在眼前。196万元的国家赔偿，是他的所有，这笔用青春换回来的钱，虽然拿着很不舒服、很烫手，但是正视现实，王建平把它当成了自己发展的第一桶金。有人劝过他，这笔钱别乱花，安安稳稳地过个小日子，这笔钱够用了。王建平绝不考虑，如果那样过下半辈子，还不如就待在监狱里面。他拒绝了当地风景区管理员每个月3000块钱的工作，他不要别人施舍，他要创业。年近四十，王建平觉得自己应该从离开时的20岁开始起步。那时的理想和向往，没通过实践证明。既然肢体断了都可以安上假肢，为什么重新拥有了机会，不可以续上20岁的追求？

王建平所在的萧山，是中国十强县市区之一，经济发达，有着深厚的商业氛围。拿到国家赔偿不久，他马上投资做木箱生意。一个月后，他果断放弃。生意场上鱼龙混杂、水深难测，他意识到他欠缺得太多，最重要的是他感觉自己的心智还停留在20岁，轻易信任别人容易被骗。

我问他我能不能用“失败”去定义木箱生意，他说也不能说是失败，是试了试，看看行不行得通，不通马上转行。

不顺利的时候，王建平也曾在家里破口大骂，用拳头砸墙，把手机摔碎，但激愤和急躁换不来他想要的证明自己。放弃木箱加工业后，王建平又尝试了代驾生意。他发现自己有知识与经验上的短板，于是迅速调整，放弃了单打独斗，转而以投资的方式进入别的领域。参股的酒吧和现代农业企业经营顺利，从中得到了稳健的回报。勇于冒险，快速试错，理性而又乐观，这些时下创业浪潮里最受推崇的商业法则，他似乎是无师自通。最大的一笔投资，他选择的是老朋友经营的家电厨卫企业。

这位姓俞的老大哥他之前就认识，在牢里两个人的书信来往也没断。老大哥始终相信朋友的清白，还带着他认识身边的朋友，让王建平看到其实每个人都是起起落落的，都不容易。最关键的是他们接受了刚刚出狱的王建平，没有戴有色眼镜看人。就是这似乎不经意的平等对待给了王建平奋发向上的力量，让他恢复了自信，跟他们一起交谈，王建平感觉时刻都在充实自己。相处一段时间以后，老朋友觉得王建平老实可靠不会动歪脑筋，便和他合伙组建了公司。王建平算算自己的积蓄，杂七杂八的投资和借出去的钱刨掉，所剩不多。于是他把不久前买的房子抵押出去，拿出了全部200万元投进了公司，并没给自己留后路。

我问他：“最糟糕的结果就是投资失败，200万打水漂。那种情况能不能承受？”他一字一句地说：“我就是全部没有了，饭还是有的吃。我不怕，我可以重新再开始，没事。再苦也苦不过在新疆跪在地上摘棉花、没有大米饭吃的日子。靠这双手，我可以创造我想要的。是不是？”他又一次反问道。

2014年11月20日，在王建平出狱仅仅一年多以后，他入股的公司在上海股交中心挂牌，王建平的努力得到了丰厚回报。舆论用“逆袭”“传奇”这样的词汇来形容他，可是细看就会发现，在聚光灯下穿着西装，脖子上披着一条醒目的红羊毛围巾，与几名董事站在一起，王建平也仅仅是抬抬嘴角，他的眼睛里比笑意更多的是羞涩和一点点胆怯。更多的时候他是一个人站着，脸上是无法重现的青春。

我想起采访中王建平说过这么一句话：“假如没有那段冤案，我的日子远远还要好，比现在好得多。”没有谁比他王建平更了解自己。只一年时间，他就证明了自己的能力。我曾经问他：“到现在为止，你一直跟着别人干，你是这样的性格吗？”他说：“不是，但是我需要时间。”

王建平没怎么读过书，但是近二十年的监狱生活已经把他磨炼得像一个哲学家。“我这十八年那段空白，其实就是一个括号，现在我做的事情就是填充这个括号，由我随意填充，可以填得更好，我不能把它毁在我自己手里。以前没有自由，现在有了。我太喜欢自由了，那玩意儿太好了！我想干就去干，成功与否是另外回事，这个努力的过程，再苦再累都是享受。我现在做的事情，就是我老了以后美好的回忆。我不能到老只能回想起劳改的十八年，我需要的是美好，而不能让痛苦的回忆成为回忆。”

“那个十八年，就过去了？”“已经过去的，该忘的忘，该记住的记住。其实，我只不过比别人多了点不幸而已。但是我无罪释放，已经还我一个清誉，我还是幸运的，再加上有那么多人关心我，我还是一个幸运儿。这个地球上，我相信比我更苦的人多的是，我还是幸运的。”

遭受了如此巨大的不幸还认为自己是幸运儿，王建平的豁达应该让酿成这个不幸的人辗转反侧。在浙江省高院再审宣判王建平等五人无罪的第二天，一位年过古稀的老人通过媒体表露歉意。

他就是当年“萧山案”二审的审判长浙江省高院退休法官张德宝。当时他在复查时发现事实有问题，物证几乎什么都没有，唯一的上诉人口供也是前后矛盾，有刑讯逼供嫌疑，但是没人敢提出“疑罪从无”，敢表态无罪，审判委员会讨论了好多次才按“疑罪从轻”改判。那时的考虑是，先把脑袋保住，以后至少还有申诉的机会。王建平的律师对张德宝的改判表示感谢，虽然丢失了青春，但是保下了性命，才有了今天。张德宝说有件事印象很深，审委会定下来不杀后，高院曾经征求过杭州中院和杭州政法委的意见，当时地方对不杀的修改意见比较大，因为高院改判就是意味着下级法院判错了，从审判长到审判员，工资奖金和职务调动都要受影响。

“萧山案”再审案的审判长、浙江高院审判委员会专职委员何鉴伟说：“虽然我们撤销了原来的判决，但这十八年让你们的身心受到了极大伤害。没有履行好审判职责，我们作为法院有责任，你们的案子公检法都有责任。虽然不幸中的万幸，浙江高院在二审的时候做了改判，但最后的刑罚还是我们做出的，我代表齐院长、代表高院向你们道歉。”浙江高院主动道歉，主动承认错误，我们看到的是一种诚意。道歉和反思为的是让类似的事情别再发生。

我们国家司法制度的设计，公检法三机关的制约是层层把关，每一个环节对前一个环节要提出质疑来进行审查，但是现实往往更重配合。“萧山案”的背景是 1995 年的严打，使得公检法为了完成一个统一的政令更重配合协作而轻视了制约。1997 年，第一次大修后的《刑法》虽然已经明确“疑罪从无”的原则，但是就像张德宝法官说的，没有人敢说“疑罪从无”这个观点，没有人敢宣告无罪，没有人敢放人。除此之外，司法人员本身“有罪推定”和“疑罪从有”这个观念根深蒂固，要改变观念是长期的过程。

真凶出现了，案件得以纠正，王建平得以昭雪。但是，另外一个方面引起我们更多的思考，为什么近年来一再出现这样的问题？为什么在没有偶然因素发生的时候，这个案子就得不到纠正？我们更正了这一起，还有多少案子没有被发现没有得到纠正？如何从程序的正当性上避免和防止冤假错案的发生？这是我们现在要特别重视的问题，值得我们深入思考。

“秋菊”打官司

吴春霞既普通，又有点说不出来的各色，一眼看上去不是那种让人喜欢、好接触的人：人长得粗壮，中等个头，四肢都圆滚滚的，却留了长及胸部的直披肩发和厚厚的齐刘海，皮肤黑而粗糙，脸盘大眼睛不大，可是眼神却很有那么股子力道，从里往外透着不那么好惹的倔劲儿。

她的神情和她的经历，都跟《秋菊打官司》里的那个农村妇女秋菊有几分相像。

吴春霞40岁。十年前，她丈夫有了外遇，对她施家暴而且抢走了儿子。为了能给自己讨回公道，她找到了乡妇联。但是乡妇联没法帮助她要回孩子，于是她就一路逐级找上去，直至找到北京、全国妇联。她理解“找上级单位”这个行为叫“求助”，是有问题找政府的范畴。不管是哪级妇联不都是给妇女说话的吗？不都是妇女的“娘家兵”吗？低层级解决不了的问题也许高层级就能解决了。

这是受过高中教育的吴春霞心中形成的概念。但是在乡派出所的理解中，这就是典型的“上访”。上访在地方政府看来是件很让人心烦、没面子的事，所谓家丑不外扬，你有什么事不能在家解决，非要跑去北京？既给首都添乱，又显得自己无能。于是你上访，我就得去截访。摸清了辖区内谁是上访户，盯紧了跟着。吴春霞从北京的国家信访局一出来就看见了辖区派出所民警，没得躲，被抓了个正着，送到了陶然亭附近的招待所。

从北京回来了几个月以后，2008 年 7 月的一天，她继续与丈夫在周口市川汇区法院里打离婚官司。突然闯进五六个便衣，问谁是吴春霞，待得到答复以后，一言不发就把她架出法庭塞到一辆普通牌照的车里，扬长而去。对眼前发生的一切，连法庭上的法官都蒙了，打 110 报警才被公安局告知这是警察在执行公务。法官问："既然公务为何不通知我呢？"答说担心通知了你就把她放了。公检法三方本是相互制约，可法院在公安眼里小沙子一粒，通知都懒得通知，话也懒得说，连最起码的尊重——警服都没有穿，直接从法庭上把法官的当事人带走。而对一个普通人、一个公民，不出示你的证件、不穿警服，怎么可能说绑就绑走呢？做任何事情都得有个职业规范吧，更何况是警察。手里的权力越大职业的禁忌就应该相应越多，心里就越应该有忌惮，可是在这儿，权力的分量和用权者的胆量和行动的没约束却成了正比。

吴春霞被带到派出所才知道他们不是劫匪而是警察。录笔录，仍然是一个没穿警服的人，问她跑北京干吗去了，都到了哪，写了些什么。记录完毕，上车，到拘留所。全程又是懒得说话："少问，到地方你就知道了"。

拘留所一关十天。我问吴春霞你就不反抗吗？她说一句："他们的权力那么大，我怎么反抗？"我问完她又在心里问自己：吴春霞只是一个普通的农妇，所以她本能地不加反抗，选择逆来顺受。

可是，逆来顺受的结果却是用权者更加天马行空、无所忌惮。拘留结束的当天，吴春霞被判一年的劳教。而更超出想象的是，她作为当事人并不知道这个结果，被判当日她没被送到劳教地点，而是直接送到河南省精神病院。这只看不见却无比有力的大手，其中的一个手指只是轻轻一挑，便可拨动一个人的命运。

医院本是一个业务机构，与科学研究更近，为什么会被裹挟进去呢？来看看吴春霞的经历也许能稍作解释。

吴春霞被送到省精神病院是后半夜，已是人困马乏。为什么连夜赶送不得而知。按照逻辑去推理，若是白天送到，人当然会有激烈反应。倒不是怕她反映他们治不了她，而是又哭又闹动静太大，得用上几个人才能制服。为了省却这笔麻烦，深夜是个不错的选择。

深夜到达的结果，吴春霞果然倒头就睡，等第二天醒来已经要开始按时吃药。为什么病人进院不做医学检查？医院事后在接受其他媒体采访时表示，当夜，他们验查了介绍信、警官证，当事警察、街道办事处的干部、吴春霞的嫂子都在，于是他们收治了这个病人。这位医院医务科的负责人说："谁能想到，政府、公安、家属一起送来的人，你也不能收？"这种因果关系很明显是站不住脚的，也难怪后来人们质疑他们丧失职业道德。连外行都知道，精神病院收治病人不是看什么人送来，而是要看送来的人到底什么情况。可是设身处地地想想，连法院在公安心里都可以忽略，一个医院又有什么是摆不平的呢？我们可以设想，如果医院的负责人坚持做入院检查核定病人具体病情，那么恐怕很快就会有新负责人来做公安让做的事情。情、理、法，在现实需要面前，都可以被绕过。这是可悲的地方。

吴春霞被送到精神病院的时间是 2008 年 7 月 16 日，当时全国上下都身处北京奥运。如果她这样的人再去北京上访，那就不是给地方抹黑了，那是给中国抹黑。因此，要确保与她类似的群体在控制中是第一要务。所以把她先放进精神病院比较牢靠。

吴春霞在精神病院就一待再待，一共 132 天，吃药扎针，切断了与外界的一切联系。直到 2008 年的 12 月，一切国家大事都平安过去，再加上吴春霞一再寻死，她才终于能够离开。

只是，想过这样做对一个健康身体和精神的损害吗？哪怕她是一个农妇？想过这样粗鲁机械地维稳更不利于长久的稳定吗？再深一步，动用手里权力的时候想过这权是谁给的吗？你用起来这么好用，别人用起来也顺手，会不会有一天会用到你的身上？如果那样你又该怎么办？

我在采访吴春霞的时候反复问她，身处这样的困境里，谁能帮你？既是问她，也是问己。这位农妇直白地答道：没有。

吴春霞从精神病院出来，终于获得了自由。从这里开始，她与别人的不同开始显现，她身上的那股倔劲儿又回来了。在律师的帮助下，她告了精神病院，当地县法院几次不受理，在周口市中院的安排下，沈丘法院接受了官司，经过两年多，2012 年 3 月 8 日，沈丘县法院的一审民事判决书称，河南省精神病院将吴春霞按照精神病人收治存在过错，判她胜诉。至此，荒谬的剧情终于出现了转机，渐渐地向正确的方向掉头。

这次胜诉让吴春霞长期被侮辱被损害而渐趋僵硬寒冷的心苏醒过来，她在习以为常的不平中看到了希望，也得到了力量。她继续告，这回是周口市公安局第六分局，就是他们法院捉人、莫名拘留，并且把她放进精神病院。经过了省高院的审理，终审判决吴春霞胜诉。

再高明的编剧也不如生活本身更戏剧化。看完了吴春霞人生中的这场戏，我倒是看见了希望和光明的种子。没钱没关系的农妇吴春霞能去法院告，说明她还信任法律；她能一连串地告赢了省精神病院、市公安局，说明法律值得她信任。这是我们这个社会的进步。只是，为了讨一个说法，为了能证明精神病院和公安机关错了，一个公民付出得太多，而要负全责的相关当事人又付出得太少。

我们愿意放大这一小步的进步，因为这向前的一步给很多人带去了希望和信心。但是当事方不能满足于这一点进步，因为从那一张张饱经沧桑的脸上，应该意识到自己身上的担子有多重。

善良的心是最好的法律

2015年年初，最高人民法院成立了两个巡回法庭，一巡在广东，二巡在沈阳，胡云腾就任第二巡回法庭的庭长。

从学校出来，到社科院法学所，再到最高人民法院，胡云腾绝大多数时间是一名学者，用他多年扎实的专业功底和深入的思考参与起草多部司法解释和十八届四中全会文件。

我曾经在2001年采访过他，当时是做《新闻调查》一个关于安乐死争论的节目。摄制组已经在西安和贵阳采访了两例身患绝症、生不如死的病人，还有医学领域泰斗级人物，他们入情入理地解释了为什么需要给安乐死立法，让人觉得无可辩驳。我带着这些说法回到北京，找到胡云腾，他是社科院法学所副所长，站在反对安乐死一方。本以为能用患者个体遭受的痛苦和医学界的思考跟他辩论一下，结果他说了几段话就让我觉得他是对的，也许他比另一方更理性。缜密的逻辑，严谨的推理，精确浅显的用词，表达时那种一层层一步步推进的饱满情绪，那种与众不同给我留下很深印象。不用说，这一定是一个对自己专业热爱、执着的人。当时我就想，这样的人如果做律师、做法官，而不仅仅是在研究机构，会是怎样？

再见到他，已经是2016年两会期间，中间十五年的时间过去了，胡云腾已经从学者成为一名实践者——二级大法官，主掌第二巡回法庭。

最高法的巡回法庭对胡云腾来说是一个再合适不过的试验田，他可以把几十年来的学术积累、对司法改革的全部思考应用到实务工作中去。

一切看似不经意的细节都暗含深意。

合议庭的组成是随机的。第二巡回法庭有九名法官，专业不同，有刑事，有民事，有行政。遇到一个刑事案件，就由专业是刑法的法官来主办，其他两位参与办理，在这个过程中他们也可以了解刑事案件的处理特点。虽然程序、法律规定、规则都是不一样的，但是法律的价值相同，不论什么案件都要讲公正、讲平等、讲效率、讲证据。这样对法官的要求就高了，既要有自己精通的专业，也要旁通其他的审判。

合议庭组成以后的第一件事，就是把具体组成情况清清楚楚通知双方当事人，这与惯常使用的讳莫如深密封消息完全相反。胡云腾的想法是，如果内心没有一个公正审判的信念，封锁消息又管什么用呢？

第二巡回法庭的第一个案件，胡云腾是审判长。当所有人都在关注他将怎么断案的时候，他却在程序上下了功夫。

开庭之后，审判长胡云腾上来就对众人说了这么一番话："不允许任何一方当事人递材料、打招呼、批条子给本法庭，如果谁这样做，我们将把这种行为记录在案，存于正卷。我们认为你这是干扰法院审判行为，我们会把你这种行为告诉对方当事人，而且让你向我们解释为什么要这样做，甚至本法庭可以推定你这是对我们不信任的行为，对我们公正审判不信任才会这么做。有话要讲在法庭上，有证据要出示在法庭上。"

这本是常识，也是以前领导们无数次讲过的内容，但是在第二巡回法庭开庭这样庄重的场合，由审判长公开对大家讲，对人产生的震慑感以往从未有过。想象一下，打招呼也好，批条子也好，最后都要交给办案法官，都是私下里进行不愿意让外人知道。可是在这里，你要这样做，法官就会把你说了什么记录在案，这就让私下的交易有了代价，就会迫使他去掂量，愿不愿意搭上自己的前途、声誉去做这个事。

胡云腾叫这番话“公正审判释明”。从此往后，第二巡回法庭开庭就说这番话，结果是，一年下来，几乎没人再来打招呼。

接下去，审判长胡云腾继续做了另外一个释明，“诚信诉讼释明”。一字一句地告诉大家：“来打官司，说真话，如果造假，我会惩罚你。”

接着，胡云腾马上用一个案子给这番话做了解释。第二巡回法庭宣判的第一个案件，他挑选了一个虚假诉讼。两个公司合伙发起了一个虚假诉讼，如果搞成了，他们就能赖掉欠建筑队和合伙人的钱。合伙人发觉以后上诉到第二巡回法庭，胡云腾觉得，案子不大，但是正好可以作为诚信诉讼的注脚。作为审判长，他当庭对两家公司进行训诫批评，认定他们的诉讼虚假无效，而且对两个当事人各罚50万。

他是想通过这个案子树立诉讼诚信，用诉讼诚信来推进社会的诚信建设。如果什么人都敢来打官司，有理打没理也打，没理伪造证据也敢打，要浪费多少司法资源，给其他人带来多少诉累。

别小看开庭的这两段话，它是胡云腾多少年思考的一个表达。我们现在的司法审判有两个大困扰：一个是人情，说情；另一个就是当事人不诚信，说假话，当庭撒谎，相互勾结伪造证据，达到自己利益最大化。胡云腾决定尝试一下，开门见山，借由审判长亲口说出，直接点到穴位，看看效果怎样。

第二巡回法庭的判决就是最高法院的判决，它立下了一个标杆，带来的是各个法院的跟进。第一案判了以后，各地陆续对虚假诉讼开罚单，对那些不提供证据的也可以惩罚。

两个释明之后，胡云腾接下去说的有点出乎大家的意料，他又做了一个释明，告诉大家，在法庭上能做什么、不能做什么。“开庭是全程录音录像的，我们的所有活动，包括旁听人员的表现都会被记录下来，案件将来可能走进教室、走进课堂作为教材。如果你表现得不庄重，会有损你自己的形象，也有损法庭的权威。所以请大家恪守司法礼仪。”

由一名国家二级大法官在代表最高人民法院的巡回法庭上，告诉大家法庭上的秩序和规矩是什么，就好像大学教授在课堂上告诉学生应该怎么上课，有那么一点荒诞的错位感。可是细想，在法庭上怎样才是庄重，怎样才能表现出对法律的敬畏？又有谁教过这些呢？

胡云腾是在有的放矢。在我们的法庭上，经常能看见大声说话、随便插话，旁听人在席上鼓掌、喧闹，甚至扔东西和打骂。为什么这些情况在法制比较健全的国家和地区很少见？这个问题看似小节，却让人看到一个问题：司法的尊严和权威，怎么树立？

法官进入法庭，往往要由书记员喊一声“起立”，在场人员才会站起来。胡云腾多少年来就在想，为什么我们一定要喊这一嗓子。不喊大家不知道起身吗？由别人喊出起立再站起来，这本身已经降低了人们对法庭和法律的尊重。权威的树立一定是别人从心里承认的，要人家自发地对你表示尊重你才有真正的尊严。书记员像班主任对待小学生一样喊“起立”，表面上是尊重了法官法庭，内里却贬低了双方的心智和尊严。

胡云腾要做的，是从细节让大家慢慢意识到，司法的权威一定要与司法的礼仪相关。

形式和内容往往是你中有我，我中有你。车辆没变，但是路从过去的普通路变成了高速路，司机就得适应新的规则，自然就与以往不同。

胡云腾在第二巡回法庭，要求法官在和当事人打交道时，要多问一句话："还有什么要说的吗？"他管这句话叫"最后一问"。问出这一句话才知道，有多少隔阂、不满、怨恨，是滋生在没有这种沟通。简单的一句话，给已经高举的洪水找到了一个泄洪通道，稳稳地把怒奔的水流疏通到了安全地带。

全国每年有一百万个刑事案件，一千多万起民事案件，法官审案子就像医生看门诊，一个紧接一个。法官考虑要尽量多审几个案子，所以在忙碌中就容易打断当事人的陈述，而当事人或者律师，自己要说的话没说完，心里自然憋屈，尤其是输了官司，更是想要个说法。

如果法官在一组质证完毕以后，进入下一组证据之前能够问一下当事人：你还有什么要说？这就是让当事人把话说完，给了当事人最起码的尊重。而这一点尊重就会让打官司的人感觉到，法官不是机器，法律也不冰冷，会觉得自己在被法律和法官呵护。在中国，绝大多数人不到走投无路不会主动打官司。本就是受了委屈和伤害，想让法律作出判定，这个过程已经走得不易，如果法官隔着十万八千里毫不感同身受，当事人的心理体验就会很糟糕，孤立无助，甚至会记恨法官怀疑法律。

不是每个去打官司的人都有知识懂法律，有时他的无理有理观和法律是不一样的。可能在一审的时候他的话就没说完，心里就有了气，到了二审还没说完，就去申诉，而申诉法官一听，明明是他观念有问题，法律判决没有问题，又果断打断不让他说完。这样一来就变成了涉诉信访。如果法官能倾听，能让他把话讲完，让他诉完苦，很可能用不着这么漫长的司法程序。

可是，就像医生不可能做到听病人喋喋不休地讲述病情，法官也做不到任由当事人没完没了地说个不停，况且一个法官一上午要开两三个庭。但是如果真是带着一颗想倾听的心，就有办法。法官的归纳总结能力强，在发现对方说话漫无边际时就可以总结，问他是不是这个意思，他说是，就问还有什么话，说没有，就可以进入下一个程序。

“最后一问”，是胡云腾在深入思考司法改革后的摸索。虽然是研究者，但是他知道，公职人员跟老百姓打交道，往往就差在这一句话。老百姓和官员和法官起冲突，根源在沟通，没让人家说话。从法官的角度，案子判得没问题，但是没给当事人好好解释，简单粗暴的一句话，是你没道理。前功尽弃。当认识到以后，就要改变。

对当事人要改变，对律师同样也要改变。

律师，在中国古代被称作“讼棍”，充满了贬义。在当下，实际上律师的地位远在法官检察官之下，是法律从业者中的弱势群体，他们的工作中充满了障碍，会见难、阅卷难、取证难，关键是不少障碍是法院检察院人为设置的。他们这么做，是因为律师执业本质上是一种对抗，在法律上与法官的直接较量。

随着中国社会的发展，律师已经不是用来装点门面的司法装饰，而是直接关系到公民权利伸张、司法正义实现、法治文明进步。公民花钱聘请律师为自己打官司，与此同时也是为司法和法治引入了一种市场机制，让事实认定和法律判断因为有了第三方力量，不再被随意操控。这种趋势，不管司法执法机关心里愿意不愿意，必须是要接受的。

胡云腾作为学者，要把理论上对律师这个法律职业共同体的尊重，变成实实在在的存在。

在第二巡回法庭，律师不再安检，有一条律师专用的绿色通道；在第二巡回法庭的办公楼里，有一间律师工作室，供律师换服装、阅卷；在一楼的服务大厅，有一个律师接待涉诉信访的办公室。律师的权益，用平等的对待，在这里得到了尊重。

胡云腾做过几十年的研究，从多角度对司法改革的迫切性和方向进行考虑，当有了实践的机会，他再把多年的思考细致而大胆地付诸现实。

所有的变化，目的都是实现尊重。

如果能够暗自疏通法官而左右案件的进程和结果，谁会去尊重法官，谁会在法庭上主动起身向进来的审判长表达尊重？如果法官不是一追到底，让说假话打官司的当事人无地自容，谁来尊重被伤害和被损害的受害者？如果不能让经历难关的当事人在法庭上把话说完，怎么会去信任并且尊重法官和法律？如果不给律师一个平等的对待，怎么能指望他在法庭上能与法官休戚与共、相互凭依？

而所有这一切的根源，是法官要有一颗善良的心，能倾听、能理解。法官和司法本质上应当是追求真善美的，在陌生人社会中，法律有时会比父母还能保护自己。作为司法人员，一定要把法律中的“善”适用出来。

马云使命

十七年前，马云在北京的各大部委推销他的黄页，告诉人家他要做的事是让天下没有难做的生意。结果当然可以想见，没人听他说什么，也不会有人正眼看他，更是连个好脸都没有给过他。遭受无数次拒绝的马云在结束了一天的工作以后坐车回住处，他筋疲力尽地靠在车窗边，望着这个壁垒森严拒人千里的城市，在心里对自己说：总有一天，北京会不这么看我。

十七年后，马云没变，他还在说他当年的那个理念：让天下没有难做的生意。但是，听众已经变成了 G20 峰会的领导人，这 20 个国家的经济体量占到全世界的 80%。北京的眼里早已有他，但他眼里已是整个世界。

十七年，马云的经历几乎成为一个神话。他建立起一个网络商业帝国，无数个微小个体集聚在这个平台上产生的无法想象的影响力，让实体国家像对待一个国家一样对待阿里巴巴这个虚拟国家。而他却越来越朴实低调，为人越来越谦和，做的事听起来似乎大得没边没沿，但是网络时代的特点是一点一滴的小事往前不遗余力地推动，很多人都这么做，最终能影响前进的方向。

2016 年杭州 G20 峰会，马云是其中 B20 的中小企业组主席，我们采访了他。

马云拿出的两个倡议，都是跟中小企业密切相关。一个是 G20 范围内能有一个创业者签证，让中小企业跨国做生意更顺畅；另一个更大胆，叫世界电子贸易平台，相当于网上的 WTO，区别在于这个平台不是一个组织，在这个平台上，可以实现全球买、全球卖。

马云畅想的这个方案是世界版的淘宝平台，我今天想尝尝菲律宾的芒果，明天想吃挪威的三文鱼，后天想买个非洲的木雕，网上下单，72 小时就能到货，不再有那么多繁琐的程序，就是人对人的直接交易。他提出来的是一个听上去几乎没什么可能实现的想法。WTO 就是为了降低贸易门槛，为了最大程度上扫除贸易过程中的繁文缛节，但是这么几十年下来，跨国交易的手续没见少。

我问他："全世界有那么多聪明人和决策者在一块儿商量了那么久都没有找到解决之道，你这么振臂一挥就有用？"马云的思路是不顺着既有的路径考虑问题，他想的是现在的 WTO 已经远远超越了贸易和商业，变成了复杂的政治问题，是由政治家在解决商业问题，这条路越走越难，越来越解决不了实际问题。所以，应该由企业家、真正从事商业的人士另开一条路，再度回到当年创建 WTO 之时想要解决的问题，也就是建立自由公平和透明的贸易，让所有人都有机会。马云觉得实在是不能再等了，等到他离开这个世界估计这些人还在谈判，所以依他的办事风格，先干起来再说。

这是典型的马云风格。当年他要是上来就跟浙江省、安徽省、广东省的政府去谈建淘宝、天猫，恐怕这些东西至今还只是在嘴上，而他的路径是直接和浙江的企业家，安徽、广东的卖家去建立一套游戏规则，只有大家看到收益和成效了，才会纷纷效仿和跟上，参与的人越多就越能显示出简单便捷和有效。

不过，国与国之间有海关、有税收、有检疫，这些关卡的复杂程度又不是国内流通能够比拟的。对此马云依旧乐观，因为他认为恰恰如此，才显示出把 20 个国家和经济体的领导人聚集在一起开会的实际意义。既然在过去几十年，世界能给那些大企业想出一整套办法，为什么现在就不能为各国的年轻人和中小企业设计出一套适合他们的便利规则呢？这个想法由现在的马云说出来，就是前进的一个方向、一种可能，如果由其他人或者是十七年前的马云说出来，就是痴人说梦。

马云在淘宝平台获得了极其珍贵的开疆拓土的经验，他准备继续把这些经验应用到更广阔的平台。他意识到 WTO 难以推进是因为大家都得同意一个条款，所以长期裹足不前。他想好了，他要建立的这个电子世界贸易平台要各个击破。先跟新西兰谈，两个国家共同想办法解决 24 小时为小企业通关问题，好让两国的年轻人可以互相买卖。如果这条路走通了，旁边的澳大利亚也想试试，那就再跟澳大利亚双边谈。也谈好了的话，澳大利亚和新西兰之间再按照这个办法去做。所有的复杂都削繁就简到几个问题：你们国家有好货吗？我们国家有市场吗？所有的谈判围绕最基本的需要谈，成就成，不成就拉倒。就这么简单。

商人的实际往往是推动事情发展前行的重要动力。你不能说不会成功，因为马云的淘宝平台就是在没人看好的情况下取得了巨大成功。当时摆在眼前的困难障碍不比世界平台少，但不也建起来了吗？马云的理想可能不少人都有，但他们仅仅是想想而已，觉得不可能，偏偏马云把不可能做成了可能。他没有天赋异禀，他只不过比别人多了认准了就做，而且一旦做了就决不放弃的执着。现在看他觉得他站高望远，可当年他一天推销下来累得疲惫不堪，也没有人理解认可和支持他的做法时，他也丝毫没有怀疑过自己。

我继续问："政治家们如果只在 G20 会议上对你表示感兴趣，回去就忘记了，你怎么推动？"他乐观背后的韧劲儿显露出来了："那很正常，因为我也经常当面答应人家可回去以后就忘了，每个人都有自己的工作。没关系，你忘了，我还会不断来找你说的，我还会不断推进和努力的。我不祈求全世界所有人第一天就同意你，即便是同意你，也未必会都参与进来。但是我相信有两百多个国家和地区，总能找到一个突破口，只要有突破口，就有希望。”他最有资格说这话，当年淘宝一个月加起来销售没有1万块，到今天“双十一”一天912亿成交额，都是一点一点、一个一个积累下来的。

建立这个平台，对马云和阿里巴巴来说，搭建之初肯定是除了麻烦还是麻烦。但是，公司到了今天这样的体量，成为一个网络国家的时候，这是应该考虑的问题。马云站在一个企业家的角度看世界贸易，他看到的是贸易的筋骨和本质。贸易无法强制，一定是互相欣赏彼此的货品和服务之后，才可能有买有卖。现在全世界的贸易被一万家左右的大公司把持着，规则为他们而定，中小企业想加入很难。有许许多多的好东西被种种规则限定在当地或者有限的范围，只有靠人的流动才能被发现，商品本身不能流动。世界已经发展到今天，科技手段让信息可以瞬间抵达任意角落，为什么商品的流通仍然有那么多的障碍？既然阿里巴巴能帮助几千万中国人就业，为什么不能参与到让全世界的年轻人创造新就业的过程中去？马云考虑的是这些。

因为经济发展到了相当水平，科技进步能支撑想象变现，企业成长到足够大，才能让中国的企业家站在世界治理的角度想问题，这才是真正意义上的世界眼光，才有可能孕育出世界级的公司。

野蛮生长以后，下一步应该是什么？

现实的矛盾是科技跑得很快，企业的创新，社会的进步，永远快过监管。这个时候要“拥抱监管”，要让政府的监管与企业一起进步。企业想得多想得远，但是怎么能让监管者也能理解企业所想，而不是用传统的一套办法管理？不仅仅是马云和阿里巴巴，这是所有创新型企业共同面临的问题。

马云的应对之策是把技术、理念和思想，变成全社会的共识。就像他经常举的例子：如果一个村子里只有你有钱，其他所有人都是穷人，那么结局就是被穷人杀掉；但如果能让大家都有钱，你只比大家多那么一点点，就能活得很好。这个例子草莽气十足，但是他是想说明，一定得让监管跟得上。被信任、被尊重，是每个人、每个企业的需求，这得靠自己去挣。在外界还没约束的时候，自己先有底线，先自我约束，再拿着摸索中形成的一套主动去找监管部门，希望他们能接纳这个办法。在一次次的摩擦中，让监管者能一同前行。

我不相信马云对媒体所说，这辈子最错的事是办了阿里巴巴，那是成功者的撒娇。他实现了他最初的追求，现在想追求得更远，这个责任是他主动担当的，他也是被历史选中的完成这个使命的人。他可以随时停下，随时退出，但他的性格绝不会这样，他一定会片刻不停留地去接近，去完成这个历史使命。说那样的话是开开玩笑撒撒娇，不能当真的。

但是，他说他最想做的是一个中不溜的企业老板，倒是真心话。

马云说日本的很多小店开了一两百年，活得非常滋润舒服，他们的目标就是让顾客舒服，让自己的家人过上好一点的生活，每年有假期，每年可以去学习和成长，让自己的孩子无忧无虑地长大。目标清晰坚定，多少年下来就这样追求，自然就办成了一个好企业。如果说 20 世纪的企业是以规模大小取胜的话，那么到现在，标准变了，应该是做一个好企业，小企业做成一个好企业变得更重要。

他自己早过了小企业的阶段，也被裹挟进更大的潮流中不能选择，但是如果人生能再来，他愿意办一个这样的企业。

我相信他说的这话恐怕没有几个人能听进去。就像父母时刻耳提面命让自己的孩子少走人生弯路，但哪一个父母不是曲曲折折走到成为父母的呢？人类进化了很久，知识不断积累，但智慧增长不多。因为人的生命区区几十年，想明白的时候已经老了，而人人都只能经历一次。

十七年，对一个人来说还没有成年，但是作为一个企业，早被视作成熟，而且在中国是稀缺物种。

马云把 17 岁的阿里巴巴看作青春期的少年，这个时候最容易骄傲自满，也最容易犯错。17 岁已经成为明星，生活在众人目光的聚焦下，17 岁还已经具有了巨大的影响力。可是，能炫耀多久？毕竟只有 17 岁，外在的一切可以迅速拥有，可内在呢？少年的思想远远没有到七八十岁的老谋深算，但是外界恰恰又对其有着成年人的期待。我们的社会还没有诞生大企业的基因，阿里巴巴这个少年在尝试。

马云早就说他的阿里巴巴要活 102 年，要横跨三个世纪，现在刚过去十七年。想长寿健康就不能恣意妄为，即便年轻也要学会自律，不能既想活得长还想跟没有这个志向的其他人一样大吃大喝、为所欲为。17 岁的孩子，在做前人没有做过的事，所以要想走得远就得加倍小心翼翼。

马云和他的企业已经攀登到珠峰的 7000 米高度，风景壮阔，凡人无法欣赏到，但那里的风险和危机，更是平地所无法想象的。每爬高一米都是无尽的艰难，风暴、雪崩，哪有时间去看风景，一个雪块就可能把人砸下去，一不小心就可能坠入万丈深渊。我们看到的是他的风光，却无从得知他内心的紧张。

戴着盔甲的女人

作为一名企业家，董明珠用了不到三十年的时间，把格力空调做成一个响当当的品牌，空调好用，品牌有名，格力跻身世界500强，在市场上呼风唤雨。

作为一个女人，董明珠从36岁开始转变轨道，从一个母亲，一个生活重心在家庭的女人，变成一个生活中只有工作、没有性别的人。没有婚姻，没有家庭，只有一个早已长大成人的儿子。

她太与众不同，创造了世俗的成功，却无法享受世俗的幸福。有一次她参加一个网络直播节目，与两位女性学者谈企业谈生活，其间三个女人就聊到了女性角色这个话题，她说道：“我没法想象为什么现在有那么多女孩子，总是想着嫁一个男人改变自己的人生，为什么不自己去努力？自己去创造？为什么总想着幸福从别人那里得到？我就认为努力的过程很幸福，女孩子们都应该去体会一下。”

她是最有资格说这番话的，因为她的一切都是她自己创造出来的。但是她走的这条路太特殊太异类，别人无法效仿，甚至也很难得到很多女人的认同。

采访中董明珠谈到有空在家时，她愿意给自己做一顿简餐，家里没有保姆，自己下厨。她说这些的时候神采飞扬，听上去也的确能感觉到这种难得的轻松和日常生活给她带来的乐趣。可是再往深里去想呢？

厨房是观察一个家最好的地方，主人的性格习惯、经济水平、家庭的感情联系状况等等，关于这个家的一切几乎都可以从厨房看到。过去的母亲常对女儿说一番话：每天起火做饭，有油烟的日子、一家人在一起吃饭的日子，才是幸福。董明珠这样一个聪慧的女性，别人有的生活的智慧她一定有。她不知道打开家门有暖烘烘的热菜热汤和家人的等待是幸福吗？她不知道有一个肩膀可以依偎，可以为她遮风挡雨是幸福吗？只是她不得不放弃。

她一个人在家里给自己做饭，是独属于她的幸福体验，是她在经历了一系列人生选择以后能接受的为数不多的选项。

董明珠对此早已经看透。在采访中她说，这个世界的美好，是要极少一部分人用付出去换来的，不是所有人都要去做牺牲，大部分人是享受这个成果，而她就是那极少的要付出全部的人。别人的幸福是过日子，是旅游，她的幸福是看到企业数据每一年在变化。

62岁的董明珠，有饱满的热情，有指挥千军万马的英气，有做企业的敏锐，有年轻的面孔和身材。接受采访的一个半小时，她的眼睛炯炯有神，谈到她的企业她的工作永远是眼神发亮。唯独有那么一会儿，谈到幸福体验，咄咄逼人地说完了她对幸福的理解以后，不再是上一刻的上满发条，而是停顿了一小会儿，说出了上面那番话。那一刻的董明珠，是让人喜欢的，让人疼爱的，就那么一小会儿，她低下头，却露出了她包裹在坚硬盔甲下的柔软脖子。

今天的董明珠是她人生每一次选择的结果。

董明珠说当年如果没有南下去格力，恐怕这辈子都不会发现自己性格里面有那么强硬、那么独立的一面。在家的时候她是一个温顺的女儿，母亲说什么，哪怕是错的，她都不会顶嘴一个字；她也是一个好相处的妹妹，与上面的哥哥姐姐没有为任何事情红过脸。我猜想，在大家庭里是这样，跟丈夫在一起过日子也不会有什么冲撞。照片里 30 岁出头的董明珠是妩媚柔弱的，那个时候她还在机关里工作，跟别人照相下巴微微含着，还有些怯生生地面对这个世界。

也许，她生活轨迹的变化应该是从丈夫生病离开开始的。没有了男人的生活还要继续。30 多岁的大好时光，找一个人嫁了不难，但是她没有，怕万一儿子会有寄人篱下的感觉，还想给儿子一个更加宽裕的生活，她不想指望任何人，她要靠自己。董明珠也说过，如果丈夫不去世，她便不会是今天的她。

个人生活的变故造就了一名极其出色的企业家。对社会，是幸。但是很难说对她个人到底意味着什么，毕竟，她的这几十年，太难了。

枕戈待旦

生活在互联网的时代，一定不能掉队，如果别人用的你没有、你不会，虽然不至于说活不下去，但你不方便的同时，也一定给别人带去不方便。这个时代可能比以往任何时候对人的要求都高，因为它给你的回报更大、更多，它可以让你变得更懒、更舒服。我父母那代人已经基本上被淘汰了，PC 时代就不怎么会用电脑，这倒是也没什么，进入移动互联时代，磕磕绊绊好不容易学会了微信，但这仅仅是个门槛，进来以后还要知道各种 APP，打车的、缴费的、银行的、买东西的。你硬梗着脖子说不学，那么上街打车十有八九空车路过你都不停，连去电影院买票都比手机上买的要贵一倍。不管愿意不愿意，连拉带拽都要加入这个前进的步伐。

连使用者都是这样不能掉队的心态，有没有去尝试着想一下，引领这个时代技术变革的人每天都揣着什么心过日子呢？李彦宏说，从 PC 互联网往移动互联网过渡的时候，他差点儿掉了队。

从 2011 年起，整个时代就处于一个从 PC 互联网到移动互联网，再转向传统行业互联网化快速迭代的过程中，这一更迭的速度或许要远远超过 IBM、微软等公司所处的那个与摩尔定律赛跑的时代。作为弄潮儿，李彦宏当然知道移动互联时代一定会到来，甚至在真正到来前的十年，他就清楚看到这个方向。但是，身处 PC 时代，他总觉得还不是时候，网速慢、上网贵、手机屏幕小，这些核心的因素在制约着向移动时代掉头转向。他在观察着，什么时候发力进入最是时机。

突然有一天，李彦宏意识到似乎在一夜之间，大潮来到了！智能手机攻城掠寨，迅速占领了人们的手心，屏幕更大、功能更多，与计算机相比是那么的灵活方便，可以随时随地地想到什么就搜索什么。而他自己，竟然没有为此做好准备！面对突如其来的改变，他迫不及待地检视自己的队伍，今天这个没准备好，明天发现那个也不行，后天突然又出现了二十多件事没想到。这个时候他有点儿慌了，有这么多措手不及，能在被淘汰之前做好吗？2013 年和 2014 年，他天天时时都在想：我是不是真的完蛋了，我是不是就此就被互联网淘汰了？

IT 领域淘汰率非常高，竞争的惨烈程度连演艺圈都望尘莫及。不管是百度，还是初创期的小公司，面临的风险一模一样。不同的是，市场留给李彦宏的容错空间更大，因为他有更多的现金储备和技术支撑，在意识到错误以后还有改错的时间。

他跟我说，做互联网，讲究的是一个“时机”。企业家不是学者，学者可以预测十年以后，五十年以后，如果他预测对了，人们会说他是一个伟大的先知。但是企业家不能，如果企业家看到未来五十年的图景，现在就要去准备迎接，那就死定了，因为没有人会连续五十年不断地给你钱，让你去等待、去迎接。所以企业家要做的是观察等待，什么时候它要来还没来的时候进去，这才是最合适的时机，能把利益最大化，成功率也最高。可这一次，他看到了以后，却没有看清现在。

这场大仗打得惊心动魄，即便到了今天，李彦宏说起那段经历仍然眼睛发亮，声音紧促，肢体警惕，似乎又回到了当时危机四伏的作战状态。可以想见，他当时是怎样处理这种被动。商场如战场，草木皆兵一年半以后，他心里基本有了底数，这个关能过去。这一次的过关让李彦宏意识到，移动互联网时代也许稍纵即逝，决不能像上次那样贻误战机。

二十年前，在李彦宏还读书的时候，他就对人工智能表现出了超乎寻常的兴趣。学计算机硬件课程他觉得枯燥无味，总是领悟不到要领，而人工智能却让他如鱼得水，觉得跟他的思维方式很像。喜欢就有了兴趣，就会去花时间去查资料去思考。当时人工智能还处在研究畅想阶段，李彦宏为此还有点儿愤世嫉俗：为什么我感兴趣的东西就不能应用在市场上？

凭着学生时代积累起的深厚知识和在互联网浸淫已久的本能判断，他觉得下一个时代一定是人工智能的时代。但是，进入的早不能保证成功，太早了还会变成先烈。虽然百度当下的不少产品，大搜索包括外卖、百度翻译都在大规模使用人工智能，但是到底什么才是既非常依赖人工智能又在市场有巨大潜力的产品形式呢？他想不好，是未知数。

李彦宏说，他早在五六年前就开始布局人工智能。够早，但是如果最后那一点没踩上，没有寻找到那种产品形式，还是会被无情地淘汰，绝不会因为你早到就先得。他在做着各种各样的准备和铺垫，为了那个不知在哪里的下一个突破口。

我问他："你能保证你做的准备就是对的吗？"他答："准备一定是对的，但是没准备的到底错没错，我不知道。"

从一脚踏进互联网这个圈子开始，枕戈待旦就已经是常态，不是仅仅他李彦宏，是所有在这行里面的人。变里面套着变，人在发明了科技之后，科技自身也在影响人，规律和趋势的蛛丝马迹就在这千变万化的无穷种可能性中。越大的公司数据就越完善，就越有可能从中发现头绪。比如说，百度在上一次完成转变之后不得不面对的是用户需求的变化，因为紧随移动互联网而来的是传统行业的互联网化，加上移动端本身的特点，人们的需求就成为了服务，这会促使百度继续转型，和需求连接的另一方服务提供商们一起转型。谁能准确地知道这些转型又会变成什么么呢？

过去的三年，百度一直在转型，刚从上一个时代走过来，马上就要迈进下一个时代的门槛。实在是太快了。那种紧张激烈，就像中国女排在里约奥运会中的比赛，每一分每一个球都不能懈怠，因为你不知道哪个球之后就是转折点。

做企业，风险不仅来自瞬息万变的科技，更大的暗礁在舆论。2016年年初的百度贴吧事件和之后不久的魏则西之死，把百度和李彦宏推向了风口浪尖。舆论一边倒地质问：企业的良心在哪？底线在哪？作为一家这么大的企业怎么会如此唯利是图？这个问题李彦宏从来没有停止考虑过。从一开始，他就定位百度不是一家大公司，而是一家伟大的公司。但什么是伟大的公司？怎么才能成为伟大的公司？在这些问题上，很明显，李彦宏和舆论并没有达成共识。

病来如山倒。李彦宏在想，自己哪里做错了。作为一个企业，遵纪守法，照章纳税，给社会提供了大量的就业机会，给上百万家企业提供推广通道，免费提供信息来源……他做了企业该做的，为什么会惹起众怒？从他的角度这么想没有错，企业首先是要尽本分，但企业是分大小的，多大的体量，多大的责任，更何况是一个把自己定位于伟大公司的企业。的确，科技的发展太快，让监管远远跟不上公司发展的步伐，这就让百度这样的企业跑出去一大段路以后发现四下无人。此时，能做什么？不能做什么，没有外部的约束，只有来自内心的底线。魏则西事件的发生，比监管要有效无数倍，它让百度无处遁逃，把百度放在了火焰上炙烤，也把百度放在了显微镜下。

百度应该成为一家优异的企业。李彦宏那么努力，那么富有激情，那么小心翼翼，那么有预见性，那么和时代贴合，可是，最重要的一点是成为巨无霸以后的百度如何应对来自市场，来自用户的不满和质疑，它用什么样的心态去与人打交道。这个看上去最软的软件，却能决定李彦宏是否能成就他心中那个“成为伟大”的目标。

我采访李彦宏是在 B20 开会以前，采访他关于就业工作组主席与 G20 的问题。但是作为《面对面》的人物专访，除此之外，很自然会涉及一些当下的热点问题。他的宣传团队，在采访前一直与我们沟通，希望知道我们采访问题的方向。这没错，但这通常发生在政府机关。我得知这个要求，心里却多少有些不舒服，倒不是给我添了什么麻烦，而是我觉得李彦宏那样一个在聚光灯下侃侃而谈的人，为什么会要求知道记者的问题和方向，何事不能与人言？但是我能理解，毕竟是国家大事面前，谨慎一点儿没什么不好。我回复他的公关团队，我将问及 G20 任务、智能化和竞价排名整改的思考。他们很快回馈，竞价排名反思不谈。当采访前进行这样的沟通，我都会充分尊重对方的意见，说好不谈就不会涉及，说话算数。

长得帅的人可能比一般人更在乎自己的外观。采访开始之前，李彦宏的化妆师要给他进行简单的整理，直到坐在摄像机面前，化妆师仍过来一丝不苟地为他把头发弄到最理想状态。他已经足够出众了，年富力强，高大英俊，但仍在细节上保持着谨慎。

在采访中，李彦宏主动谈及了社会责任和魏则西事件以后百度主动在第一季度砍掉 20 亿的利润去自行整改。既然他自己说到了，我也就此跟进，跟他谈到了企业怎么面对这个问题。他说："我们能做的就是通过自己的努力不断地去创新，给用户带来更好的体验，带去新产品给用户惊喜。当他们不断有新产品可以尝试有惊喜获得时，他对你错误的容忍程度就会变大。"

李彦宏倒是不回避，他怎么想的就怎么说。但是可能他真没有想到他的用户听到这番话后会怎么想。我问了他一句："你觉得这是一回事还是两回事？可以转移注意力，去转移人们对问题的不满？"他继续说："我觉得百度就是一个 PACKAGE（打包），有好的地方，有不好的地方。我犯了错可以改，但是我能保证就是我知道我哪里做得好，我多花精力把它做得更好，让人们看到我做得好的东西。”

李彦宏的回答没有掩饰，是诚恳的，这就是他看待这个复杂社会问题的思路：我要用不可替代的技术让你离不开我，原谅我，过去那个错误就让它过去吧，不解释了。如果把企业和社会舆论比作夫妻，那么企业是丈夫，舆论就是妻子。两个人出现了龃龉，丈夫心想：我是真心爱你的，我下次对你好，总是纠缠以前的事情做什么？你把这次的问题忘掉吧。但是妻子此时比以后更关心的是以前：你为什么那么做？给我一个详细的解释，否则我不会原谅你。

长远来看，李彦宏没错，技术是第一生产力，但是舆论会影响形象，会影响企业的信誉度，而这些恐怕是技术的进步不能消除和替代的。他需要加强与人的交流，出了问题怎么将心比心。

采访后，我对他说：“对不起，我越界了，因为事前我与你的宣传团队讲好不说魏则西事件。”他说：“没事，说吧，这是回避不开的问题，只是千万别曲解我的意思，别断章取义。”他是诚恳的，我相信他说的就是他想的，他不虚伪，处理问题的方式可能就是这样的。

互联网公司，除了比普通公司更有时间和技术施加的危机感、紧迫感，内核还是一样的，就是学会与人和社会打交道。不是单纯地发展技术发展公司，更要懂得一个个体的心理。

面对记者，面对舆论，面对用户，把你的心交出来，而不是修饰回避，坦然地去面对各种所谓质疑。先说服自己，再说服别人。

你未痊愈，我不敢老

四年一次的奥运会，不仅能欣赏到人类体能的极限和运动的美，还能在这个高度浓缩的人生赛场上，观察到各种各样的人性。运动会的赛场，是论输赢的地方。但是这个“赢”字，容纳得太多，有的为了国家赢，有的为了自己赢，有的为了更好的成绩赢，有的为了证明自己赢。已经41岁的乌兹别克斯坦运动员丘索维金娜，是为了自己的命运赢。

体操运动员的职业生涯和其他项目相比非常短暂。在体操项目中，大多数运动员都是十几岁，20岁已经是高龄。不过，当连续第七次参加奥运会的丘索维金娜穿着一身粉白色闪亮的体操服亮相在里约赛场，开始进行跳马的第一跳时，场上解说员用“活着的传奇”来介绍她。

从远处看，丘索维金娜与其他运动员没太大区别，她一米五几的身高，瘦削的身材，脑后扎一个小马尾。但是近看，她与她们太不一样了，已经松弛的两颊，抬头纹堆满的额头，饱经沧桑的眼睛，岁月刀削斧砍留下的痕迹，显现出作为母亲和女人对艰难生活的操劳。相比之下，她身边的姑娘们像是来自另一个世界，娇嫩的皮肤，玫瑰般的脸色，光洁的额头，闪亮的头发，小鹿般的眼睛。在年龄上，她们比她的儿子还小。但为什么丘索维金娜会与她们站在一起？

丘索维金娜四十多年的人生经历了国家和家庭的巨大动荡。1975年她出生在乌兹别克斯坦的布哈拉，那时她是苏联人。7岁开始练习体操，13岁就成为全国青年锦标赛冠军。在苏联强大的举国体制护佑下，丘索维金娜脱颖而出，成为国家队重要一员。那时的她享受着国家提供的优渥的训练条件，唯一要考虑的就是怎么能取得好成绩。1992年，17

岁的她参加巴塞罗那奥运会，她代表的已经是独联体，收获团体金牌和自由体操第7名。告别巴塞罗那奥运会后，丘索维金娜也彻底告别了强大的苏联体育时代，从1993年开始，她代表乌兹别克斯坦南征北战。作为一名运动员，丘索维金娜深刻体会到一个人和一个国家之间的联系。独立后的乌兹别克斯坦，无论是体操训练条件还是人员配备几乎是一片荒漠，大部分时间丘索维金娜是一个人在战斗。身后的国家从强大得不可一世到现在的籍籍无名，丘索维金娜心里在感受着这个巨大的落差。不过她也真是一名战士，1993—2006年共为乌兹别克斯坦征战13年，为这个国家赢得了70块奖牌。

1997年，22岁的她和乌兹别克斯坦摔跤运动员库帕诺夫结婚，1999年生下了儿子阿里什。经历过大时代变迁带来的动荡后，丘索维金娜最需要的就是小家庭的稳定和平静。但是，命运没有满足这个女人的小小心愿，它似乎已经选中她，让她去完成另一个不平凡的人生。2002年，3岁的儿子被检查出白血病。征战一生积攒下来的钱在治疗费用面前九牛一毛，不值一提，而她除了体操别无长项，丈夫的摔跤运动除了工资几乎没有其他挣钱的机会。命运把一个母亲逼到了墙角，只有一条路好走——复出参赛。

复出时的丘索维金娜已经27岁，这个举动本身就是个奇迹。她本来的项目是跳马，但是为了能挣更多的钱，她朝全能型发展，到处去比赛。不敢生病，不敢受伤，不能懈怠，不能停下。一个欧锦赛的冠军是3000欧元，一个稳稳的落地就能给儿子挣出一个月的住院费……她的脑子里只有儿子，攒钱给儿子治病，让儿子能好起来。为了儿子，他们家女主外男主内，丈夫放弃了摔跤运动专职在家照顾儿子，她不停地在外奔波，就这样勉强给儿子积攒着救命钱。直到有一天，乌兹别克斯坦的医生亲口告诉她，他们的医疗条件没办法拯救阿里什了。

就在丘索维金娜走投无路之时，德国科隆俱乐部的主教练布鲁格曼雪中送炭，让丘索维金娜全家搬到了德国。儿子在德国医院治疗了整整两年，病情逐渐好转。为了能赚到更多的钱，也为了知恩图报，丘索维金娜改换国籍，代表德国参赛。心底渴求安稳的丘索维金娜虽然对改变很敏感，但还是做出了她人生中重要的决定：“做出这个决定很难，但如果没有德国体操界同行的帮助，我的儿子可能早就离开人世了。”

用体育挣钱，如逆水行舟，更容不得一丁点儿的浑水摸鱼。没人会因为她的经历和年龄为她另辟蹊径，她必须与巅峰状态的运动员同台竞争，她必须经年累月地保持在最好的身体状态，不能有赘肉，不能没精力，不能没体力，还必须不断地超越自己，超越别人。一个为了儿子能活下去的母亲身上所爆发出的力量是不可估量的，丘索维金娜在 2006 年世锦赛上为德国获得跳马铜牌和全能第 9 名，随后在欧锦赛上夺得跳马冠军，为德国女队时隔二十三年之后再次赢得的欧锦赛体操金牌，2008 年北京奥运会以 33 岁的高龄出战，获得跳马银牌和女子全能第 9 名。

丘索维金娜早已不在乎别人说什么以及怎么看她，她只是在接受记者采访的时候平静地说：“只要儿子还没病愈，我就要一直坚持下去。他就是我的动力。”你未痊愈，我不敢老。一位母亲的心剖开在世人面前，让全世界动容。

所谓苍天不负有心人，在母亲搏命一拼的努力下，儿子的病几乎痊愈，已经不必接受治疗，只需要每年去医院做个检查。儿子病好了，丘索维金娜也没有了压力，但是这十年高频率的比赛和拼搏已经悄悄地重新塑造了她的性格。她发现她已经停不下来了，不再为了儿子，而是体育本身。在人生最无助的阶段，只有站在残酷的赛场上，她才可以聚精会神、宁神静气地做回自己，那一刻世界是她的，她靠自己平日刻苦的训练和坚强的意志去赢得比赛，去改变命运。是的，不是努力了就会得到相应的回报，总有不可控的因素会改变结果。但是要想赢，常人不能想象的努力和付出是必不可少的。人生何尝不是如此呢？埋头去努力，总有奇迹发生。她与比赛，她与体操，她与体育，在漫长的岁月里，已经不能分割。

当她第七次出现在奥运赛场上时，掌声久久不息。要知道，她第一次参加奥运会的时候，她身边的对手都还没有出生。对于这样一个行走的传奇，这样一个永不放弃的精神，多少掌声，多少敬意，都不为过。

走过生死，来到这里

尤思拉·马尔迪尼这一年 18 岁，她要在里约奥运会上参加女子 100 米蝶泳和自由泳比赛。虽然她的国籍是叙利亚，但是她不属于叙利亚代表团。如果赢了，得到了奖牌，那么赛场上将升起国际奥委会的旗帜——她是一名难民，奥运史上第一支难民代表队的一员。

尤思拉的外表是一个典型的中东少女，圆圆的脸颊带着少女肥，乌黑的大眼睛被沟壑般的双眼皮勾勒出来，弯月形的眉毛浓重地挂在那里，挺直的鼻梁，一笑露出一排白牙，门牙中间还有条细细的小缝隙，平添了很多俏皮机灵。人们会不由自主地被这个姑娘的青春活力感染。但是，如果你仔细观察，她的大眼睛主调是哀愁，只在众人聚集时才会拨开那层忧郁的浓雾，露出花季少女的活泼。

战乱剥夺了她的青春年少和前途。尤思拉是一名游泳教练的女儿，从 4 岁开始就每天泡在泳池里。曾经有段时间，她每天的生活是从三小时的游泳训练开始，然后再去学校上课。也许是遗传了爸爸的游泳基因，她在阿拉伯青年锦标赛上拿到三枚金牌。天赋加上喜爱，再加上刻苦，尤思拉的未来不可限量。但是，战争猝不及防地降临了，隆隆的炮火声轻而易举地遮盖住池水拍打身体的欢快声音，熟悉的生活瞬间就再也没有了。如同截肢，腿没了但走路的意识还在，尤思拉拿着游泳包出门，发现她的泳池已经被炸没了。废墟面前，再远大的理想也都只是一个梦，正常的生活都不得不停止，训练就更加遥不可及了。

绝望的父母让尤思拉和妹妹两人去欧洲避难，姊妹俩踏上了背井离乡的路。尽管做好了准备，但这条逃难之路远比想象的要漫长痛苦得多。她们花了二十五天才到贝鲁特，之后用四天时间穿越山区抵达土耳其。在海边，人贩子答应用小艇载她们去对岸的希腊，摆渡的小船只能容纳七八个人，却挤满了 20 个人。谁都知道这样出发凶多吉少，但谁也不愿下船，所有人的心思都是一样的，宁愿去冒险去九死一生，也不愿留在原地无望地等待。果然，刚刚出发半小时，凶险就如约而至，船引擎失灵，船舱开始进水。汪洋中的这艘小船，此时摇摇欲坠。大家把全部的行李都扔到海里，企图靠风来带动船，但是无济于事。船上的人回望刚刚离开不久的陆地，求生，转瞬间变成了送死，人们的眼神里只剩下恐惧。尤思拉和妹妹看着绝望的同伴，有着十四年游泳经历的姑娘和妹妹稍作商量便跳进了海里，顺着水势拉着小艇往前游去。冬天的海水冰冷刺骨，冬天的浪头也要比温暖的季节更凶猛，她们是靠着生存的本能往前走每一步。姊妹俩一手缠着绳，另一只手单手划水，整整游了三个半小时，把小艇拖向目的地，20 个人都活下来了。

但这只是另一段旅程的开始。尤思拉姐妹徒步、坐公共车、乘火车，历尽艰难地穿越欧洲南部到了德国。安全是安全了，但是未来呢？她的游泳呢？也许命运看到了她在漆黑冰冷的大海里那三个半小时的孤注一掷，难民营的一位翻译在得知她的经历后，帮她联系了德国一家老牌游泳俱乐部，在经过考核后教练认为她有能力成为队伍的一员。要知道有许多运动员因为战争中止了训练，即使机会再次垂青，他们的身体状况也会与机会失之交臂。也许是从小就开始的童子功，也许是海水中那三个半小时的考验，尤思拉的体质体力都在状态，俱乐部教练甚至认为她能够再参加 2020 年的东京奥运会。

尤思拉小小年纪就开始品尝生活带来的无常，命运可以随时拿走拥有的，也可以随时给予所需的。身在难民营的她，与祖国相隔万里，虽然曾是叙利亚重点培养的游泳运动员，14 岁时就代表叙利亚参加了 2012 年锦标赛，但是要续上游泳的梦想，就要接受命运的安排——成为一名难民代表队运动员去参加梦寐以求的奥运会，尤思拉的已经尘封的梦想又被打开并且擦拭如新。

不是没有犹豫过，一名运动员代表自己的国家参赛，天经地义，那是荣耀，也是归属，当自己的刻苦努力换来赛场上国歌响起、国旗上升、全场起立，那是一个个体能够得到的无上荣光。可是，如果是成为难民代表队运动员，就意味着没有国家可以代表，意味着告诉所有人自己是一个流离失所、有家难回的难民。尤思拉纠结了很久。其实，当她逃离祖国叙利亚时，她就知道她的心已经是离开土地的芦苇，开始漂泊，唯一的归宿只能是期待有朝一日回到祖国。就像逃亡的路上跳进冰冷的海水拉着满船的人往前，这一次尤思拉也不仅仅想到了自己，她想起仍然在叙利亚的父母和伙伴，想到还在路上逃生的同胞，想到国际奥委会来选拔考核的人告诉她全世界有6500万人因为战乱而失去家园，她要代表他们去参加奥运会。

虽然叙利亚的国旗不会跟随她出现在奥运赛场上，但她依然希望，这能为其他难民带去一丝宽慰。“我希望能够代表所有的难民参加比赛，因为我想向每一个人展现我们在苦难之后的安宁生活。我也想鼓舞大家在生活中多做一些美好的事情，永远不要放弃梦想。我姐姐一直鼓励我说，作为一名专业的运动员，不要纠结你到底是从德国还是叙利亚或是其他什么地方来的，你只需要专注比赛，整理好泳帽泳镜，盯紧赛道，大胆出发吧！”

原本是200米、400米自由泳运动员的尤思拉最终报名了100米自由泳、100米蝶泳两项比赛，虽然没有说明原因，但这恐怕与她长时间没能得到系统训练，耐力容易出现大幅退步有关——100米的比赛能让她与其他选手的差距看起来小一些。

在2016年8月6日的100米蝶泳预赛中，她游出了1分9秒21的成绩，在同组的 5 名选手中排名第一。预赛结束后，最快的成绩是世界纪录保持者萨拉·索斯特伦游出的 56 秒 26，尤思拉整体排名第 41 位，这意味着她无缘半决赛。但是，这样一位选手出现在赛场上，又有多少观众会去苛求她的成绩呢？

赛后尤思拉接受采访时说：“能够参加奥运会是我的荣幸，我首先是为了我的国家而游泳，我当然更希望能够代表叙利亚参赛，但现在我是代表所有国家和地区的难民参赛。我想对所有难民说，我也是为了你们而游，我一直坚持着游泳的梦想，希望你们也不要放弃自己的梦想。”

个人与集体

宁泽涛几乎满足了人们对于一个体育巨星所有的幻想和渴望：夺目的成绩，英挺坚毅的面孔，希腊雕塑般健美的身材，规矩可靠的军人身份，负面消息几乎为零的过往，蓄势待发的未来。所有人都期待着他能在奥运会上取得好成绩。

游泳爱好者希望宁泽涛能突破自己和最高水平的选手一争高低；疯狂迷醉的拥趸需要偶像愈发优秀得不可企及从而去照亮他们的梦；他代言和还没代言的商家需要奥运显赫的名次来给这个投资增值；游泳中心和教练自不待言，利益共同体的荣辱得失早已捆绑在一起；其实最期待好成绩的莫过于宁泽涛自己，因为说到底一名运动员的核心价值体现在他的竞技成绩能有多优秀。就像刘翔的通吃和李娜的大满贯，金光闪闪的金牌累积方能奠定他们不可撼动的价值和地位。但是，里约奥运会男子 100 米自由泳的半决赛，宁泽涛的成绩是第 14 名，48 秒 37，没有游进 48 秒，更没有取得决赛资格。男子 50 米自由泳也排在第 30 名，同样没有取得决赛资格。

男子 100 米自由泳一直是世界上游得最快，最具有观赏性，也是最能显示人类极限的项目，一直被高手如林的欧美人把控。在一年前的喀山竞技场上，宁泽涛横空出世取得这个项目的金牌，又带领中国队拿到参加里约奥运会男子 4×100 米自由泳接力的入场券。这样历史性的突破，让他在一夜之间成了“男神”“国民老公”。

随着这个陌生的名字出现在各大媒体的首页，人们意外地发现，这个运动员竟然长着明星的脸和超过明星多少倍的身材。真实的世界和虚拟的网络瞬间同时启动了追星模式。时尚杂志纷至沓来，他们知道谁最红，懂得观众喜欢这个新晋的“男神”，喜欢他明朗大方男性化的好看的脸，更欣赏他健美性感的肌肉线条。他们为他拍摄各种角度、各种场景、穿各种衣服的照片。照片中的宁泽涛在虚拟的背景中，摆着各种他并不熟悉的造型和表情。可以想象一开始时带给他的惊喜，从小到大，那么多年在游泳池里进行枯燥艰苦的训练，当同龄人可以睡懒觉，可以撒娇耍赖，可以偷懒时，他每天都是不完成训练计划不能结束。他的生活中绝大多数都是穿军装、训练服和泳衣，几乎没有自己可以支配的自由时间，生活的目标极其清晰，过程也简单艰苦，年轻的随性和多彩只能偶一为之。当多年精益求精的打磨和付出得到了世锦赛金牌的回报，他发现时尚像宠物小狗一样开始追着他、黏着他跑。其实，他以前也意识到自己好看，但是在时尚潮流的强化下，他发现原来自己还可以有这么多帅的角度和可能性。年轻人的感觉很好。

比时尚嗅觉更灵敏的是商家。横空出世这样一个健康向上清新的万人迷，怎么能视而不见？商家的竞争是无所不用其极的：蒙牛成为国家游泳队乳品赞助商，伊利看到的商机是竞争对手并没有与宁泽涛这个偶像签约。伊利与蒙牛是竞争对手，但它们的代言人却是一个团体里的个人与集体，在纪律森严的游泳中心，这是绝对的犯规。企业的核心利益是利润，产品代言人只是一个工具，谁更能一呼百应就要追逐谁。他们不大会去设身处地从长计议地去爱护宁泽涛，他是它们的工具，如何最大限度地用好他才是企业要考虑的。

现行的体制是，宁泽涛既然是中国游泳队的一分子，那么需要游泳队为赞助商站台时，宁泽涛就要出现。如果宁泽涛籍籍无闻，这倒也没什么，但是当宁泽涛在喀山取得关键性金牌之后，他个人就拥有了非凡身价，再让他去站台，他自然会渐渐有些想法。谁也不知道这中间发生了什么，双方是如何沟通的。但人们看到的结果是，在北京人流量最大的地铁国贸站，人们下车就能看到扑面而来的巨幅的宁泽涛破水而出的伊利产品广告。

企业是不会去想宁泽涛将如何处理与组织的关系的，它们只要宁泽涛与它们签约。企业的目的达到了，但是接下去宁泽涛如何处理与游泳中心的矛盾呢？只能去揣测宁泽涛是怎样做出的决定。媒体采访各种相关人士说他是一个很乖巧、很会替别人着想的人，但这很可能是在没有取得成绩以前，一旦金牌加身，人会发生变化。利益是有魔力的，尤其是在巨大利益突如其来的时候。当意识到划时代的金牌可以身价百倍，为什么还要捆绑在一个体现不出自身价值的合同里？当伊利给出一个让人无法不动心的报价，宁泽涛的心最终被撬开了，让他宁愿去冒得罪组织，做出甚至会危及前途的选择，与伊利私下签了代言的合同。这些只是看到媒体报道，没有任何证实。

游泳中心取消了宁泽涛的奥运会参赛资格，作为私签商业对手广告代言的惩罚。不能要求企业站在宁泽涛前途上考虑商业问题，他们的确没有这个义务。那么，谁应该好好替他考虑这些，去保护一个优秀的有巨大商业价值的运动员呢？理想状态应该是游泳中心去承认宁泽涛的价值，在一个日益市场化的环境下，先替运动员想，怎么能让他在保持成绩的情况下去体现他的商业价值。

在我们这个体制内，个体和整体的利益并不矛盾，整体培训了个体，个体取得好成绩，不仅记在个体头上，同样也记在整体头上。但是随着真金白银的利益出现，整体渐渐不甘心、不服气，我们共同培育了你和你的成绩，你的成绩里有你的一半也有我们的一半，为什么我们几无所获，而你却一夜暴富？所以，不大愿意正视个体的市场价值，甚至会多多少少不承认、阻碍个体价值的实现。这当然会影响明星运动员的成熟市场化进程。

宁泽涛做了捍卫自己利益的事。站在他年轻的角度似乎没错，但是在外人看来，似乎有些太心急。利益这个东西是永无止境的，作为一个上升的希望之星，利益还不是眼下重点，提高成绩才是当务之急。喀山世锦赛夺冠不假，但是含金量不高，顶尖高手的缺席，宁泽涛有点儿“老虎不在家，猴子称大王”。怎么能把成绩稳定在48秒以内，一点一点突破自己的身体极限，争取去冲击更前面的名次，而不是像里约奥运会连48秒都没有游进。这需要更加刻苦的训练，更需要与游泳中心共同想办法去进行质的突破。进入48秒以后，1秒，甚至0.1秒都像一座大山阻隔很多人，只有在这条路上咬定青山不放松，更大的利益才会咬住你不放。而不是像宁泽涛在赛前所做的那样，要求退伍，甚至要求不再训练。这有点一叶障目不见泰山，如果放弃了游泳，他的价值会一点点跌落，直至被遗忘。

希望越大，失望越大。奥运赛场倒数的成绩已经见效，本是一边倒的喜爱立马阵营分明，“宁泽涛的B面”这样的分析已经见多。宁泽涛赛后保持着完美的风度，让人仍然喜欢，但是能看出他神情中的落寞。

业界评判运动员价值有一个“同心圆理论”，由内而外分别是竞技价值、社会价值和商业价值。最核心的竞技价值中，除了奥运会奖牌是关键的评判标准，也包括顶级职业运动赛事的成绩，比如李娜的大满贯成就等。社会价值，也可以通俗地理解为社会影响力，由多种因素构成，除了成绩，还涉及外形、性格、气质、沟通能力和故事性等多方面因素。商业价值则是一个运动员价值的最外围部分。由此看出，名次、成绩、能力，才是核心。那么，解决问题的关键，也应该是做好商业利益的划分和平衡，并且要在尊重事实、承认相关各方付出的前提下，既充分体现各方商业价值，又有利于项目长远发展。

宁泽涛与游泳中心之间的摩擦，核心是利益归属。个体看到的是自己常年超负荷的付出，成绩是自己取得的，利益是成绩的回报，天经地义；集体看到的是为了你取得优异成绩，有多少人经年累月在做保障，在想办法，成绩是你取得的，但是成绩里怎么去量化这些幕后团队的付出？利益怎么可能你一个人独享？

以前计划经济的时候，没有广告代言、市场化这一说，所以天然有集体没个体。随着市场经济的蔓延，运动员的经营渐渐开始产业化，个体渐渐从集体中浮现出来，利益到底是你的还是我的，需要说清楚。但是，中国这样一个沉重庞大的体制变革需要时间，个体的变化可以很轻盈，但是集体的变化就迟缓多了。现在的情况是运动员在没有成名前，进行的是计划体制，也就是举国体制的训练，一旦成名，就开始市场体制的经营。计划体制的土壤里开出的花，市场体制来享用。所以是拧巴的，谁都觉得自己有理，对方没道理，谁都不舒服。

举国体制在我们国家是从 20 世纪 50 年代开始的，当时综合国力弱，为了短时间拿到金牌，集中全国人力、物力、财力进行战役似的攻坚。在举国体制的培养中，为了一个运动员出好成绩，不止一个教练如父如母全天候在他身边，还要有营养师、按摩师、医生，更要经常性地拉出去到国外参加各种比赛，衣食无忧，训练不愁。在不知多少人的共同努力中才能托举起一名冠军。

一个项目寻找到一个苗子，国家做后盾，在培训的过程中需要什么给什么，当然运动员个人也要付出异常艰苦的努力，包括放弃与同龄人一样在学校读书学习知识，全部时间用来训练、参赛、出成绩。这种方式很快见效。尤其是在改革开放以后的洛杉矶奥运会上，中国体育健儿哪里是去参赛，更像是奔赴沙场，为了祖国人民的荣誉而比赛，拿到的金牌更是对在改革开放中渐渐取得自信的中国人的绝对鼓舞。从那以后，我们在奥运会赛场上的金牌和奖牌数量，成为观众参与奥运的一个重要乐趣，同样也让获得金牌的运动员成为万众瞩目的明星。

当然，体育在整个社会市场经济的过程中也在悄悄地产业化。当一名运动员成为世界冠军，尤其是那些有世界影响的项目的冠军后，企业会在拿到金牌的第一时间找上门来，希望签下巨额广告代言合同。代言费无声地传递给运动员他的市场身价。眼前摆着这么大的一笔钱，谁会不动心呢？

在深刻的变化面前，2001 年国家体育总局的应对是，运动员广告收益分配要兼顾国家、集体和个人的利益。“原则上应当按照运动员个人 50%、教练员和其他有功人员 15%、全国性单项体育协会的项目发展基金 15%、运动员输送单位 20%的比例进行分配。”应该说这种分成是在现有体制下一种比较不错的分配方式，既肯定了个人的努力，也兼顾了集体的付出。但是，变化的速度超出了管理者的想象。

傅园慧和宁泽涛这代人，他们是在市场经济的社会中长大的，他们的偶像是姚明、刘翔和李娜，他们知道世界级的冠军值多少钱，他们的性格也比之前的运动员都更独立、自主、有个性。

宁泽涛不再满足于被队里叫去站台，去履行得到赞助的义务，因为他意识到他一个人的价值比全队都高。是因为年轻还是因为什么？他好像只看到了他自己的价值，却忽略掉了产生他价值的土壤。

同台竞技的欧美运动员是无法享受到宁泽涛的特殊待遇的——拥有专门的训练场所、专业的教练员、专业的队医，他们必须自己去聘请教练和经纪人，自己找俱乐部，才能出成绩。在非“举国体制”的国家，职业运动员基本只能靠自己。这些运动员在青少年时期，可能会在运动场上被一个半专业的教练发现，游说了他们的父母，然后参加一个青少年组的国际比赛，被一所大学的教练发现，大学再用奖学金招募过去读书。大学奖学金，可能是大部分西方青少年运动员的最好出路。因为如果他们没有拿到申请大学奖学金的资格，他们能得到的经济支持的机会就会更少，甚至要为生活费、训练费用，包括参加比赛的路费而发愁。少年运动员在国家级比赛中获得有分量的成绩之前，包括训练场地、教练、训练设备和参加比赛的报名费和路费等都要靠家庭支持。

在席越的一篇文章中我看到了这样的实例：

在加拿大，在雅典奥运上取得第一块体操金牌的加拿大运动员 Kyle Shewfelt，他的父亲是 CIBC 银行（加拿大帝国商业银行）的一个中层经理。Kyle 从少年时开始的体操训练中，所有费用都是父母支持，各种训练也都是父母接送，比赛也是由父母陪伴，没有父母的在经济上和精力上的倾力支持，就不会有他的这块奥运金牌。

当青少年运动员具有了参加全国甚至世界比赛的实力，并开始参加各种比赛，这个时候只有父母的资金支持恐怕就不够了。同时，一部分长大成人的运动员，不愿意再依靠父母，就开始寻求政府的补助，并开始边工作边训练。在 2013 年广州举办的世界羽毛球锦标赛上，代表加拿大的队伍有三名选手——米歇尔·李、艾德里安·刘、德里克·吴，他们除了都是移民的第二代华裔青年之外，还全部是自费参加比赛。没有领队，也没有教练，更没有加拿大羽毛球协会的资助。世锦赛可是世界级的比赛，但这时候连商业赞助也都缺席了，因为羽毛球在加拿大并不是一个热门的运动。这三个年轻人除了热爱羽毛球外，分别是学生、电工和经营运动绷带的商人。

在职业体育的体制下，产权是清晰的，谁花钱出力谁就得到相应的回报，而宁泽涛在心理失衡觉得自己价值没有相应体现时，可能并没算过他出名之前这笔大账。所以，现在就要把账算清楚，把该得的利益划清楚。那就涉及一个问题：举国体制要不要改？改是一定的。不能再把肥都施到一棵苗身上，得改善土壤，最好能是“有机”肥，让土壤更肥沃，长出更多健康的苗子。

值得注意的是，英国继上一届伦敦奥运会取得总成绩第三名的好成绩之后，在里约又以 27 枚金牌的总成绩险胜中国，位居第二。这得益于英国体育理事会开展的“世界级项目”计划，对尖子运动员给予资助和补贴，他们毫不讳言目的就是在奥运会上夺取金牌，振奋民族精神。但这并不是英国版的“举国体制”，英国政府的体育开支，重点还是放在社区体育，也就是我们说的群众体育上。整个里约奥运周期的资金，也才 3.5 亿英镑，其中占大头的还是来自体育彩票的资金，政府财政拨款仅占其中一小部分。考虑到英国仅有区区 6000 万人口，其资金的使用效率和市场化、专业化程度，明显高出一筹。

接下去的改革会很复杂，但是可以从现在就做的是，要灵活运用规则，平衡各方利益，乃至对明星运动员做出妥协和包容。宁泽涛的这些反应，更不能简单的用“叛逆”“大牌”“忘恩负义”来形容。

海的女儿

徐莉佳是个耐看的姑娘，小脸，眉眼鼻嘴分开看普通，但是放在一起就灵动，尤其是说起话来，神情专注，表达准确，表情衬托着她说的话，透着一股勤恳，里面还有年龄和阅历渐渐开始酿出的味道。她的皮肤看起来不够好，常年在海上与风浪做伴，黝黑粗糙，但是一点都不影响她看上去是个清秀的姑娘。突出的锁骨间挂着一个小帆船项链坠，随着她讲话一动一动，我问她是否一直戴着，她说不是，平时训练比赛身上不戴这些零零碎碎的东西，里约比赛以后才戴上，因为一天都不想和帆船分开。这得是多深厚的感情？

奥运会不管哪一个项目的冠军，恐怕都是天才加上超人的努力，徐莉佳也不例外。她比别人可能还多了一点，就是从心里喜欢这个项目，她享受帆船带给她的一切。

10 岁时，她面临第一次重大选择，是继续留在游泳队，还是开始崭新的帆船训练。游泳虽枯燥，但能留在妈妈身边；对帆船所知不多，但大海总比那个亘古不变的游泳池要有意思吧？不过这就要离开家里。举棋不定时，爸爸告诉她："你自己来决定，不管选哪个，长大以后都要为自己的选择负责。"徐莉佳凭本能选了帆船。

帆船运动需要的远比在游泳池里多得多，体力、耐力、爆发力，关键是还需要脑力。徐莉佳迅速展现出非同一般的悟性和才华，没多久就崭露头角，在很多赛事上取得成绩。

徐莉佳从小一侧听力极差，跟小朋友玩总是有点儿跟不上节奏，大家说了什么没听清想让他们再说一遍，等到的往往是恶作剧般的“好话只说一遍”。她要强，从此再也不问，听不清的就自己使劲琢磨。驾驶着帆船到了海上，她觉得舒畅极了！再也不用纠缠别人说什么了，因为她只需与大海、风和自己的帆船对话。发令时响亮的呜呜声怎么那么动人心魄，离弦之箭一般冲出去，那真叫劈波斩浪，船尖划破海水的“刺啦”声混着帆在风中的呼呼啦啦，用身体和手中的绳索压舷操控着方向，眼前只有无边无际的大海，自己一下就变小了，但是心却变大了。那感觉太棒了，率性的风和恣意的海浪是她的伙伴，她要摸清楚它们的性格，让它们帮助自己抵达目标。这么多年的海上训练，她渐渐摸到了与它们的相处之道，不去对抗，不是去战胜大自然，而是要换种角度，学着去与它和谐相处。在航行中她越来越意识到，大海那么多谜，吸引着她去发现、找到答案。

训练的苦与累在巨大的兴趣和热爱面前都不算什么了。天赋、勤奋、热爱，让这位来自中国的运动员在激光雷迪尔级帆船比赛中取得了一系列重要的金牌。

徐莉佳是伦敦奥运会的冠军，这一次里约奥运会却只取得了第 18 名。在 11 轮的预赛中，有 3 轮成绩因为其他选手的抗议而被取消。帆船比赛的规矩是自证清白，但参赛船只上没有监控镜头，即便徐莉佳深知自己已经留够空间给对手避让，但没有第三双眼睛看到，这种情况下投诉，靠的是做人的准则——为了赢是否会去利用规则的盲点。她谙熟规则，可以熟练地背出英文比赛规则，曾经也担任过仲裁委员会的成员，但她对同行的投诉、裁判的判罚却没有一句怨言，只是说这是一次宝贵经验，让她知道下次比赛一定要把空隙再留得大些。我问她会不会也学到同行的投诉，日后可以用这一招去赢。她摇头说：“我不会，永远都不会，帆船是在大海里拿出自己的智慧去赢，不能拿人和人之间的小伎俩去赢。”

2012年伦敦奥运会，徐莉佳在奖牌轮的起航是在另9条船的尾巴上过的。

水平越高，航行中的交替领先变化越多。但是最简单的原则就是不要到动力不好的地方，不要处在乱风里，不要跟着人家屁股走，不要跑到无风区里，不要跑到水流阻碍最大的地方。说来容易，实际很难做到。所有船都会被干扰，一时领先的船绕过迎风标，马上就被身后上风头的船干扰了风。这是无形的干扰。有形的干扰容易理解，比如：你的航线跟别人交叉，执行规则时不得不避让人家。起航后最重要的就是不被无形的干扰干扰到，能够执行自己的航行计划。受干扰越少、执行了自己的航行策略的队伍赢面更大。

对于帆船运动来说，只有你参与过，才知道要做一个转动方向，在漂泊不定的海上跟在陆地上做有多大差别，才会更加欣赏到那些举重若轻、有条有理、看似从容不迫、柔和准确的航行，需要多么精准的配合和高水准的训练才能完成。

什么东西研究到尽头都是哲学。徐莉佳已经脱离了为了赢别人而去赢的阶段，她是为了赢自己。所以，即便只是第18名，她也没输给任何人。

徐莉佳在英国南安普顿学习，那里的航海传统让她能更加深入地了解帆船。她说到了英国她才发现自己虽然是个奥运帆船冠军，但是对帆船实在是知之甚少。她不是谦虚，帆船比赛的种类的确很多，分级分类很复杂。她最开始练的是“欧洲级”，后来改练“激光雷迪尔”。这两个都是奥运会级别的比赛。除了奥运会级别，还有国际帆联级别的比赛，那底下的帆船和帆船比赛分类可比奥运会级别要多得多了。比如，国际帆联级别分小帆船、龙骨船和游艇、多体船、帆板、无线电遥控船几种不同种类，每个种类中还有不同的级别。徐莉佳说得没错，她只是掌握了沧海一粟。

深入钻研，加上广泛了解，自然而然就不再满足于自己能做什么，而是为了帆船能做些什么。虽然她是奥运冠军，但是全中国没几个人会帆船运动，而帆船运动能带给人的震撼改变不去尝试将永远不会懂。这样一个神秘而充满魅力的世界为什么不可以有更多的人去探索和发现？她写简易入门的帆船读物给中国读者，不管年龄大小，都可以从零开始学习；她联系英国的帆船俱乐部到中国和同行交流。因为热爱，所以她想做更多。

参加完里约奥运会的徐莉佳已经 29 岁，但是她不会再像 21 岁在北京奥运拿到铜牌之后那样想退役。她说她不会退役，她想去完成下一个目标，驾驶着小帆船像郭川船长那样环游世界。

这个姑娘，怎么可能退役？上海家里的母亲只是她陆地上的妈妈，她是海的女儿，在海上她才是一个真正的精灵。

帆船运动员徐莉佳在 2016 年 8 月 20 日从里约参加完奥运会回到上海，我们隔了一天去家里采访她。

莉佳的父母给我留下挺深的印象，一家子都是修长的身材，妈妈 1.73 米，爸爸 1.8 米以上，女儿 1.76 米。在他们家，感觉就是走在竹林里。

女儿在英国读书两年，期间世界各地去比赛，难得回家，这次奥运会以后能在家里待一个月，夫妇俩也是高兴得不行。爸爸做了一大盆酒酿，还有莉佳爱吃的八宝饭，都等不到女儿回来再做，宁愿做好塞进冰箱里，等着闺女回来吃。

在徐莉佳 4 岁时，夫妻俩为了让孩子能有一副好身体，也为了能安顿她假小子多动的性格，他们把小徐莉佳送到长宁区的一个游泳队，放学以后去游泳，之后再接回家吃饭、做功课。徐莉佳10岁被OP帆船教练看上带到了正规训练队，从那时开始，夫妻俩就没怎么和孩子生活在一起，弄得妈妈心里总是说不出道不明地感觉缺了一大块，即便女儿取得了骄人的成绩和广阔的事业前景，她还是觉得空落落的。

女儿常年不在身边，两夫妇日常生活的话题无非就是孩子这、孩子那，不说孩子也不知道该说些什么，就这么过了二十多年。莉佳的爸爸说："平日里当然是想女儿的，但长大了不在身边怎么办？就得接受，何况女儿有出息，也不能拦着她。我和她妈妈在上海，都退休了，生活平淡，也挺好。我白天出去放放鸟（遛鸟的上海话，初听时我觉得很好玩，因为鸟不是狗，放了还能回来吗？），喝喝茶，买了菜回家我洗菜、她妈妈烧菜，我们的生活就是这样了。"莉佳的妈妈则把我叫到一边，让我看她拍在iPad里的女儿平时训练的照片，边看边无比心疼地好像是自言自语地说："这孩子性格就是要强，不浪费时间，能吃苦。唉，把自己累成这个样子，何苦呢？"

眼看莉佳马上30岁了，还忙着读书、比赛，也不考虑结婚生孩子，当妈的嘴上不敢说——怕影响女儿比赛，那可不是她自己家的事，那是国家的事——于是，就偷着去人民公园参加征婚，带回来一大摞男孩子的照片，弄得莉佳哭笑不得。莉佳妈妈真希望她能像爱帆船一样去爱上个小伙子。

莉佳虽然是一名职业运动员，但是一侧耳朵的听力几近没有，一只眼睛的视力也很糟糕。我问她妈妈是怎么回事，徐妈妈皱皱眉说："怀疑是小时候游泳队听发令枪震坏了。"对于这个解释，莉佳哭笑不得，跟她妈妈说："妈你严肃点儿好不好。"一对再普通不过的父母，有点儿唠叨，但是那么真实家常，让人打心眼里喜欢。

落入凡间的精灵

我经常在早上醒来以后想到她，刘岩，那个坐在轮椅上的美丽姑娘。

我与刘岩一共见过两次面：一次是在《面对面》对她采访，一次是一起出席一个活动。活动下午三点开始，我提前一点半多一点到了现场。推开休息室的门，一眼看到她坐在沙发上，两腿平放在她的轮椅上。我习惯早到，生怕因为我耽误别人时间，结果她比我还早。在陌生的地方见到我这个半熟不熟的人，她高兴地跟我打着招呼。

她没有化妆，头发也是自然的状态。此时的她平常极了。我问她有没有人来给她化妆，她说没有。我心里一紧。她行动不方便，那么早来，是心里考虑到别人，不想因为她自己拖别人的后腿，给人添麻烦。想到她这样的情况却时时顾及着别人，心里就酸酸的。难为这个姑娘了。

化妆师匆匆赶来。我坐在她身边，在她化妆的过程中跟她有一搭没一搭地聊着，我就是想陪陪她。她说到下周法国大使馆要邀请她作为主宾参加一个政府间文化交流的活动，还没有想好穿什么衣服；聊到她现在担任策划和导演推出了一台音乐剧《26分贝》，现在正在全国巡演；聊到她的身体最近不怎么好，前段时间发了烧，现在好了……听着她说，看着她，这就是一个普通得不能再普通的年轻女子的生活，日常琐碎的烦恼、麻烦、期待、喜悦，她都有。

可是她不普通了，因为她曾经有过无人企及的过去。

命运在这个女人身上发了一回烧，打了一回摆子。它曾经一股脑把什么都给了她，然后一瞬间全部收回，硬生生留给她一个残缺的躯体。

刘岩曾经是一个国家级顶尖的舞蹈演员。能够想象的美好，她都拥有。1.72米的挺拔身材，纤细修长的四肢，精致不俗的脸，妩媚灵动的眼睛，茂密乌黑如瀑布般的秀发。老天爷不仅给了她完美的外在条件，还给她舞蹈的天赋。她是那么爱跳舞，练功在别人眼里是遭罪，她却甘之如饴。热爱加上天赋加上美，她跳的舞出神入化。刘岩曾经跳过《胭脂扣》，她在如梦如幻的舞台上跳得如醉如痴，躯干、四肢、旗袍，已经成了她的羽毛、她的翅膀，在舞台上，她就是一个不折不扣的精灵。因为跳得好，她被选上在北京奥运会开幕式的高台上跳一个三分钟的独舞。那将是一个怎样的时刻啊，全世界的眼睛到时候都会盯着她看，一个舞者，会不会用一辈子换这三分钟？她还收获了旁人羡慕的爱情，她和中央电视台名导演郎昆成了一对情侣。我曾经听办公室一个姑娘说过一个情景：入秋时节的夜晚，一场演出散场后，在国家大剧院旁边的小巷子里，她和他共撑着一把伞，甜蜜地彼此紧紧依靠在伞下。即便在夜色里，人群中还是一眼就能看到他们，因为他们是那么好看，就是人们所说的"一对璧人"。

一个女人出落成这样，老天爷都嫉妒了。

离奥运会开幕还有十天的一次彩排，刘岩还没待跳完，一个微小的时差让高台早了一秒拉开，刘岩掉落下去。一片黑暗。

睁开眼睛，一切都变了。

八年后一个冬天的午后，在北京舞蹈学院的练功房里，刘岩坐在轮椅上跟我说，出事之前的半辈子，她一直都是一个很骄傲甚至傲慢的人。因为没谁比她更知道自己有什么，别人没有什么。去练功房，有人跟没人都一样，因为她一去别人就都走，她跳得太好，人家不想当她的陪衬。不管在哪里，在人群中她都像天鹅一般抬着下巴走路，她不需要看见别人，因为别人眼里都是她。

可是一瞬间，她的羽毛被拔光，她的翅膀被折断，她妖娆灵巧的腰身变成了粗笨的轮椅。让一个美人去面对来自自身的笨重残缺和丑陋，是残害她第二次。

她要独自走多长的漆黑隧道，才能看到一点活下去的亮光？谁能揣度她黑暗中独自前行时的恐惧寒冷和无望？

这个美人硬是这么挺过来了。她学用轮椅，考博士学位，写书，带学生，参加社会活动，导演编排舞蹈……当她重新坐在轮椅上出现在人们眼前时是在舞台上！她用她的上半身，仍然在舞台上舞蹈。她让所有准备俯视她的人继续仰视她。

我在她身旁的沙发上，看着在化妆师手中，刘岩的脸一点一点生动明媚了起来。上了妆的她，仍然卓尔不群，哪怕下半身陷在轮椅里，上半身仍然骄傲地挺直，下巴仍然微微地向上抬着。如果说以前的她骄傲是自带的天生的，那么现在的她是要骄傲给自己看、给旁人看。她是舞台上的精灵，即便是落入了凡间，也不会成为凡人，她依然是精灵。因为她曾经无意中对我说：“从事艺术的人天生就活在别人的目光里，否则他就不应该干这一行。”

优异的女舞蹈演员，可以用她的美、才华和无数人对她精神和物质上的关注去对抗沉重的现实，当她足尖离地腾空而起时，她是仙子。刘岩仍然骄傲，但是她不再轻盈，她用什么来抵御生活的负担和无奈？有没有男人来爱她，滋润她、娇贵她，让她继续骄傲？她的身体有一天不能动怎么办？她会怎样？

如果换作我，我不会选择用前二十六年的独领风骚去抵之后命运的不测，就做一个普普通通的人，过再平常不过的生活，不要舞台上聚光灯下摄人心魄的美，也不要身体残缺的疼。

我有时想，也许在落生前，命运就已经和刘岩达成一个交易：我给你有数的二十六年，在这段时间里，你拥有一切，脚上的那双舞鞋会让你跳得出神入化，也让你美得无与伦比，所有人艳羡你、爱慕你。但是，这是有代价的，代价是时间一到马上全部收回，而且要在轮椅上度过余生。你要不要这样的安排？你要不要这样大起大落地在人世间走一回？刘岩也犹豫，但结果是，她点头，接受。

明星与演员

我喜欢看电影。坐在黑暗中，看着银幕上的别人活在另一份生活里。当记者久了，喜欢看所有指向人物性格的细节，琢磨为什么是这样的因果。观察演员会怎么演，真不真。看电影除了看故事情节，就是要看演员的演技。举个例子，生活中有些瞬间，是由很多彼此相反的情绪组成的，而人们真实的反应却是含蓄的。演员怎么演，欠一点不行，差的那一种情绪就是直接损失，没理由做出下一个动作；多一点就大了，让人一看就假，因为生活中不会有人那样做。不管是演过了还是演不到，欠的那一点，就是出洋相，就好像生活中做人做事的不得体，缺的那点分寸，就让人心里看笑话。

好演员往往会超出观众对生活的理解，不合格的演员往往观众替他提心吊胆。

而演电影的人分两种：一种是演员，一种是明星。他们可不是一类人，而是冲突的两种身份和心态。做了演员，就做不了明星，反过来也一样。因为很简单，演员要躲，躲在角色的后面，化在角色身上让人看不见，就像钱钟书说的，吃鸡蛋就可以了，何必要看到下蛋的老母鸡；而明星要露，露到只看见他，他的光芒要盖过一切，不管有没有蛋，咯咯叫是必不可少的。

范冰冰

用这个标准去衡量，范冰冰是一位不折不扣的明星。

我看了《我不是潘金莲》，一方面我很感兴趣这样一个流水账般的黑色幽默小说，怎么能搬到大银幕上，再就是我特别想看看，天天出现在娱乐头条、各种媒介广告里的这位女明星，究竟怎么去演绎那个农村妇女李雪莲。

坦率地说，作为观众，我心里也是很复杂的：既期待着她有让人惊喜的演出，把李雪莲塑造得入木三分；又想看热闹，去看看她会出什么洋相。从阵容就能看出来，范冰冰真不愧是一线大明星，当下几乎所有有名有姓的男演员都围在她身边，烘托着她这个唯一的女主角。可是这种配置也是把自己往死里逼，因为女主角的演技要扛过他们中的任何一个，才能站得住脚。

电影过去一半，等男配角差不多都出来以后，我就在心里替她着急了。这些男配角真是一个是一个：张译演的机关小职员，一出场，几个动作、几个眼神下来，就让人知道了这是个什么货色，投机逢迎，见利忘义，得意忘形，浑身都是戏。于和伟演的县长，在市长面前唯唯诺诺、谨小慎微，大气都不敢出，回到自己办公室对自己下属劈头盖脸、不管不顾，在那个一转身的变脸里，人物就活起来了。连几乎一句话没有的秘书长，虽然一直站在人后，但是焦急中的点烟，紧皱的眉头和拘谨的身体，在上级、下级面对面交流时的左右为难，他通过侧影都能准确传达出来。

女主角范冰冰，也是拼了。李雪莲的绝望、平静、歇斯底里，她在努力去靠近，她把自己扮丑，不化妆，穿上只有保暖、没有样式的臃肿衣服，操着一口南方小县城拗口的土话。她的努力和诚意观众都看到了，但是费了这么大的劲，观众看到的还是她范冰冰，而不是李雪莲。男配角们的存在没有烘托出她，反而时时刻刻在参照她女主角的无力。不能说她演得不好，相比自己，她演得相当不错，但是她演出来的李雪莲没有说服力，是演出来的，不像那些男配角，是自然而然流出来的。

范冰冰是在挑战自己，甚至难为自己了。

要知道，这么多年以来，她扮演的最大最成功的角色，就是她自己。电视剧《还珠格格》开始了她在娱乐圈的征战，她是佼佼者。她深知自己的漂亮，那是远超过一般值的绝对漂亮，更是一个女明星能够在娱乐圈一骑绝尘的最大资本。

在这个基础上，她深耕细作，炒话题、走红毯、接代言、一天拍十几本杂志封面，别的演员靠一部部作品方能积累起来的名气，她几乎一夜之间都拥有了。既然是个明星，就要有明星的生存方式，比如走戛纳电影节的红毯。她没有影片代表作，却穿得像一位女皇，比任何有作品的女演员都更心安理得地走在红地毯上，把自己置于世界的聚光灯下。这个过程，就是她塑造自己这个人物形象的过程。巩俐是戛纳电影节评委，看到这个情形说了这么一番话："如果我没有电影参加比赛却走红毯这么多次的话，可能大家就会觉得我脑子有点毛病。"这是女演员在评价女明星，虽然中肯，但是隔行如隔山。女演员的一切都是附着在电影上的，女明星不然。在成为女明星的道路上，这么做无可厚非。

谁说她没有代表作，她把经营自己当成了最大的事业，她持续占据着娱乐新闻的头条，她是一部超长连续剧的女主角。她所有的努力就是用最美的状态示人，她遥不可及的美貌，华丽无比永远在时尚潮头的成衣和皮包，让她成为梦幻一般的女明星。

在娱乐圈里，不演戏还是持续不了太久的。再加上扮演自己久了，也想再扮演一下别人。你看范冰冰演的角色，基本上是两类：一类是高高在上的武则天、杨贵妃这种富贵女人，一类就是低到尘埃的草根个体。前一类是演她自己，本色出演，后一类是她想用另一个极端挑战自己。前一类往往是她自己投资拍摄的商业片，在那些戏里，她最在意的就是"我最美"，造型表情都紧紧围绕服务这一点，故事情节、性格层次什么的都次要。

这可能是漂亮女明星的共性，她们一定得不断地告诉外界她们的美，提醒人们不住地去看，她们的价值就在这个过程中。越来越多的女孩子走上了这条路，直接粗糙简单地展示自己认为的漂亮。其实范冰冰跟她们比，还是不一样，因为她比她们漂亮太多，而且在功成名就之后，还想当女演员，关键是她的影响力和一线明星的分量，还让她可以去尝试。

范冰冰专门挑那些最能颠覆自己平日形象的人物去尝试，《苹果》《观音山》，一路走来到今天的《我不是潘金莲》。她在使着她自己最大的劲儿，她对生活的观察和理解，她对表演的领悟，毫无保留地释放在电影中。

但是，她扮演自己太久了，她用了全力，而观众要看的是角色，不是你演员怎么努力。你再努力，角色差，反而是演员的尴尬。所以，即便她用尽全力，也没有得到真正的认可。

在戏里，李雪莲根本不需要这么漂亮，她只是稍有姿色，她的劲儿不在长相，而在倔强的性格。这个要求对于貌美逼人的范冰冰是一座高山，因为漂亮不会给人物形象加分，相反会分散对性格的展示。臃肿乡气的衣服和土气的头发根本遮蔽不掉范冰冰的美，怎么扮土都遮掩不掉她自带的光芒。但这是漂亮的错吗？是多年养成的明星心态。他们是即便在夜晚出入公共场合也要戴黑超的。是怕别人认出吗？恰恰相反，是生怕别人认不出。如果真想和众人一样，很简单，把自己当成普通人就可以了，根本用不着墨镜。扮土扮丑就是明星戴的墨镜，如果心态没归位，只会凸显想掩藏的东西。常年的养成自然会带到戏里，自己是意识不到的。

绝不是在贬低范冰冰的努力。相反，在当下这样一个靠颜值就能成主角的年代，她的颜值最高，她的光泽最亮，她反而要追求演技，这是怎么肯定都不为过的事情。这也说明她的聪明和明智，她范冰冰不可能永远是立在时尚潮头的最流行的风向标，这一定是短命的，不知多久过后就会被谁取代。在有了足够多的钱和名声以后，她想成为女演员，想留下作品和人物形象，所以她在尝试。

很想看看，这位女明星，能不能转成一位出色的女演员。

梁家辉

作为观众，看到一位好演员层次分明准确到位地演绎他的人物，心里是羡慕，甚至是爱慕。

我大学四年级时候，看到了电影《情人》。濡湿的气候，杂乱的环境，动荡的年代，却有一个中国情人，一身文雅的白色西装，一丝不苟的头发，一张斯文深情的脸，坐在他那辆黑色轿车后座，极其克制地爱、等待。在无遮拦的法国姑娘面前，他表现出来东方人特有的儒雅收敛气质，欲说还休，话不在嘴里，在眼睛里，在动作上。他身上有富家子的良好教养，可是沉迷在爱里，就表现出了他纨绔子弟的颓废和忧郁。话不多，没有大起大落的情绪，但是热烈的爱和性却被不可知的未来死死缠绕着，在收和放之间时进时退。他的眼睛和欲望在燃烧，可是身体和行动却在犹豫，于是就化成了无比深情的眼神，要把那法国少女融化。

那是我第一次看到梁家辉演戏。我不知道这个演员是谁，可是他演的那个人，却深深地记在了我心里。

因为这个角色，开始喜欢这个演员，于是就找他演过的其他电影。

这才知道，原来这个演员，可以演那么多的角色。他的戏路之广，让人难以相信这些角色是同一个人演的：《新龙门客栈》风流倜傥的周淮安，《黑社会》中嚣张跋扈的大D哥，《棋王》中的文弱书生王一生，《92黑玫瑰对黑玫瑰》中油头粉面的吕奇，《寒战》中的老辣人精李文彬，《智取威虎山》里根本就认不出来的座山雕……角色千差万别，却被梁家辉一人刻画得活灵活现。即便角色大体相同，梁家辉依然能找到不同的性格特点塑造出截然不同的风格。他曾经说过不想演重复的角色，“当演员，就是要什么角色都能演”。

梁家辉是想做演员的。从一开始就是这样。李翰祥导演回忆当年说，找他演戏，一板一眼地教他，本想把他培养成一个明星，可他自己却偏要做一个演员。什么是演员，用他自己的话说，就是“能够感受死，却不必自己去死”。

好演员不是天生的，我们看见的活灵活现灵魂附体背后，一定是超人的付出和努力。

为了更透彻地了解角色，梁家辉每次拍片前都会写人物小传。他既用第一人称，把自己当成那个人，又用第三人称，在旁边打量那个人。他写的人物小传不是角色做过什么事，而是分析揣度像角色这样性格的人，平常应该什么样。拍《黑金》时，梁家辉很早就到了台湾，看完剧本之后，他搜集了摞起来有一米高的台湾政坛和黑社会的八卦杂志。他无时无刻不在琢磨周朝先这个人，作为黑社会老大，他吃什么，穿什么，怎么讲话，怎样对待小弟，开会的时候是什么样子，发怒的时候应该什么样。梁家辉给周朝先写出了一本传记。导演麦当雄说，他写了十万字，比我的剧本还长。

优秀的演员都是这样，在演出之前，抽空自己，全身心地成为要扮演的那个人。

英国演员丹尼尔·戴·刘易斯比梁家辉还要疯魔。多少年来，他一直用一种非常笨的办法演戏：提前几个月实地考察，进入状态，学习掌握角色技能，比如模仿从未有在世之人听过的林肯声音；拍戏期间不再有丹尼尔这个人，他完完全全变成了角色，对剧组其他人都以角色相称。每拍完一部，身心俱疲，几个月走不出来，那真叫人不疯魔戏不活。也许他和那些科班出身的电影演员相比不够专业，但是他用这种笨办法，用一切极端的方式去弥补天赋的不足，击败自我意识，将自己从灵魂到身体都变成角色。因此，刘易斯也被人称为影坛“千面人”和“变色龙”。

梁家辉一样。所有到梁家辉手里的角色都能活起来，他让他们在戏里，不再只是一个角色、一个符号，而是真正有血有肉、有情绪的人。

梁家辉成名之后，毫不在乎他演的是不是主角，只要有兴趣，配角他也演，他才不会因为不是男主角就拒绝排斥。年近六十，他也没有放慢拍戏的节奏，不是为片酬，不是为维持高关注度，他想体会演绎不同的人性。

梁家辉自己说：“有些演员在大导演眼里就是一个明星，你不需要会演戏，镜头摆这边，你走五步后回头，直接看镜头，给我一个眼神，你就是影帝了。但我追求的道路不一样，我希望知道：为什么我需要这个回头？这个回头的眼神里表达了些什么？我要和观众交代的是什么？我要经历这个角色所经历过的事情，而不是生硬地把对白讲出来。我想要的演员道路是这样的，通过一个角色走进他的感情世界。”

这些人才叫演员。他们用自己全部的生命经验、生活积累，附着在角色身上，杜鹃啼血一般地演戏。他们那不是在演戏，是在倾吐对人生无常的认知。所有人只能活一辈子，可优秀的演员能活几辈子。他们透支了一辈子的精力和热情，去活那些不同的人生。他们每一个细胞每一根神经都在捕捉体味着周围的一切，储备成自己的经验。这样的演员，哪里有时间去抛头露面，去博关注，去卷入是是非非，他们的一辈子远远不够用。

这些人，让人心生敬佩。他们痴迷，忘我。有了他们，我们能见识更多的世界。

在当下这个浅薄轻浮的娱乐圈，多数年轻人在蒙混过关，因为环境让他们不用吃苦不用努力，凭着所谓的颜值就能出大名。这就像拿铁咖啡上面那层奶泡，刚出炉时新鲜迷人，细腻好看，但很快，就塌下来了，软塌塌地挂在杯子壁上，刚才的饱满原来都是由空洞的泡撑起来的，但无所谓，因为喝咖啡的人，喝的是下面那温暖厚重的咖啡。

最后落到记者跟演员一样，要消失，而不是强化自己的存在。摄像机红灯一亮，记者就应该不让人感到他的存在，却又是无处不在，因为他要去带领这场对话。

无数个几近完美的累积

离发射还有两天。长征五号大火箭在海南文昌的发射塔架上静静矗立着。

酒泉基地冷峻的荒漠，感觉似乎与火箭的气质更贴合，它表达的是严谨和毅力。而在海南，碧海蓝天白云椰树围在大火箭身边，明媚和热烈与它的威严和雄壮形成了鲜明的对比。长征五号的出现，让周遭都安静了下来，它的高大，它的强壮，不出一声，已经征服了一切。那是一种难得欣赏到的美，力量、能力，用大火箭的方式表达出来，只是稳稳地站立在那，就能感到一种深深的震撼。

外观有时候就是能说明本质。长征五号 20 层楼高，芯级直径 5 米，4 个助推器直径 3.35 米，具备近地轨道 25 吨、地球同步轨道 14 吨的运载能力。而对比一下功勋卓著的长征三号家族火箭，托举上天的神舟和天宫系列，最重不过 9 吨；美国是 28 吨，俄罗斯是 23 吨，欧洲 21 吨。

简单地说，如果类比为举重运动员，我们一直就和人家不是一个量级，人家是 20 吨级的，我们是 10 吨级以下的。虽然我们送上去过杨利伟和许多航天员，但是是在比人家低的水平上的成功。在航天领域，能托举上去多重的东西，就意味着你进入空间的能力，载重越大，自由进出的能力越强，越能说明你在航天领域的地位。直径 3.35 米的小火箭，我们一用就是五十年，直到 2016 年 11 月 3 日的发射才把这种局面打破，我们用立在海南的长征五号取得了这个进入 20 吨级的比赛资格。

竞争是科学技术的基因。国与国之间在高科技领域，天生就要你争我赶。我们在运载火箭方面的落后，科技人员的心里是很不舒展的。但是航天又是综合国力的集中反映，一个人和一个领域的单打独斗改变不了现状，只能像木桶一样，等着所有的木板都到了一定的长度，才能装下更多的水。所以也就能理解，为什么一个火箭的直径，我们国家从1975年就开始使用3.35米，直到五十年以后才有可能长到5米，因为这小小的1.65米的差距，考验着我们的经济实力、设计理念、材料、工艺、管理……想到想不到的一切，都在这里客观呈现着，一丁点装饰都不能有，也不管用。

没人会把这些核心的技术成果告诉你，行不行只能靠自己。就好比竞技比赛，排在你前面的那一个运动员永远不会把他领先的核心成功经验拿出来跟你分享。所以每一个环节的科技人员都得有足够的聪明、努力、细致和耐心，用某一个点的进步促进其他更多的进步，就这样，蚂蚁搬家一样一点点完成了高精尖的攻关克难。

能看见长征五号的耸立，但看不见它怎么能站在那里。这里面的难，都是以十几年、几十年去计量的。每一个环节都是一道难关。

长征五号的发动机，研制用了二十年。发动机就是心脏，怎么往心脏供血？长征五号如果想托举起更重的东西，怎么能保证瞬时间能给它供应充足的燃料？给3.35米直径的火箭供应燃料和给5米直径的火箭供应燃料，不是像给50公斤和80公斤的人供应晚饭，给能吃的人多盛两碗饭就可以了，它不是一个简单的累加过程，在这个过程中，太多的因素由量变发生了质变，保证各种供应持续稳定。

拿一个最普通寻常的工序——电焊来说，在长征五号上，可不是把两栏东西焊接在一块儿那回事了。它要经得起各种折腾，在火箭起飞和冲天的过程中，很短的时间里产生巨大的颠簸震颤、各种力的不同方向的撕扯、温度压力的瞬时变化，所有这些破坏力发生以后，焊缝还没裂开，焊上的两样东西还能牢牢地在一起没分开，这才行。它已经远远不是飞机、火车的标准了。这么一个焊，我们工艺上就做不到，工程师研究了好几年，才琢磨出来办法。

在这个过程中，一次一次地试着焊，但是试到极致发现还是解决不了问题，这个时候意识到一条路已经走到尽头，得换思路，再走一条新路。去太空，这个任务有太多我们还没有认知的地方，不知道、不理解，就得这么试着摸着往前走，在无数次的失败中锻炼着我们的认识能力。

这仅仅是一个焊接，长征五号身上有十几万个零部件，工艺不计其数，想想吧，得有多少这样的细节，多少数不清的失败，构成了这二十年。

有一个数字很容易被忽略，就是长征五号的可靠性从现役火箭的0.97，提到了0.98。可靠性是乘出来的，两个0.9相乘，就会乘出0.81，如果0.9越多，乘出来的数值就越小，可靠率一下子就掉下去了。为了能乘出大数，就得把小数点以后的9增多，两个0.99相乘，结果就是0.98，两个0.999相乘，结果就是0.998。也就是说，每一个部件的准确率精确度越高，小数点后面的数字越多越大，组成在一起就越可靠。

想想吧，那么多十几万个零部件乘起来要得到0.98，需要的是每一个的几近完美。

我想起纪录片里有新中国初建时研制出两弹一星，成功后科研人员疯狂地跳啊哭啊，我一直以为是那个年代的人独特的表达方式。其实不是，他们这一行表达情绪就是这样，直到今天也是这样。当一个人付出二十年，终于看见一个成果从无到有能实实在在站立在那儿，能轰隆隆震天动地地一飞冲天奔向太空的时候，他怎么能不哭？他得有多自豪多骄傲多欣慰。尤其是托举火箭，我们落后了那么久，现在能有资格跟前面的对手交流了，能站在一个起跑线上竞争了，无数的研制者，他们内心会是什么样？

所以，话又说回来，汇集了无数人智慧、坚韧的长征五号放在那里，不管是谁，懂不懂，关心不关心，都能一眼看出它的美。那是真正的力量之美，科学之美，毅力之美。我真为他们骄傲。

有人情味的国家更强大

围着黄岩岛逡巡是海警3501船的日常工作。2016年11月27日这一天，他们接到通知，说台风马上就要到了，要及时躲避。

11月底的台风又冷又硬又劲，十几级风掀起的浪头有几层楼高，虽然刚刚服役不久的5000吨级海警船比以前的3000吨级已经大了许多，但是在台风来的时候，它就像海里的一片小小树叶经不起风浪。已经摸清楚这里海况的3501吴船长掉头向南，准备到平静的海域去躲避风浪。

吴船长年轻，不到40岁，从中远集运调到海警船没多久。在中远跑商业航线时他也是船长，8000集装箱10万吨级的大船，一趟跨洋航行就要花费十个月。时间久了，从大学开始就学航行的吴船长渐渐觉得，大海带来的新鲜感渐渐被重复和枯燥的日常工作覆盖了，他想找到一种更能体现自身价值的感觉。而海警船在中国的内海维权执法，守土有责，捍卫的是国家海洋权益。能代表国家在公务船上执行任务，吴船长再次找到自我价值。

接到通知以后，很快，他就把3501开到了300海里开外的一片安全水域。他有点担心尾艇，在执行上一个任务时也是风大浪急，几根尾艇的固定钢丝断了，他想利用这个等待的时间先简单地把尾艇固定一下，等回到岸上再仔细弄牢。

躲避到第三天，预报台风再有一天时间就过去了。这时又接到电报，让他们掉头回黄岩岛去救人，两名菲律宾渔民被海南渔船救起，现在在黄岩岛的泻湖避风，渔船条件有限，他们身体情况未知，需要他们马上出发，把他们接上海警船好好安置。

不管是人道主义还是国际公约，救落水的人是天经地义的。吴船长专业出身，当然懂得这个道理。但是，眼下的天气条件还不允许。虽然台风已经快要过去，但它的尾巴至少是八九级的大风浪，马上出发无疑会把自身船只置于险境。

吴船长给南海指挥中心发了一份电报，告诉他们具体情况：台风刚过，风浪依旧很大，船员在海上刚执行完任务都比较疲惫，安全起见，希望能推迟一点，等台风彻底过境再动身。

这倒不是自私，而是作为船长，去救别人的前提，是确保自身船只船员的安全。吴船长这封电报回复得很专业。

指挥中心很快回信，希望 3501 在保证自身安全的情况下尽快赶到。

对吴船长来说，此刻就是如何选择时机。

之所以要把船开出去躲避台风，就是因为其中有巨大的风险，现在台风还没走，又要开回去，无疑是向着危险去；可是与此同时，在黄岩岛的泻湖内，还有渔船和受伤的渔民也在经受着同样的台风，无论船只和人员，都比海警船要危险。救人是确定无疑的，现在就是时机，什么时候出发，既保证自己安全，又能最快地去救援。

其实，还有一些其他的东西在吴船长脑子里一闪而过：那是菲律宾的渔民，在我们黄岩岛附近捕鱼，本身就是越界，而我们中国渔民越界捕鱼时，都是被别人驱赶和欺负的；再加上前段时间菲律宾把黄岩岛的归属通过一个国际仲裁案搞得沸沸扬扬，让中国人心里很不舒服。这些因素都会在一个中国海警船船长的考虑中本能地出现。救人不分国界，但是船长是有国籍的，一些思考在环境中潜移默化地形成。吴船长现在要做的还有一个，就是把这些感性的因素剥除，回归到船对人的救援上。坦率地说，做到并不容易。

在迅速重新收集了气象信息之后，他们决定，推迟半天出发。在恶劣的台风天气里，推迟一两个小时，天气就是质的变化。

在海上，谁都知道不要紧跟着台风走，但是救人不得不这么做。

下午一点钟，海警 3501 顶着风浪出发了。

如果顺着原来的航道行驶，船就会两侧受风，9 级风浪会把船掀翻，所以要改变航向顶着风浪走，这样不会翻船，但是船会随着风浪发生剧烈的颠簸。山一样的浪头没有尽头，劈头盖脸地砸到驾驶舱的玻璃上，让他们睁不开眼。平日里走几个小时的路程，在狂风大浪里走了整整一天，经验丰富的船员在二十几个小时的摇摆中吐得稀里哗啦的。

第二天中午，总算到了黄岩岛距离渔民最近的地方。

台风的威力渐渐小了，6 级风对 5000 吨级的海警船来说已经不是什么问题，但仍然威胁着小渔船。

黄岩岛是一圈岛礁围成的，渔民在岛礁里面，海警船进不去，也不能靠得太近，否则容易触礁。吴船长找到一个既安全又近的地方，用庞大的船身挡住风，将坐小艇出来的渔民一个一个转移到大船上。

两个菲律宾渔民上船的时候衣服几乎都烂了。把他们救起来的海南渔民说，台风来的时候，他们两个在一个小船上钓金枪鱼，可能是想赌一把，在台风来以前把鱼能钓上来，这样能挣得多一点。结果就在这个时间台风来了，一个浪就把他们从船上卷到海里。好在大家都在这个区域打鱼，也都在这里避台风，菲律宾渔民在水里拼命游的时候被一条海南渔船发现救了起来。由于游得时间太长，其中有一个菲律宾渔民上船时已经虚脱，好在捡回一条命。

听着他们说，吴船长心里挺不好受，都是从海里讨饭吃的辛苦人，为了多挣些钱差点把命搭上，还不是想让家里人能过上好一点的生活？在这一点上，菲律宾渔民和我们的渔民有什么差别？为了捕鱼，人难免会越界。不管哪个国家，对越界过来的渔民都不太友好，更不会容忍打鱼的行为，总是要轰走的。而当吴船长真正接触到具体的一个人，知道他们谋生的艰辛，才意识到应该对他们友善些。想想不久前自己想到他们是菲律宾的渔民，还有点不情愿顶着风浪来救援，实在是有些小气了，不过，也只有把符号变成活生生的人，才能有同感和同情，才能有人情味儿。

在海警船上，对这些渔民悉心照顾，尤其是对两名菲律宾渔民，毕竟他们人生地不熟的，找出新衣服给他们穿上，船上的医生为他们检查身体，做合他们口味的饭……直到菲律宾两名海警官员上了3501海警船来接他们。

吴船长对他们是如何冒险救人，没有说一个字，但是作为同事，一海之隔，对共同的海况和台风知根知底，菲律宾海警对这一切心知肚明，所以也没有其他虚头巴脑的话，只有真诚的感谢。

得到同行的理解，看着获救者依赖信任的目光，吴船长感受到自己的职业价值感了，不仅仅是一个船长在履行着国际公约，更因为在菲律宾渔民眼里，他和他的船员在危难中表现出来的责任感，就是中国有了人情味，会更加强大，更让人信服。

用实力说话

什么样的工作塑造什么样的性格。如果对结果的要求是松散的，那么过程必然是能偷懒就偷懒。

电影演员如果在人物性格塑造上有些地方没理解到位，但只要整体过得去，就不大影响总体效果。有些生活用电器，某些细节没有设计到位，使用起来不是那么顺手，但不影响整体的使用，能对付也就对付了。再比如我自己，遇到时间紧，没有时间充分地做采访前的准备工作，偷懒看个大概，而不是仔细研究人物，凭着经验摸着往前走，采访效果也不会有太大的闪失。

这些工作都容得下侥幸：我这次没用功，下次还能补上。所以，从事能偷懒的工作的人，做事多多少少都不严谨。这个不严谨会表现在方方面面，在任何地方，能用十分功的用七八分，说话的思路用词也不会太条分缕析。总之，不同程度的模糊是我们的特点。

而航天领域的工作人员，是我们这个群体的对立面。检验他们工作的唯一标准，就是火箭、飞船能不能顺利升空。这个结果要么成功，要么失败，没有第三种可能性。结果的泾渭分明冷酷无情地在验证他们平时所有的工作是不是扎实、无数个数据是不是严谨。所以，这个工作的最大特点是，绝对不能偷懒，用几分功，就体现在产品上，欠着一分，产品就给你记着这一分，最后累积到结果上，打不上去，在全世界眼前接受惩罚。一倒查，肯定能发现是谁当初欠下的那一分功。这份工作，丢不起人，承担不起责任，就迫使着人绝不能模糊，确保自己这一关万无一失。

我采访过的所有航天人，有一个算一个，表达都是直切主体、干净简洁。如果我作为采访者没有仔细准备，会被他们清楚的回答堵得尴尬不已，他们清晰的逻辑会参照出我提问的模糊。所以，采访这群人要事无巨细地做准备。

我采访过栾恩杰，一位长者，探月工程的首任总指挥，参与了中国航天的全过程。他是典型的老知识分子，头发稀疏花白，一副黑框眼镜，一双笑眼，年龄和眼镜根本遮挡不住他专注和好奇的眼神。他回答问题用词朴素，可意思表达出来却很生动，他打的任何一个比方都是顺手拈来，却很贴切。一位 70 多岁的长者，思维清晰灵动，表达活泼准确，而且能感受到他对这份工作深厚的情感。真是让人尊敬。

采访栾老是因为 2016 年 4 月 24 日设立我们国家第一个航天日，他是一位中国航天建设全过程的参与见证者。听他讲这段历史，仿佛听一段传奇。

栾恩杰 20 世纪 50 年代在哈工大学习的就是一种重要的仪表——陀螺制造。飞机在远洋飞，没有云彩，底下是海，海天渐渐会融成为一道墙，飞机不知道哪儿是天哪儿是海，更找不到地平线，这个时候就要靠陀螺仪定地平线。当时我们国家连这个最基础的东西都没有，要从零开始学起。

理论上设计出来了，但是实际的工艺却做不出来，栾恩杰又去清华大学求学。在课堂上，老师有意无意中会说美国怎么样，苏联怎么样，这些话强烈地刺激着他。科技跟体育一样，竞争就是基因。一个运动员，只要他迈进了赛场，每一个毛孔都想更快、更高、更强。

但是，个人、学科的单打独斗根本支撑不起航天的整体竞争。科学技术的发展是一个全面的过程，有的是设计不出来，有的是制造不出来，有的是设计制造出来了，可是测试不出来。栾恩杰学的陀螺仪费尽周章造出来，却缺乏辨别这个设备是什么水平的能力，测试能力不足。就好像剧本导演布景都有了，却没有演员。我们真是赤手空拳走进航空领域，那时圈子里的选手在专业领域不知领先我们多少。在学习和实践中知道巨大的差距以后，动力也就相应变得强大稳定，埋头苦干吧。

生活在全球化时代的消费者，丝毫不会在意哪个商品是哪国生产的，哪个性价比高就买哪个。但是科技人员不一样，尤其是大国的科技人员，更是在乎这其中的技术归属。当我问到为什么中国基础那么弱还要涉足航天，栾老打了一个比方：有些人的电脑用得比造电脑的人都好，但是当有一天电脑坏了，用户就只能临时凑合着换个零件或者猜测着简单做一个故障排除。但是如果这个电脑是你自己设计制造的，你就懂得里面的来龙去脉，从这个故障会知道怎么避免，怎么完善，从故障中找出进步的线索。这和买别人的怎么可能一样？

就这样，栾老他们的没白没黑的努力，加上改革开放中国家底逐渐变厚，工业水平不断提高，航天科技在小步快跑地往前赶路。

有一个问题我一直在琢磨：对于一个科学家来说，前面是处女地，没有人开垦过的那种探索，和前面是别人已经留下脚印的探索，心态上会有什么不一样？在同一个领域，美国已经领先那么多，在 20 世纪 70 年代就已经把宇航员送上月球，我们是从零开始地在追赶，作为探月计划的负责人，我想知道栾老怎么看这个问题：我们要做的，美国都已经做了，那我们做是为了什么呢？

栾老给了我解释。

第一，别人成功，就说明此路是通的，让后来人不用再做前期探索的工作，你可以借光，对后来者是有利条件；第二，但是别人是怎么通过的，他不会告诉你，那条路上有什么沟沟坎坎你不走你永远不知道；第三，别人去了不等于我去了。中国人也看足球世界杯，但是看别人拿冠军，和自己能拿冠军，心态不一样，肯定心里想什么时候我也能拿到冠军。

说到这儿，应该说这个问题已经阐释得够清楚了，可是栾老说激动了。

“有时候我就在想，踢足球到底是为了什么？大家拼来拼去，着急上火。跳水是为了什么？多少运动员就做那么一个动作，极其微小的差距决出冠亚军。到月亮上不也是一样的道理吗？美国人去过了，中国人就不去了？为什么在科学探索领域反而不能像体育一样做重复的事？你去了，我也要去。就像跳水，你翻几个跟头我也要翻，我压水花也能压得很好，我就想告诉别人，中国人也有能力上月亮上去。好多人问我：为什么要去月亮？我说不知道，科学探索有时候就是不知道，如果都知道干什么去就说明你去过了，你没去过，怎么知道去做什么呢？关键是，先能去。”

老先生本来是笑眼，可是说到这番话的时候，眼睛睁得老大，一条腿不住地伸直再弯曲，仿佛在表达着他的急切。

这是一位老科学家的视角，他告诉我们为什么中国航天可以在有限的时间里快速地赶上其他国家。

这个世界上，大国和小国分工是不同的。大国肩膀上天生就要承担很多责任，像航天这样的任务，只能大国来完成。

航天的竞争说到底是实力的竞争，但是栾老却更愿意使用“能力”这个词，有了能力就有了选择，就能够表达大国的意志。可是能力的获得要通过一次一次的失败。其实对于失败，科研人员的理解是非常丰富的。

对他们来说，失败是确保成功的必由之路。首先要设计各种可能，通过实验充分暴露矛盾弱点问题，这样就能在设计工艺上得到完整可靠的实现。他们不怕暴露问题，他们怕的是有问题没暴露。这是工程技术人员的第一个想法。可是，任何一个设计都是费心费时的，他的心血耗进去了，当然特别盼望在实验中能闯过去，能满足火箭的要求。当看到一次次实验失败，心理打击是肯定的。但是，这就是我在一开始说的他们和我们的区别，他们在失败面前不能偷懒，绝不可能蒙混过关，失败了就从头再来，直到完美地通过才叫完成任务。

常年经历的失败、成功没有锻炼出铁石心肠，到了靶场，怎么都要哭一场：那么多人研制那么久的型号，成功了，高兴，没白干，哭；失败了，心血白费了，哭。年轻时候哭，年纪大了还是哭。栾老说他到日本交流，日本宇航局负责人说到他每次发射进靶场都要哭，每次都哭，因为每次都不是有把握的。

哭，就是内心张力到了极致时候的一个释放，成败都是一个结果。人在探索科学规律的道路上前进一寸都举步维艰，就像沙里淘金，多少次失败才有可能孕育出一点点成功。

从海量的失败中，粗糙进化到精细，规律也逐渐清晰地显现，就是在失败和成功不断交替的过程中，能力渐渐具备了。

栾老说话时候用得最多的词就是“能力”，不能有包装，不能有装饰，是多少就是多少，只能最原始最真实地表达出来。在这一点上航天跟体育竞技场完全一样，什么水平就参加什么比赛，唯一起决定作用的就是运动员的能力。

在航天领域，评价一个国家什么水平，先要看他的运载能力，这是竞争的基础，也是栾老他们心里最在乎的地方。这个道理很简单，就好像举重运动员，在一个量级里，谁举得起更大的重量谁就是赢家。在近地轨道，我们国家一直是9吨，天宫和神舟系列都是靠长征火箭托上去的，也是战功累累，但是，在这个轨道上国际能力早早就达到了20吨。在栾老他们心里，这个差距存在一天，他们心里都不会舒展，因为这个领域注定就是你追我赶，容不得长时间大差距的存在。

往返天地的使命

1985年春节刚过，18岁的景海鹏正在准备高考。一天午饭过后，他路过学校报刊栏，往里瞟了一眼，没在意，继续往教室走。但是路过以后，好像从报刊栏里追出来一个声音在越来越紧地喊他，让他退回去仔细看看那张报纸。景海鹏听得真真切切，没错，就是在叫他。他犹豫了一下，返回到报刊栏跟前。

二十多年来我采访了那么多人，愈发清晰地感觉到：命运一旦选中了哪一个人，就会通过种种暗示，搭建种种通道，把意图传递给他。而被选中的那一个，在命运敲门的时候，也一定会准确无误地接收到，只不过当时他们不会领会，这传递过来的信息意味着什么。

就是这一转身，景海鹏的人生开始顺着命运安排的道路出发了。

根本不用去找，他一下就看到了报纸上的那张照片：一架战斗机，旁边站着一名全副武装的飞行员。仔细看文字，知道这名战斗机飞行员执行任务时在空中遇到特殊情况，他临危不乱，成功地把飞机开回来安全着陆。景海鹏整个人都被吸进去一样，看得一动不动：头盔、氧气面罩、飞行服，有说不出的神秘吸引力。关键是，那名飞行员叫张海鹏，自己叫景海鹏！怪不得觉得有人在叫他。那一刻，景海鹏觉得照片里的那个人就应该是他。

就这样，飞行员张海鹏把命运的密码信交到了景海鹏手中。

可是第一年景海鹏没有考上保定航校。对一个有三个孩子要供养的农村家庭来说，担负不起这样的失败。父亲虽无奈，却只能让景海鹏放弃读书考学回家务农。倔强、坚韧、好强、不服输的性格让景海鹏不接受这个安排，他恳求父亲，再给他一次机会。类似的坚持在日后他成为航天员以后也不同程度地出现，航天生涯不断地在验证着他的认识和判断：不到最后一刻，决不放弃，决不认输。

保定航校毕业以后他成为一名战斗机飞行员，十年以后的1998年，他考上了第一批航天员。从基础理论训练阶段、航天专业技术训练阶段到飞行程序与任务模拟训练阶段，航天员要接受8大类58个专业的训练，被称为上天的“58个阶梯”。

第一批14名航天员，谁都在盼望着执行任务。五年以后，第一次机会来了。2003年，神舟五号载着杨利伟升空，在深深为战友感到骄傲的同时，景海鹏知道，自己没有选上，一定是哪里不如杨利伟，接下去要做的就是补上这个差距。

2005年神舟六号的发射，还是没有他，但是景海鹏心里那把尺子清清楚楚地量出来，自己离目标近了。第一次连备选梯队的名单里都没有他，第二次已经入选第一梯队了。

可是，执行任务的机会就像奥运会的领奖台。第一次梯队都排不上，就相当于四名开外。虽然谁都想当唯一的冠军，但是实力在那里摆着，离冠军的距离让他不会太为自己可惜。但是入选第一梯队就像是得了第二名，冠军就在身边，近在咫尺的机会，最后上天的却不是自己。虽然看到进步，但是景海鹏也看到了心里那形状清晰的遗憾。

身处其外，我们看神舟发射的任务一年接着一年，一次接着一次，但是对于首批14名航天员来说，发射的机会实在是太稀少、太珍贵了。就算是每年都发射，每一次任务两个人，每一个人都轮一遍也要至少七年。而发射并不是轮着来，每一次所有人都要从头开始参加竞争。这也就意味着，14 个人里面总会有人一次任务都执行不了就离开。

我猜想，神五、神六两次没有在升空名单里的时候，景海鹏脑子里一定会出现多年前父亲对他说“既然没考上航校，就别上学了”的情形。年少时那一次绝处逢生的经历，让景海鹏第一次看到了最深处的自己，争强好胜，越挫越勇，只要有一丝机会就绝不放弃。

神五到神六，间隔了两年，而下一次执行神七任务，是三年以后。这一晃，就是五年时间。2008 年，当神七任务组名单下来时，距离景海鹏进入航天员大队已经过去了整整十年。第一次升空任务终于来了。

在执行神七任务以前，我曾经采访过他，问到十年的等待是什么样的过程。景海鹏纠正我：“那不是等待，等是等不来梦想的，我在准备。”

他一直在准备。从 32 岁到 42 岁的这十年，景海鹏从没在晚上十二点之前睡过觉，也没有耽误过一天训练。每天早上六点半起床，为了增加肺活量吹一会儿长号；八点开始训练，一直到中午十二点；下午一点练到下午六点；晚上写当天的总结和安排第二天的训练，躺在床上，还会闭上眼睛把当天的训练过程在脑海里过一遍。这十年，每一天都是这么过来的。

那不是一般的训练，那是航天员的训练，十年的时间，为了那个目标，枕戈待旦。

景海鹏擅长把大目标切割成一个个可以触到的短期目标。他坚持这样努力，是因为他知道，进入了梯队才能和执行任务的航天员同步接受高强度实战训练，即便执行不了任务，他也能有机会等待下一次发射。而如果没入选梯队，那训练强度一下就不一样了，落下一次这种训练，恐怕下次就很难补上了。

杨利伟是里程碑，他飞了一次，书写了历史，就不再执行飞行任务了。景海鹏不一样，他把自己定位为常态化的可以多次执行任务的航天员，职业航天员。有了第一次飞行，就有了珍贵的经验，他不会浪费这宝贵的资源，眼睛早早就锁定住了下一次四年后神舟九号的发射。

每一次任务都是重新洗牌，重新选拔。对于景海鹏来说，有了飞行经验就意味着他的台阶比其他战友更坚实。采访中他告诉我，航天员的竞争跟一般人的竞争是不一样的，他们是竞，不是争。竞的规则完全透明，想要被选上，必须也只能通过漫长不间断的刻苦努力。

付出并不一定会得到，但得到与付出一定是匹配的。2012 年的神九任务不出意外地仍然是由包括景海鹏在内的三名航天员执行。

又是四年，转眼间 2016 年要发射神舟十一号，将有两名航天员组成乘组。这次，他要带一名第二批的年轻航天员。我问他会不会在经验传授上有所保留，毕竟下一次新的航天员会成为他潜在的竞争者。

这位已经是少将的航天员淡淡一笑："我们的竞争跟你们的竞争不大一样，我会把我全部的经验一点不差地告诉陈冬，我很愿意看到他能超越我，他踏在我的肩膀上才能飞得更高。"

我们只能尝试着去揣度，在浩瀚宇宙中，中国的太空飞船中，两名航天员，生死捆绑在一起，彼此间亦师亦友，既是战友又是兄弟，地球上的重力没有了，地球上的名利也随着地心引力消失了，在那个有限的飞船舱里，使命感自然而然成为压舱石，两个人有共同完成的目标——让中国的航天员在太空中走得更远。

所有的程序景海鹏已经驾轻就熟，他的目标，就是把往返天地作为一项长期的任务。

临近采访结束时，景海鹏问了我一个问题：知道奥运会中国射击队总教练王义夫参加过几届奥运会吗？我摇头。“九届，”他说，“也真是巧，我是四年执行一次航天任务，跟奥运会的节奏同步。王义夫参加过九次奥运会，我才三次，跟他比还差得远呢。”

蓝天雄鹰

军人这个职业理应得到社会足够的敬重。把他们与一般人区别开的，不仅仅是那身军装，更是他们内心所承担的责任和伴随而来的风险。表面上看，他们与我们无异，但是在生死关头，常年培养训练出的本能让人看到了什么是铮铮铁骨。在我们所处的这个光怪陆离的当下，他们在危急关头表现出来的品质，就像灯塔，虽遥不可及，却指引方向。

李　通

李通是驻扎在塞外的空军航空兵某团参谋长，不到 40 岁，空军一级飞行员，飞行已经超过 2000 小时。他所在的部队要 24 小时保持 2 级战斗值班状态，也就是说，战斗机随时是满油带弹状态。

2015 年 9 月 19 日晚上 6：50，他们进行夜间训练。他的单发轻型战机注满 2.5 吨航油，携带 200 多枚航弹起飞了。13 分钟后，出现了故障，踩油门不管用，动力丧失了。他启动了两次，都没效果。这时，海拔高度 4000 米，实际高度 3500 米，他的战机以 400—500 公里/小时的速度在滑行中急剧下降。

这种情况，就是发动机失灵，飞机没了发动机，就成了一块大铁坨，飞行员对它已经无能为力，这时要做的，就是紧急逃生，而给飞行员留下的自救时间，就是以分秒计的飞机下落速度。

此时的李通在驾驶舱里与塔台对话，记录仪清晰地还原了他当时的状态，“疑似停车”，就四个字，镇定冷静，语气平淡，一点儿都听不出来他遇到了如此大的故障。倒是指挥员听了汗毛倒竖，这是罕见的空中特情。

飞行员凭着本能对局面的判断，是要调整机头飞回本场，挽救飞机。而起飞十三分钟后，他已经距离跑道35公里，即便是把高度的势能转换成动能也是无论如何飞不回去的。

此时飞机的高度已经变成2000米。塔台里的指挥员努力在调整自己紧张的情绪，尽量用最沉着的语调告诉李通：择机跳伞。

其实不用指挥员说，李通心里也清楚，跳伞，越早越好。指挥员的指令，是在紧急关头给他一个助力，坚定飞行员的跳伞选择。李通飞的三代战斗机，是很宝贵的资源，不到万不得已，他决不想弃机逃生。指挥员是在提醒并且给他提供一个共同的担当：跳伞吧，生命比战机重要。

军人，男人，紧急关头，话很少。特情出现，两个男人之间只有8个字的对话，但是话里面的意思却很多。这些话，李通懂，但是没听。

对李通来说，眼下有一个比跳伞重要百倍的事：怎么避开居民区。他的战斗机上带着2.5吨航油和200多枚航弹，2000米的高度给了他充分的时间和空间可以迅速逃生，但是没了飞行员的飞机就成了一个巨大的炸药包，落在哪里都是飞来横祸，会导致死伤无数。

当时的位置，机头方向是机场营地，机身两侧是密集的民区，如果考虑的是避开人群，选择只有一个，掉头往山区方向去。

其实在2000米高度，指挥员指令跳伞，李通没跳的那一刻，他就已经想清楚了，两害相权取其轻：他不管飞机直接跳伞，后果是50米到100半径区域内的家庭都毁；他掉头往山区飞，毁的只会是他一个，最坏的结果就是撞山，机毁人亡。唯一能拯救自己的，就是平时练就的功夫，能不能在剩下的两分钟里，把飞机开到无人区，自己再跳伞自救。

这就是军人的逻辑——我的职业就是来保护你的。此时在李通飞机底下，正守在一起的一家一户，怎么会知道他们头顶的天空中正在发生着什么。

当李通把机头调转 180 度避开居民区时，飞机的高度只剩下 1000 米。他要飞的方向是山，山的海拔是 1300 米，飞机高度比山低，飞机最怕的就是在山间飞，相当于送死。谁成想掉过头来又出现了两大片灯光，还是不能跳。当他又避过这两处居民区时，高度已经剩下 300 米。李通最后评估了一下情况，在这个临界点上，他拉起了弹射环，跳伞。

李通这是在玩命。人和座椅是一起弹射出去的，这个过程中有一个人座分离的过程，降落伞只能支撑飞行员，挂不住重得要命的座椅。但这要有足够的高度，给座椅离开留出时间。300 米，真是在边缘的底线了。

刚刚脱离飞机后不到一分钟，轰的一声，飞机爆炸了。李通心里难过，战斗机是飞行员的第二条命，眼睁睁地见到老伙计没了，心里像剜掉了一块肉。

时间容不得儿女情长。伞开了，这仅仅是第一步，接下来的未知更凶险。

群山里，伸手不见五指的黑，会落在哪里？会不会落在水库？高压线？树梢？甚至悬崖边上？没等想完，李通已经重重落地了。

足够幸运，这是一个山坡。李通从瞬间的昏厥中清醒过来，先是麻木，很快疼痛就漫山遍野地扑了上来，浑身碎了一样地疼。赶紧摸摸胳膊腿耳朵鼻子，都在，好。抬头，漫天的星星。他静静地缓了几分钟，知道自己活着，心里是庆幸。

他知道他的部队一定在焦急地找他，现在要做的，是赶紧跟他们取得联系。

飞机上的救生包里有定位仪。可是山里太黑了，要是找就会花大量的时间，与其把时间浪费在这里找它，不如相信自己摸索着出去。

战斗机飞行员平日里严格的训练让他们具有一般人难以企及的生存素质。在黑夜里，李通凭本能准确地寻找着出山的方向。他听到有人声，但是很远，他马上大声喊“哎——”。连着叫了几声，对方好像没有听到，没有反应。他没开枪，大半夜的枪声只会把人吓走，也没喊“救命”，因为他军人的自尊决不允许他喊出这两个字。还是自己找路出去吧。

半个小时以后，他走到了一户人家门口，应着门声出来一位老太太。吃惊的老妇哪里会知道，眼前的这个军人刚刚从生死线上爬回来。

电话打到了团长那里。“团长，我是李通，我活着，没有附带损伤。”对方憋了好久，一个字：好。

电话两边的他们，都掉泪了。天空中的三分钟，跳伞后的半小时，漫长得像永无尽头。他们都是军人，知道李通这一句话的汇报里经历了怎样的惊心动魄和舍生忘死。

《特情手册》里清晰无比地告知飞行员，遇紧急状况首先要保全飞行员和飞机，2000 米高度一定要跳伞。但是李通都没有，他在紧急时分，在面临生死的时候，选择了让别人生。

采访的最后，我问李通：“如果你在 2000 米弃机跳伞紧急逃生，会有谁追究你的责任吗？”李通说：“不会，没人会追究我的责任，因为规则保护的是我。但我是军人，是个男人，我的天职就是保护他们的，我跑了，我对不住我自己。”

张 超

2016 年 4 月 27 日，当天飞行训练的最后一次降落。张超驾驶着歼15 战斗机对准陆地上的模拟航母甲板，准备着陆。

张超是舰载航空兵部队的一级飞行员，他正在为上航母辽宁舰做准备。只有在航母上完成起降飞行训练，取得上舰资格认证，才能成为一名真正的航母舰载战斗机飞行员。

能上航空母舰，是张超的梦想。

当年辽宁舰在海军选拔舰载战斗机飞行员时，张超 27 岁，已经飞过 6 种机型，经验丰富，在同龄人中罕见，单位正准备提升他当副大队长。在多年分离两地之后，妻子也终于调到了身边，孩子不到 1 岁。对一个男人来说，一份热爱的事业，一个美满的家庭，扎实美好的人生在他面前缓缓展开，幸福得有点儿让人拔不动腿。

就在这时，他知道了选拔的消息。

取舍是艰难的。如果去，刚刚得到的一切就都得放弃。结婚几年，夫妻没在一起几天，刚刚能在一起，又要走。还有孩子，他创造了一切可能的机会，就是想陪伴着她成长，如果走，就又是几年不在身边。

我想，他一定问过自己一个问题：我究竟要什么？已经安定下来的生活，还是充满紧张刺激和荣誉感的航母舰载机飞行员？同等重要。但家庭是静态的，它就在那里不会变化；而航母舰载飞行员的机会只有这一次，过去了就过去了。

思来想去，张超还是走了。

战斗机飞行员是一个特殊的群体。驾驶着战斗机像鹰隼一般凌空飞翔，履行着守土有责的国家使命。形式本身就是仪式，让这些军人有一种自豪和骄傲。如果再能从自己国家的航空母舰上起飞，那又该是怎样一种荣耀。等待他的是一个前所未有的机会，中国第一艘航母上的第三批舰载战斗机飞行员，这个诱惑太强烈了。

张超心里对妻女说：等我刻苦过了，努力过了，一定会加倍补偿你们，我们这个家日子还长。

离开熟悉的生活和工作轨迹，来到新的部队，等待他的是从零开始的一切。

舰载航空兵部队的部队长戴明盟是首位在辽宁舰阻拦着降成功的飞行员，他在面试张超时问了他这样一个问题："舰载机飞行是最危险的飞行，愿意来？""我知道，但我就是想来。"张超直接回答，不假思索。戴明盟自己是飞行员，又培训了不少飞行员，一听便知，这人没错。

戴明盟没有吓唬张超。

航母的威慑力，很大程度上取决于航母配备的舰载机，而舰载机飞行员发生事故的风险远大于轰炸机飞行员和航天员。

航母上有各种辅降设备。光学助降系统由好几组灯光组成，飞行员可以根据不同颜色的光束判断高度和角度是否合适；助降雷达也可以在复杂气象条件下引导舰载机安全着舰；激光助降设备则通过激光束引导飞行员准确降落。

但是，茫茫大海中的航空母舰就像一片树叶，没有任何参照物，舰载机飞行员通常要依靠自己的直觉起降，因此要具备非常过硬的心理素质。

舰载战斗机飞行员，被称为“刀尖上的舞者”。十几吨重的飞机，像砸坑一样重重拍在甲板上，在极短时间将每小时 200 多公里的速度降到零。飞行员身体承受着难以想象的巨大载荷，两眼甚至会因为充血变红。不管经验多老到的飞行员，每一次甲板起降，其实风险都像第一次。

时间回到 2016 年 4 月 27 日 12 时 59 分，张超的那架银灰色歼 15“飞鲨”战机，从远处慢慢飞近，缓缓下降。飞机的轰鸣声越来越大。塔台里，指挥员目不转睛地观察着这架飞机的姿态。

这是当天上午最后一架次飞行。同一批次的 4 架战机，已经有 3 架顺利着陆。机场边上，负责指挥降落的着舰指挥官发出信号，可以着陆。

为了模拟舰上起降环境，陆地上这个特殊机场的跑道宽不到正常机场的一半，规定的着陆区间不足百米长，对飞机的速度、姿态和飞行员的操控精准度都有极高的要求。

触地，滑行，仪器显示，张超的这次着陆十分完美。

前一架次着陆的飞行员艾群，此时正在滑向机库。他在耳机里听到，最后一架飞机已经平稳降落。休息室里的飞行员，各自开始收拾装具准备返回宿舍。

事故来得没有一点儿预兆。12 时 59 分 12 秒，无线电里突然传来故障报警。塔台里，刺耳的报警声像是要把人的耳膜戳破。

所有人看到，张超那架正在减速的飞机，机头突然奇怪地向上抬升，很快就立了起来，几乎笔直地指向空中。几秒钟之后，飞行员弹射出来，摔在跑道边的草地上。

一切都发生得太快，谁都不知道发生了什么，事后现场视频和飞参数据还原了千钧一发的瞬间。

落地以后，张超的飞机出现了电传故障，这种故障就像开车时方向盘突然失灵。从 12 时 59 分 11.6 秒发现故障到 59 分 16 秒跳伞，有 4.4 秒的时间里，张超只做了一个动作，就是竭尽全力推操纵杆，力图制止机头上扬，避免战机损毁。

其实，张超应该知道，战斗机的系统集成程度很高，一旦出现问题，留给飞行员的处置余地是很小的。4.4 秒，对于解决故障很短，可是对于救命，那几乎就是上帝之手，如果在发现故障后的瞬间，在飞机平行地面姿态相对较好、还没有直立成 80 度角的时候就启动跳伞，生还可能性大大增加。张超更应该知道，如果短时间里控制不住飞机的后果是什么。

稍纵即逝的 4.4 秒，人做出的是下意识的选择。

张超，经过十二年一丝不苟战斗机飞行训练的军人，用他训练有素的本能，选择了尝试去保住飞机，在飞机几乎垂直地面时才跳伞。这个角度跳伞，弹射座椅几乎是水平弹出。高度太低了，主伞根本没有时间打开，人弹射出来等于是直接弹射到地上。

彩超结果显示：张超身体左侧着地后，内脏受损严重，左肺彻底碎了。撞击击破了张超的胸膈肌，内脏都挤到了胸腔里，心脏也受到巨大创伤。

五脏俱裂的小伙子，躺在地上，说的第一句话，也是最后一句话：“我还能飞吗？”

那是得多爱自己做的这件事，才会问出这句话？

可是爱他的人呢？怎么去面对失去爱人的世界？

战斗机飞行员的妻子们从嫁给丈夫开始，内心里没有一刻不在提心吊胆。她们心里不是不知道有一种可能是多么可怕，但她们总是不愿意相信这样的可能性。

张超的妻子其实以前就经历过一次。

2012 年 4 月，张超执行战备巡逻，遭遇了第一次空中停车，果断处置之后驾驶故障战机返航。落地后，团里表彰张超，给他发了一笔奖金。看着摆在桌子上的现金，妻子感到莫名其妙：丈夫工资不都直接存在工资卡里吗？当丈夫把奖励的来源说了以后，妻子几乎失态地拉着张超直奔商场，把这笔钱花得一干二净，告诉丈夫说：我不要这样的钱。

这个时候，两人结婚还不到一年，妻子第一次体会到了心中的担忧是有可能变成现实的，她的心里充满恐惧。

张超去世以后，有一张照片：他 2 岁的宝贝女儿不知就里地趴在爸爸的飞行服上，胖嘟嘟的小脸蹭着爸爸的军服，手仿佛抚摸着爸爸。

张超不是没有想到，会有这样一种可能性。只是他军人的天职和训练出来的本能，让他没有去选择自己和自己的家。

责任这个词，在我们的生活里已经越变越小。我们的心里，责任更多是对自己和家人，工作上的责任是排在后面的。

当你知道了李通、张超这些人，你就会知道，这世界上有这么一群人，他们是把自己和自己的家放在别人之后去考虑的。

他们的存在，他们的选择，让我们看到人所能表现出来的谦逊而高贵的品质，就像长明火，照亮人心。

印度支付宝

中国与印度都是人多，这一点共性让我们彼此之间感到非常亲近。中国发展了几十年，在很多方面已经领先于印度，这个时候心理上产生优越感是正常的事情，但是正确的事情是尽己所能帮助印度发展。一方面，大国就是要担起相应的义务；另一方面，差距就是商机，可以让中国的企业利用这个机会去发展。

在这个问题上，马云的支付宝看得很透彻，早早在印度布局了。

孟买街头的突突车，也就是中国人熟悉的电动三轮，外观喷涂上统一的黑黄两色，没有门，里面就是司机后面一排两个人的座位。便宜便捷，招手即来随时下车，让它们成为孟买市民离不开的交通工具。每笔车费都是有零有整，碰上没零钱找不开钱的时候，要么少给少交，要么就再拉着乘客满世界找小店铺去换零钱。一笔不算什么，但是一天一个月下来司机少收入不少。麻烦，还有损失，是个长久存在的问题，但是没办法解决。

时机的巧合，让这种状况改变的机会到来了。

印度有一家很大的企业 Paytm，公司的创建者是生于 1978 年的夏尔马，他被印度最大的财经媒体《经济时报》评选为“印度 40 岁以下最炙手可热的商业领袖”，他的 Paytm 已经跃居世界第四大移动支付平台。

夏尔马出生在印度北方邦小城一个普通家庭，1997 年还在念大学时就成立了网站 indiasite.net，运营两年后以 100 万美元出售，获得人生第一桶金。2005 年，夏尔马创办了 One97 Communications，也就是 Paytm 的母公司，在印度市场进行内容经营、市场推广、电子商务和支付业务。Paytm 先有支付工具，2010 年上线，2014 年才开始发展电商。Paytm 从手机充值开始，逐渐覆盖水、电、燃气缴费等；2014 年推出电子钱包。

与此同时，中国的阿里巴巴集团也开启了全球化进程。2015 年年初，马云看准了印度市场的同时，也发现了年轻的 Paytm。

Paytm 的机会来了。阿里巴巴在 2015 年对它进行了两轮投资，合计 9 亿多美元，占股比例 40%。Paytm 用户数已经达到 1.4 亿，其中有超过 1 亿是从 2016 年 1 月与蚂蚁金服展开合作后的新增用户，Paytm 市场份额达到 74%，几乎是同类企业市场份额总和的 3 倍。

除了钱，阿里巴巴还把从技术能力到业务经验全部输出给 Paytm。在蚂蚁金服的引领下，Paytm 立即开始布局线下支付网络，逐步涉猎旅游和在线票务，并向线下的小卖部、街边摊、咖啡店、加油站等场景铺设，突突车也是他们发展的目标。

支付宝专门成立了技术支持小组，向 Paytm 派驻 20 多人，从产品开发、系统架构改造、运营推广、风控体系搭建、数据能力等方面帮助 Paytm 提升平台能力。夏尔马自己也带领团队到杭州实地去看，一次一次地去。他不愧是个年轻人，学习能力、领悟能力超强，他说每次从新德里飞到杭州，就好像去上 EMBA 财经班，看到蚂蚁金服做的事情，就会看到 Paytm 的无限可能。如果不是去中国实地考察，没有感受过二维码支付在中国的普及，夏尔马无论如何不会相信移动支付在印度会成为主流。而且关键问题在于，支付宝已经用十年的探索经验告诉夏尔马，这么做可以。否则，Paytm 绝不会做 O2O（线下场景的开拓），也不会做二维码支付，也就走不到今天这样庞大和领先的规模。

中国人、中国企业、中国这个国家，在世界上让人尊敬，一定要这么做。用自己的实践在荒原中去开拓出一条道路，不是回过头来设置道道关卡，而是把这条路修得更直、更通、更方便后来人行走。可能拓路的时候胼手胝足，而路开出来后来者可以开着车行进。看上去我们付出远远大于获得，但我们改革开放的几十年不也是搭乘着世界上既有的规则和铺设好的道路去追赶才有今天的吗？当初的得到，今天就应该回报。更何况印度是我们的邻居，都是穷亲戚，苦日子都一样过过，先过好起来的拉一把，更是应该的。何况当今的互联网，很难说还有单纯付出的行为，阿里巴巴在与 Paytm 深度合作的同时，何尝不是在推行自己的标准呢？

给突突车贴上二维码，让突突车司机下载一个 APP，这样他们就可以通过手机收钱，再也不用随身准备零钱。长期困扰突突车司机的一块心病就这么轻而易举地解决了。

突突车司机一开始也不信任，总觉得见不到现金心里不踏实，但是确认自己的手机账户里的确收到钱以后，就开始口口相传，很快就遍地开花，突突车的挡风板玻璃上都贴着类似中国支付宝的一个蓝色二维码小标。

我在孟买尝试了一下，同行的一个印度小伙子卢汉，负责推广 Paytm 移动支付。司机是个中年人，穿着卡其色的制服，看我是外国人，冲我亮出一个大大的笑容。他皮肤很黑，这一笑露出了两排洁白的牙齿，大眼睛里的眼白都笑少了。他拉着我们在孟买街道上跑一圈就回到原地。他能说两句英文，但是我们说话彼此都听不懂，只能靠卢汉翻译。路上卢汉问他用手机支付的人多了没有，他说从安装到现在两个月，每天大概有 10%的乘客用手机付款，增长挺快的，要是都用手机支付他就简便多了，他估计这个速度会很快。下车时卢汉用手机扫码半天也没反应，我心想这下麻烦了。没想到司机习以为常，让卢汉拨二维码下面的那行电话号码，照样能够连上付款。卢汉说这是他们为了应对孟买并不很好的网络环境设置的一个电话付款方式，是印度特色。

卢汉说他最佩服的人就是马云，他是受了马云的影响才下决心从银行里辞职到 Paytm 公司，开始逐个店铺地推广这个移动支付，他认为支付方式对未来的改变是不可限量的，他要从现在就早早做起，没准能成为印度的马云呢。

相比突突车摩的，印度的出租车对 Paytm 的接受范围更广。Paytm 也是打车软件优步（Uber）在印度内嵌的支付方式。

大学生比出租车司机更易于接受新鲜便利的移动支付。Paytm 已经成为风靡校园生活的支付工具，在学校的咖啡馆、复印店、学生餐厅、书店等需要支付的地方都能用 Paytm。学校甚至接受家长通过 Paytm 为学生缴纳的学费，家长还能收到一定的返现奖励。

这种普通人生活中细微的变化恰恰预示着深刻改变的开始。

印度支付宝在大城市方便人们的生活，而在偏远和贫穷的地方，则改变着人们的生产生活方式。

印度人口超过 12 亿，其中农村人口占七成，严重缺乏全国性的金融服务与金融基础设施。全国金融服务覆盖率不到一半，近一半的印度民众没有银行账户。印度持卡人数量大概不到 7 亿，是人口的一半多，活跃用户只有不到 2 亿，全国的读卡终端设备约有 120 万台。印度农村每 2.7 万人有一家银行，在偏远地区，很多人连银行长什么样都不知道。有超过 1 亿印度家庭没有银行账户，因此也无法享受基本的金融服务。印度农村的高利贷、买金银保值、储存现金的情况非常普遍。

2014 年印度总理莫迪上台后就提出“大众金融计划”，但实行情况并不理想，同时限于传统银行为农村用户办卡性价比低、传统银行意愿和资源不足，印度农村家庭仍有大部分没有银行卡账户或持有但从未激活。因此，Paytm 钱包很可能会成为这一庞大且没有被金融服务覆盖的印度底层民众的第一个金融账户选择。

而对于广大的 1200 万线下商户来说，他们中只有一半店里有 POS 机，渗透率很低。原因是大量的小商户没法迅速规模化，印度的银行大多只愿意服务大型商场，而且小商户也无力承担刷卡费用和成本。Paytm 董事长夏尔马介绍说，2016 年 1—7 月，Paytm 的交易量增加了 53 倍。到 2017 年 3 月，Paytm 在印度覆盖的商户是维萨（Visa）和万事达（Master Card）卡覆盖商户的两倍。

Paytm 的绝大多数商户是小商户，公司希望在 2020 年达到 5 亿用户，让 5 亿印度人进入主流经济；将服务城市从 50 个扩展到 200 个，实现从下班到回家，中间过程都不需要现金。而印度政府的愿景是，在未来的 10—12 年，把印度打造成一个无现金经济体，这意味着 Paytm 有巨大的发展空间。

Paytm 不仅仅是一种支付方式，更聚焦小微金融服务，而这也是当今印度的机会。

当一个企业做到可以引领、辅导和帮助别国有影响力的企业，这才是不可撼动的真正意义上的跨国企业，赢得的世界是发自内心的尊重。

孟买初体验

出发去印度孟买。

飞机即将着陆时往下看，紧邻机场外墙就是一片一片的贫民区：简易搭建的住处，各种颜色质地的屋顶。对于从天而降的初来乍到者来说，挺刺眼。和中国城市机场周边大片整齐有序的蓝顶厂房对比，反差有点儿大。

孟买是印度最大、最繁华的都市，在整个南亚地区都是最现代化的城市。分南北两部分，南部沿海，具有比较浓厚的英国殖民地色彩，从医院到法院，到孟买大学，都要比北部地区的建筑更有设计感和历史感。2015 年，孟买的城市人口已经超过 2104 万，和北京相当。但是孟买的面积只有 600 平方公里多一点儿，相当于北京的 1/27。

孟买城市不大，人口密度大，城市功能又相对明确，是印度的金融、经济、娱乐等行业中心，因此这个城市的公共交通就应该相对发达。但事实上并非如此。

在孟买，公共交通系统主要包括：市郊铁路、公交车、出租车、三轮摩托车。其中，市郊铁路和巴士服务占孟买市内 80%以上的客运量。

我们在孟买采访的几天时间，体验了铁路和三轮摩托，印象深刻。

孟买郊区铁路（Mumbai Suburban Railway）是 1853 年英国人在印度建的第一条铁路，也是全亚洲最古老的一条铁路。这个铁路系统由东、中、西三条贯穿南北的轨道组成，按照人口的地理分布与商业区的位置修建，直到今天仍然是孟买公共交通中最重要的骨干系统。西部铁路在城市西部运营，中央铁路覆盖大都会区中部和东北部，海港线是一条郊区线路，沿着城市东南部，靠近船坞，并延伸到新孟买，三条路线加起来一共 320 多公里。每天运行 2226 次，在高峰时段，人多得都溢出来。本来一列 9 节车厢的火车能装 1700 人，但实际上能塞进 4500 人，不少人为了能坐上这趟火车还挂在车厢外、坐在车顶上。这几条铁路每天的运量占到全印度铁路每天客运量的一半还多。

下午两点，我在西线铁路的 ANDHERI 站买了一张五站的火车票，花了 30 卢比，感受了一下孟买火车。

ANDHERI 是一个枢纽大站，相当于北京的复兴门枢纽。在车站周边，聚集着大量人群，有做小买卖的，有来来往往行色匆匆的乘客，还有就是站在路边不知道在干什么的，这样的人还不少。摆摊的主要是卖吃的，支一口油锅，在里面炸面团；还有的守着一箩筐米糕，一份一份用一次性纸碟盛着再浇上从一个大桶里舀上来的汁。站内很拥挤，人挨人人挤人的，只能夹在人流中往前面缓缓地移动。

孟买在全世界的印象里，是跟北京、上海一样的大都市。如果用这个标准的话，ANDHERI 作为孟买市中心最繁忙的交通枢纽，和我熟悉的北京“火车站售票大厅”这个概念，就相差太远了。北京的东站是新中国成立初期修建，在几个火车站里是历史最久的，可即便过了几十年，已经迭了几代，仍然是敞亮的，关键是体面；北京西站是几个站里挨骂最多的，嫌它设计混乱、大而无当，但是，买票大厅在室内，有最基本的现代化的设施，人们更多是抱怨它不人性化的设计，而不是卫生和落后；北京南站落成使用的时候我就去采访过，纯高铁、动车车站，一切都是机场的标准。

孟买 ANDHERI 站售票处不是一个大厅，类似户外戏台一样抬高的一块地方，四敞大开，连着外面，也连着里面的站台。一切设施都是最简单的，没有丝毫顶棚，水泥地面上不少坑坑洼洼，通往站台的天桥和阶梯也是水泥路面。不是说只有中国无处不用的花岗岩或者大理石那些倒映着人影的建材好，看不起水泥路面，不是，而是不管用什么，整齐干净让人觉得看上去舒服，用上去舒服就好。能看到的一切，都是简陋的，有的是用了很久很旧了，有的是时间长了脏了。远不如我熟悉的中国的情况。当然是一样的人多拥挤，但环境实在差别太大了，排在我前面的是个高个男人，40 岁左右的年纪，灰白头发，戴一副无边眼镜，斯斯文文的，小格子衬衫扎在灰色长裤里，穿袜子和凉鞋，背双肩书包，一看就是个读书人。

轮到我买票时，我告诉售票员我要下一站下车的车票。里面卖票的男人说了一堆我也听不懂，一遍一遍地重复我下一站下车。他半天不给我出票，他也急我也急，都各自说各自的。后来过来一个他的同事，逐字逐句问我哪个方向，我说随便。估计人家没卖过这种票，困惑地接过我的钱，打印了两张票给我。我这才明白过来，刚才他哇喇哇喇说的我听不懂的一定是站名，问我往哪个站的方向去。

拿到票更大的问题来了，接下去往哪走。每个国家的指示方式和体系，本国人可能一看就明白，但是对于外国人就很难，尤其对我，在自己的城市都看不明白指示，到这里更是入了迷宫。售票大厅的指示牌很不明显，排队在我前面的那个戴眼镜的中年男人过来跟我说："我看看你的票，你去哪里？"他的长相和气质让人觉得可以信任，我递给他我的车票。他看过以后冲我微笑一下，说跟我来。在人生地不熟的地方，我和同事刘文跟着他在人群里穿行，过一个天桥，下到站台。他回过身来对我说："到了，你们的票就是这个方向的。"他生怕我弄不清，又仔细地嘱咐我："你买的 30 块卢比的票可以管五站地，记住了是五站地，可以不用一站就下车。"我想他一定是听见并且记住我在售票口歇斯底里说我的要求了。都弄清楚以后，我感激地说了很多声“谢谢”。要没有这么一个热心人得多麻烦。

没过几分钟列车就进站了，我们随着人流挤上了车。

车厢比中国的车厢宽了许多，窗户和门都是四敞大开，脑袋顶上的摇头扇不停地送着强风，可还是闷。关键是人多。下午两点不是上下班高峰，车厢里乌泱乌泱的。果然，有不少人把头伸出车窗，也有年轻人手拉住把手，把身体挂在了车身外面，这跟我在画面上见到的印度火车一模一样。

我们坐火车就是来体验一下外挂火车是什么感觉的，我也得试一试。刘文大哥用手机拍摄，所以不显山露水特别方便。我蹭到车门边，跟把门的一个印度小伙子商量一下，能不能换个位置，让我站在他那里。他有点儿不解，但还是让我站了过来。我紧紧地搂住门口的那根铁柱，小心翼翼地把头伸出去，风猛地朝我砸过来，先噎了一口气，本能地撤回来。但是挂在外面的时候车厢里的潮热一下子没有了，舒畅了很多。我又一次慢慢地伸出头去，这次连带着身体也悬挂了出去。火车速度很快，一开始风吹得痛快，但很快就吹得有点儿发麻。突然对面呼地一下开过一辆火车，我都没注意到，吓得我赶紧避进来。多危险，一不小心很容易出事啊。要不资料里面说每年孟买的三条铁路线上要死 3000 多人呢，不少是这么出的事故，还有人坐在火车顶上碰着各种线，还有随意穿行火车道避让不及丧命的。

孟买一年四季都是这么热，所以他们全天候地这么坐火车。高峰时候挤车永远是一身汗。

2014 年开通了把三条纵向铁路连接到一起的东西向“孟买一号线”，中国中车集团提供所有的整车。我们为孟买量身定做了车厢，加宽加大，密闭车身，里面送充足的冷风。跟老式火车相比，又舒服又准点。而且，让普通老百姓的通勤有了尊严，总不能穿西服也要外挂火车吧。

中车公司当年是在与众多西方著名企业的竞争中脱颖而出夺标的，也用自己的技术能力漂漂亮亮地赢得了口碑。莫迪政府正在提出本国历史上最宏大的城建计划：22 个城市计划兴建 330 亿美元的地铁项目，有了这么一个良好的开始，不愁下一步接下更多的大单。

在海外，看到中国自己改革开放三十多年摸索出的经验，能够与印度这样和我们有许多相似之处的发展中国家共享，是自豪，但绝不是骄傲。印度经历着的，我们不久前都经历过，没理由看不起、笑话人家。既然想成为一个有号召力、影响力的大国，就要有相应的责任感，理所应当地跟这些国家分享自己的经验。欧美发达地区的经验当历史研究可以，但是对印度当下的发展没有太多参照价值。恰恰是中国，一个人多钱少底子薄、总折腾的国家，却用了三十几年突飞猛进，这个发展成果让印度等国家看到希望，也看到有复制经验的可能性，也会激发他们不断前行。这是应有的气度。看见中国这么做，而且让印度普通百姓受益，真是发自内心地高兴。

达拉维贫民窟

达拉维贫民窟是亚洲面积最大的贫民窟，大约 2 平方公里。虽然叫贫民窟，但是它所处的地段却是城市核心：孟买中心地带，向北 6 公里是机场，向南 6 公里就是商业中心，两条城郊铁路交叉而过。优越的地理位置和低廉的房租，使得超过 100 万的人挤在这里。

我们去的那一天太阳暴晒，站在入口处的天桥上往下看，乌泱泱的棚子彼此之间你搭我个房檐、我借你个房顶上的遮盖，墨水洇了一般蔓延开去。虽然生活设施不完善，但是有很多人想住这里。穷人总是有办法，能挤就挤，让有限的空间发挥最大的功能。十几口人，挤在 20 来平方米的房子里。最窄的通道不到半米宽，人得侧着身子小心翼翼地穿过。

导游是个 30 岁上下的小伙子，个儿不高，戴一副黑边眼镜，面容和善，能看出来受过不错的教育。在没进去之前，在天桥上，他就嘱咐，贫民窟对外人开放参观没多久，你们尽量别拍照，他们会觉得被冒犯的。能理解，谁愿意把自己的日常生活和贫穷当成稀罕物反复出现在别人的镜头里呢？

把贫民窟的生活当成一种旅游资源，是这几年才出现的，受巴西里约热内卢贫民窟旅游的启发，一个英国人创立了一家旅游公司，叫“真实之旅”，再加上电影《贫民窟的百万富翁》在全世界的热映，越来越多的人想来这里看看。游客不仅有外国人，也有本地人，他们更想去了解一下自己每天都要经过的地方究竟什么样。支付 10 美元可游览两个半小时，其中 80%的利润会捐给慈善组织。

在导游的带领下，我们9个人进去了。刚进去是一排店铺，我只认识食品店，其他的店都开着，但不知是卖什么的。门口或站着或坐着一堆人，很有兴致地看着我们经过，就像中国人喜欢聚集起来看热闹一样。其实相对于我们观察人家，我们才是真正被观察的人。他们态度上的老练让我的摄像同事掉以轻心了，以为他们不会拒绝拍照，于是尝试着举起手里的相机。有的看见镜头，还配合地笑笑。这个笑容仿佛给了摄像师通行证，正要拉开架势大拍的时候，突然从屋子里面冲出一个小伙子，面带怒色，挥着手里的钥匙，冲着一个摄像师就过来了，嘴里还叽里呱啦地嚷着什么。不用翻译也知道他在说什么，不让拍。看热闹的众人赶紧把他拉住，导游回过头来说："不是说好不拍摄吗？请你们尊重这里人的生活好吗？"

其实没有不尊重，只是摄像师的职业让他们比普通人更善于发现美好和其他意义的细节，而这里特殊的环境别处很难复制，因此他们有冲动保留这些稍纵即逝的瞬间。

达哈维贫民窟有四大主力产业：废品回收、纺织、制革、制纸。导游带我们去看了制纸。

各种回收纸制品山一样堆在本来就狭窄的通道，有不同的工序在进行粗筛、分类、加工处理。虽然外面太阳很烈，但是房间里却很黑，勉强能靠外面的反射光照亮。每个房间里有两三个人，我们从门口路过，他们抬头朝门口望望。肤色黝黑，几乎和背景融成了一片，但是两只又大又好看的眼睛凸显出来。看了两眼，又低下头继续工作。整个过程没表情，我们这些外来者跟他们没一点儿关系，眼睛里没讨厌，没喜欢，也没好奇，该怎样就怎样。

我们在通道里小心翼翼地穿行。这个地方太脏了，生活垃圾、油腻的污水、加工过程中掀起来的灰尘，气味也复杂，各种过日子和挣日子的味儿混杂在一起，就好像打开白酒瓶子冲出来的那股劲儿，瞬时间能噎一个跟头。

潮湿、闷热，每家每户没厕所，限时供应生活用水，整个贫民窟的排水系统几乎没有，再加上高密度的人口，这里的人们生存能力、忍受能力真强。我一路躲避，最后还是看错了一块砖，一脚陷进了污水里。谁知道我踩的是什么水，那也没任何办法，只能忍着继续。

不是印度政府不愿意去改造贫民窟，而是历史、现实、法律、民主的制约力量太大，投鼠忌器，动弹不得。

我们跟印度最大的不同在于两点：一个是印度宪法规定，所有印度公民都享有在领土内自由迁徙、在任何地方居住和定居的权利；另一个是印度土地私有。这两点巨大的区别，使得政府无法动迁贫民窟，不管它多难看、多让印度的官员寝食难安。

它的好在于，印度的贫民窟能给身无分文的贫民提供土地、工作、选举的权利和改变命运的机会，所有这一切都受到印度的法律保护。印度的贫民不用时时担心前脚出门后脚家就被拆了，这个给城市添了丑的贫民窟却有可能使得一些穷苦人的未来变得更美，成为他们保有尊严和希望的家园。

甘蔗没有两头甜，更何况贫民窟这样复杂的社会构造。

有些人能够从贫民窟起跳，最终跳出贫民窟，但绝大多数人的命运还是始于这里，终于这里。因此需要逐步改善这里的环境，让搬不走的人也能够体面、有尊严地活着。这就需要改变。但给了他们居住保证、让他们安心的土地制度此时又成了最大的障碍，因为只要居住者不同意，就谁也不能动。

虽然穷得一无所有，但手里却握有一张无价的选票。低种姓选民有一种其他方面帮助不了他们的优势——纯粹的人口优势，接近一半的人口属于低种姓阶层。他们的选票力量，是印度任何党派都无法忽视的。每逢重要竞选时，很多有身份的政治人物都到平时不会光顾的贫民窟访问，争取民心、争取选票。所谓聚沙成塔，一个人的一张选票干不了什么，但是巨大的人口数量就可以左右一个政党和一个政客的政治生命。当生活在贫民窟的人们不想改变现状时，民主政治的政客自然不会赌上自己的前途去做改变。

这就形成了一个悖论。达拉维贫民窟给数以百万计的穷人提供了安身之地，让他们能有一个起点，但不断增长的贫民窟人数却让印度无法发展城市建设，改变城市面貌；贫民的一人一票让他们有了讨价还价的权利和能力，但也让他们的生活长期保持现状，没法享受到发展和进步带来的变化。

再想想我们自己。我们的城中村其实本质上跟贫民窟一样，都是出身卑微的劳动者流动到城市来以后的一个落脚之地，聚集起来就是城中村。生活设施也不完善，但想尽办法、顽强地生存着。由于我们的土地不是私有，因此是政府不是个人在决定着城中村的命运。工业化、城镇化同步进行，快速发展已经成为一种巨大的惯性，不能停、不能慢。没有一人一票、没有土地私有化的保障，缺点是住处朝不保夕，一个个城中村瞬间消失了；但优点也不可否认，城市可以用最快的速度旧貌换新颜，让人眼前一亮。我们国家的城市，无论大小，拿出哪一个恐怕都比孟买要强很多。也许有人会说那都是政绩工程，但让城市更美、更干净的工程，哪怕是为了政绩，又有什么不好呢？孟买的不发展不也是政治家为了自己政绩的结果吗？

很难说哪一个不好，哪一个更好。中国的做法让我们三十多年进步神速，而印度基本上是慢慢悠悠踱着方步。

孟买作为印度最大、最发达的城市，却有 200 多个贫民窟散落在各处。当然有法律的客观原因使政府没法动，但是另一方面不得不承认，孟买政府和社会有足够的宽容，能大大方方地承认、面对它的存在，甚至把它作为一种资源。据说孟买还要建世界上第一个贫民窟博物馆呢。

也许因为有宗教的存在，印度人虽然有的生活在贫民窟破败不堪的环境里，有的在洗衣厂世袭洗衣，但是从眼睛和神态中能够感受到他们心里的安定，不急不躁，不卑不亢，与世无争，安从于命运。

这种心态同样在果阿峰会的会场也能感受到。会场被农村包围着，你开你的会，我过我的生活，该卖货的卖货，该拉游客的拉游客，连大门口的两只野公鸡都不放弃它们原来的领地，该散步就散步。不会刻意美化、隐藏真实的生活状态，不会打扮起来给外人看。坦然的心态挺让人尊敬。

“刚刚好”的果阿金砖峰会

果阿邦在印度西海岸，守着阿拉伯海，称得上是印度的明珠。果阿的环境比孟买好很多。从飞机上往下看，满眼都是绿，绿中有星星点点的红色屋顶，被大海环绕。

果阿在印度面积最小，3702 平方公里，人口也少，不到 200 万，但是人均 GDP 最高，2014—2015 年为 5500 美元，是印度国内平均值的 3 倍。经济增长速度也是最快，2004—2015 年 GDP 增速超过 11%。小而精，寡而富。

果阿很像海南，主要经济支柱就是旅游业。印度洋温润的季风从 10 月到来年的 4 月吸引着大量的游客。

在孟买到果阿的飞机上，遇到一位坐轮椅的西方老人，看样子七八十岁了。飞机上聊天，知道他是德国人，连续好几年都来果阿，一住就是一冬天。像他这样的西方人有不少，而且在果阿是常住几个月。

西方人喜欢果阿也是有渊源的。

第一个到达果阿的是葡萄牙人达·伽马。当时印度到欧洲的传统陆上香料贸易路线被奥斯曼帝国垄断，葡萄牙想另辟蹊径在印度成立一个殖民地，垄断到欧洲的海上香料贸易。1498 年，达·伽马在印度找到了一个理想的贸易航线的落脚点，就是果阿。跟葡萄牙在印度沿岸占领的其他地方不同，他们不仅在果阿屯兵，还希望把果阿建设成为一个殖民地和海军基地。

16 世纪，英国和荷兰抢走了大部分葡萄牙属地，在印度，葡萄牙只剩下果阿和其他几个沿海城市，于是果阿很快就成为最重要的海外属地，并被赋予与里斯本同样的地位特权。葡萄牙鼓励与本地妇女通婚，在果阿定居，成为农夫、商贩或工匠。这些已婚男子很快成为特权等级，果阿也因此拥有相当数量的欧亚混血人口。直到 1961 年，果阿才被印政府收回。葡萄牙人与当地人数百年的深入融合留下了丰富的人文遗产。所以，每年欧洲的冬天来临，不少欧洲旅客就来果阿度假旅游。

在中国，哪怕是支线机场，出来以后通往市区的道路都是又宽又直的高速或者高等级公路，两侧也多是栽种的整齐树木。果阿这里更原始，自然是什么样就是什么样。有的柏油路面坑坑洼洼，有的干脆就是土路。很难讲哪个更好，各自有各自的需要吧。中国的发展速度快，需要路，各种各样的路，就好像要保持血管的通畅人才能高速运行。果阿本身就是靠旅游，似乎原生态的“慢”更加适合它。

但是，印度现在想用高速发展经济，保持年均 9%的增长，道路不好怎么快？

第一天的直播是在海滩上，倒是很浪漫。白白的沙滩上，欧广联支起两顶蓝色的幔帐，很像婚庆公司搭的婚纱照置景。可是在这么浪漫的地方直播金砖首脑峰会这样的政经话题，怎么都不像回事。而且从拍摄角度来说，我们中午十二点半有一场直播连线，正是光源最烈、光线最差的大顶光。再加上果阿的气候闷热潮湿，经过一上午的暴晒，海滩上像刚掀开盖子的蒸笼，很不舒服。

反正不管从哪个方面去衡量，这个直播点都是最差的选择。

欧广联身经百战的老江湖怎么会找到这么个地方？他们也满是无奈，峰会新闻中心是在泰姬酒店里边，可明天就开会了今天还是不让进，说没弄完呢。脖子上挂着能进入的记者证，就是不让进，你有什么办法？只能在会址外面想办法。

酒店外面，就是农村。这个农村是真正发展中国家的农村，田园乡村。正对着酒店的大门是一连串的小门脸，卖杂货的、按摩的、卖纪念品的，照常营业。绕着酒店靠着海边的有一排简陋破旧的民宅，木头搭的，穿着纱丽的黝黑当地妇女还会站在路边揽客。所谓的路就是土路，车一经过就是暴土扬长。土路窄，能容一辆半车，迎面过来两辆车，就只能有一辆车退到稍微宽敞的地方，让另一辆先过去。地上全是垃圾，随手扔的塑料瓶、塑料袋、包装盒、纸、渔网，连个下脚的地方都难找。自然环境虽然很不错，阳光、白沙滩、椰子树，但是人文环境不配套，总让人觉得没心思去享用。

这样的条件欧广联估计也没办法，只能把直播点设在了海滩上。

中午十二点半是跟新闻直播间连线。太阳晃得睁不开眼睛，防晒油抹得厚，满脸油花花，头发被海风吹得东倒西歪，真是挺狼狈。关键是要报道的新闻是一场会议，根本就没必要这么乱七八糟。

海滩上还是野狗的领地。估计从来没有同一时间来过这么多人，很多狗都凑到一起，它们倒是胆子大不避人，有几只干脆就坐在直播棚后面看着，老老实实地坐着，不出声也不叫唤，电视画面里面就是我在说，它在看。直播完了不到两分钟，它们开始号叫了，好像是帮派打仗，一直坐在身后看直播的那只也嗖一下就跑了去助战。

第二天，金砖领导人峰会正式开幕，新闻中心无论如何也应该启用了。

泰姬饭店就像钓鱼台国宾馆，要先进大门。大门口有一块小花坛，里面是草坪，两只公鸡悠闲地踱步，根本不怵人，能感觉到那是它们的地盘。

安检要看证，再翻包。开大铁门进入，50多米的路左转进入到另一个安检门，这是新闻中心的入口。

在印度安检都是分男女通道，女性通道的人总是要少一些，隔出一间一平方米大的棚子，挂上门帘，每一个女性进去接受安检人员检查。比其他地方多一个程序，随身带的包要过完安检机再开包，一件一件地检查。他们的速度好慢啊。三个女检查人员围着我的包，电脑要拿，化妆包里的小物件也要问，这是什么，那是什么。十点的太阳真是烈，她们三个的脸上都是渗出来的汗珠，衣服也都被汗浸湿，但是每个人都是慢条斯理，不急不躁。她们不急，我被弄急了。五分钟了，还没完。汗顺着脖子往下流，一急，说话的态度就变了。我都能想象自己皱着眉头一脸烦躁，用生硬不耐烦的语气应对着每一个“这是什么”。感觉很久，终于结束了。我夹风带雨地在人家面前把包收拾好，带着怒气要进去。人家三个反倒冲我微笑一下，说谢谢。我就觉出不合适了。刚背起包要走，旁边一名中年男人过来，看他的名牌，是主管，“谢谢，祝你有美好的一天”。黝黑的脸上露出真诚的笑容。而我脸上全是愤怒。

心里挺尴尬，觉得挺丢人。人家要在那晒一天都不急，我通安检最多十分钟，瞧给我急的。急还不说，还生气，还给人家甩脸。

总算进去媒体中心了，是个临时搭建的白色帐篷。推门进去，两间屋子，中间一条短短的过道。每间250平方米左右，饭店大堂大小，一间摆着成排的椅子，让记者及时收看现场直播的公用信号，了解会议的进程，还有小点心、饮料供应；里面那间是电脑工作间和机房，大概有几十台电脑放在三四条长排桌子上，我进去的时候每台电脑前都占了人。没几分钟，眼睛就觉得刺得慌。屋子里空调的声音很大，呼呼地往外吹凉风，但也许是因为帐篷不隔热，进去还是闷热。

卫生间在帐篷外，是可移动的简易型，男女各四个，比飞机上卫生间还小一点儿。在太阳暴晒下，进去真是受罪，完全就是烤箱。抽水用手压，像农村抽水泵。不到万不得已，真不想去。

就这么巴掌块地方，就这么临时将就的设施，搁中国估计一天就能弄完，在印度却要弄得紧紧张张，开会才能使用。

一个月前我刚参加完杭州的 G20 峰会，媒体中心的大，电脑的多，各种设施的现代化和精致，志愿者的无处不在，把果阿峰会这里参照得惨不忍睹。

刚进去的时候拿什么地方都跟中国比，可都看完了，发现这里根本没法跟中国比，却又想到一个问题：像印度果阿这样办会又有什么不好呢？是哪里没有做到？没有满足记者们的需求吗？是让记者感到有任何不方便了吗？是没有完成媒体中心的任务吗？都没有。只不过我们从中国来，见惯了气派和大手笔，习惯了供一定要高于求、大于求，要让来自世界各地的媒体记者感到不仅够用而且舒适，甚至是享受。忽然遇到一切刚刚够用，就会觉得不舒服。

想到 2015 年到纽约报道联合国成立七十周年，媒体中心大倒真是大，但也是简单到极致了，只有长条桌、电脑和公用信号，咖啡、茶水、点心都要花钱买，连一瓶矿泉水也不会免费供应。当时心里就琢磨，不是总说美国财大气粗吗，怎么在小事上这么抠抠搜搜。

现在想想，不管是发达国家还是欠发达国家，在办会这件事上好像都挺“算计”的。美国颐指气使惯了，办国际会议恐怕也习以为常，他们只想着媒体中心的核心作用就是文字和视频信号能传出去、报道出去，其他需求自行解决。在美国，中国人更多考虑的“好客”根本不在选项内，记者的吃喝问题自己去花钱解决，他们不会白白提供一笔经费干这些的。

细琢磨，印度这么办会的心态其实挺让人佩服的：我就是这个水平，我不会拿出与我水平不匹配的招待来取悦你们，一切都是刚刚好，够工作，也够满足最基本的吃喝需要。

我又想起门口那两只逛荡的散养大公鸡，连它们都没被赶走。还有会址外海滩边的一排排小买卖，该干什么干什么。峰会再怎么开也是马上就完，而当地人的生活是没完没了，怎么可能用别人的事打扰自己的生活？他们是这个思路。

其实我们办会，真是一片苦心。花自己的钱，不计成本；麻烦自己的居民，给一两天的会期让路；让企业停工，让四方来客呼吸新鲜的空气……我们牺牲自己的方便，给外人提供了一切便利。这些是我们的热情好客，也是我们在世界舞台上初亮相的一种心态。随着这样的会议多了，也一定会慢慢跟其他国家一样，用普通和轻松的态度去办会。要考虑别人，也要考虑自己。

欧广联的人也都进来了，但是新闻中心的地方太有限，根本摆不开架势，所以还是要在户外。他们选的地方是在与昨天的海滩一墙之隔的饭店草坪上，几棵大椰子树底下，有阴凉，背景是远处的会徽，比昨天强太多了。尤其是晚上五点半的那次与北京连线，夕阳的高度和强度正是最柔和、最怡人的时候，在这种光线的映衬下，我总算也有美好的形象了。十分钟的持续时间，我说完了，柔和的光线“咔嚓”一下也掉了，也算是对昨天披头散发的一个补偿。

秘鲁纪行

2016年的亚太经合组织论坛在秘鲁首都利马举行。我们报道组先期到位。

远。到达已是晚上十点。有时差，累，但睡不着。

利马是有名的无雨城市。无雨，并不是终年滴雨不落，只是年降雨量很少，据说只有15毫米左右。而且这里的雨下得也是有特色，浓湿的雾积聚形成了露珠，托不住了才喷雾状地飘落。我们到达的当晚就赶上了这么一场雨，不冷不热的温度，雨雾落在脸上很舒服。利马虽然降雨少，但四季如春，年平均气温19℃左右，最冷时16℃，最热时也不超过24℃，跟我们国家的昆明差不多。气候的温和，使得植物生长繁茂。西部沿海地带，因常年干燥无雨，天长日久，便形成一片茫茫沙漠地区。尽管利马市区与西部沿海茫茫的沙漠地带近在咫尺，利马市处在沙漠包围之中，却丝毫见不到黄沙弥漫或飞沙走石的景象。

中国与秘鲁距离太远了，一个在北一个在南，一个是东半球一个是西半球，从北京到利马要用两天的时间，要么在美国，要么在欧洲转机，没有飞机能直飞到达。

但是相隔万里的秘鲁却对中国人有异乎常人的亲近与尊敬。2008年汶川地震发生后的第七天，秘鲁为中国遇难者设立“全国哀悼日”，总统府专门降半旗向遇难者致哀。

中秘两国之间是有历史渊源的。明清之时，就有中国人漂洋过海，到秘鲁经商或打工。1820 年，秘鲁摆脱了西班牙三百年的殖民统治，正式宣布独立，但面积上百万平方公里的国家，人口只有 200 多万。1849 年 10 月，第一批“契约华工”75 人背井离乡，抵达了秘鲁的卡亚俄港，此后二十多年，有十几万华工移民到这里，为秘鲁的经济发展做出了巨大的贡献。秘鲁的中央铁路及许多重要的公路、矿山、港口，都有华工的生命和血汗。秘鲁的华侨大多居住在利马，逐渐形成了自己的社区，成为拉丁美洲最大的华人社区。秘鲁现有 3000 万人口，每 10 个人就有一个有中国血统。

对一般人来说，旅游也是一个由近及远的过程。刚开始去国外，找个邻居国家，再往出走，就越走越远了，爱上旅游的中国人现在正处在一个往更远处去的阶段。可是南美的国家又太远了，倒一趟飞机，飞两个十来个小时，如果目的地国家没有足够的吸引力，还真下不去这个决心。但“中国游客”自带金光，全世界都希望能够从每年出行的 1 亿中国游客身上分一杯羹，中国游客还没怎么来过的南美国家，都在跃跃欲试做好计划。

秘鲁是 2016 年 APEC 会议主办国，在 9 月的时候，新任总统库琴斯基特意跑了一趟中国，那是他就职后的第一次出访，完全是打破常规。要知道，以往秘鲁总统首访都是华盛顿。那一次出访，给中国游客带去了福利，实现了有条件免签：如果有美国、申根或者其他主要国家签证，那么到秘鲁就免签，而且把之前去秘鲁的繁复流程大大缩减，很多公证、材料都减免，等待签证的时间也从三个月缩减到两周。这个逻辑才是通顺的，如果能让中国游客说走就走到秘鲁去，得益的是秘鲁；如果在签证上就层层设卡，不是给自己赚钱找麻烦吗？

再说形势也不等人。有的拉美国家嗅觉灵敏，早早开始布局吸引中国游客。不少拉美国家对中国频频放宽签证政策，厄瓜多尔无条件免签，智利、哥伦比亚、墨西哥等持有效期足够的美国签证都可以免签。

如果不搭上这趟车，机会就擦肩而过了。

事实上我们在利马采访期间，整天在大街小巷晃悠也没见到几个中国旅客的面孔，这和别的国家旅游点到处能听到中国话大有不同，说明这块旅游资源值得开发。

秘鲁邮政——跟得上个人网购的迅速增长。从2014年以来来自国外的网购商品增长迅猛，年增幅在40%—60%，基本上这个数字都产生自中国。一开始用增加人手来应对，2016年年底要新雇90个邮递员。但是这样的增长早晚会有一天再多的人手也干不过来，于是就想到邮政箱。在社区建一个仓储间，就像游泳池换衣间里的一个个小格子，存储各个的网购邮件，你们自己来取吧，我送不过来了。

在一个邮局点采访时，正好赶上一位邮递员送件。更准确地讲，他就是快递小哥，只不过这位邮递员是快递大叔，50多岁的年纪，穿着灰色的制服，动作慢条斯理、不急不慌。跟我们中国快递包裹是黑胶大袋不同，邮递员自行车车筐里堆放着几个透明的大塑料袋，里面装着小包裹，每一个塑料袋的货物都是分拣好的。邮递大叔打开其中的一包，里面有十来个信封状的小包裹，他指着上面的收货人说："每个大口袋里装的都是一个人的货，这个口袋是CECILLIA买的。"我一个一个小包裹拿出来看，这位CECILLIA买的有钥匙链、蕾丝、小配饰，都是从中国发过来的，义乌、东莞、南京，哪里都有。那一刻我都有点儿恍惚了，仿佛是在家里收快递。邮递员说，他送的包裹大多是从中国来的。

我带着强烈的好奇跟着邮递员到了不远处的CECILLIA的住址。门铃响后，一位40岁上下的女人出来，高个、黑发，身材有些发胖，看到是快递送货，跟中国女人一样眼睛里也是放光，兴高采烈地签了字。估计她就是"败家"的CECILLIA了。经过翻译沟通同意以后，她愿意同我们这些跟快递来自同一个地方的中国记者聊聊。

她是在一年前无意中在网上看到叫 ALIEXPRESS 的阿里巴巴国际购物网站，闲逛中发现这里面有那么多的好东西啊，戒指、项链、小衣服，样子又好看，价钱又便宜，运费也便宜，甚至还包邮，就是要等上一个月到四十天。一旦发现了这个聚宝盆，CECILLIA 就一发不能收拾了，从小装饰开始渐渐到了家装用品，从 10 美元到 1000 美元的货都订过，十天就得下一次单。正好那天是“双十一”，聊着聊着，她突然想起来说：“我得赶紧把那个买了去，今天打折便宜。”她打开电脑，轻车熟路地点开购物车，滑着鼠标找到了要买的那件 T 恤上衣，原价打五折后不到 10 美元。我再仔细看，这位 CECILLIA 的购物车里还有 76 件商品。

远隔重洋的这个南美国家，坐飞机到这里来都要两天的时间，可是看 CECILLIA 在网上进行“双十一”购物的时候，我突然觉得一点儿距离都没有。

45 岁的内丽达有 3 个孩子，都已经成年，她和老大一家住在一起，闲暇时可以照顾一下 2 岁的孙子。

这是一个徐娘半老、风韵犹存的女人，虽然已经当上了奶奶，但是少女心满满。她长得很美，深绿色的眼睛，简单善良的眼神，长长的睫毛，一笑起来眼睛就像一湖水。刘海盖住眉毛，长发被归拢到一侧的胸前，看人时稍稍低头抬眼，嘴角挂着浅浅的笑，勾魂摄魄的。她的打扮也是大大年轻于她的年龄，黑色 LEGGING 上面有着不经意的镂空，一双尖头、尖高跟的长靴，高领无袖的紧身上衣，一条黑色的半裙系在腰间。身材虽然不再清瘦，但是顺畅。不可否认，她是个美人。

美人有两种：一种是清楚地知道自己的美，所以始终在向外表达，不放过任何一个微小细节；另一种是自知美丽，但是克制。内丽达明显是前一种。如果是个中国女人，这个岁数还这样追求少女美，还这样表现自己的美丽，会让人不自在，但内丽达是个拉美女人，天生热情，简单直接，她见了我没多久就说："我的父母给我起名叫内丽达，就是希望我永远长不大，我也感觉我长不大，就是一个爱美的小姑娘。"人生定位都告诉你了，我就是这样的，所以你会喜欢她，欣赏她。

我们来采访她，就是因为她的买买买。她在淘宝秘鲁的 ALIEXPRESS 上买了很多东西，从戒指到手链到玩偶，再到她给孙子买各种婴幼用品。我们让淘宝杭州总部从大数据中寻找到利马一个买家，随机寻找到的就是她。

她也是无意中发现了淘宝这个网站，一开始尝试着买了一点儿小首饰，路上的时间是长了一些，要一个多月，但是免运费，而且首饰的样子她喜欢极了，在秘鲁根本买不到。这一下可就不可收拾了。一旦通过一个小首饰进入到了这个网站，芝麻开门以后，里面就是一个聚宝盆、无底洞，内丽达就像爱丽丝漫游奇境一样，看得目不暇接，天底下原来有这么多又便宜又漂亮的东西啊！

采访的时候，她伸出手给我看，手腕上一个精巧的金色手链，上面缀着一片精致的金叶子，衬托出她纤细的手腕，真是漂亮。她得意地让我猜，这个好看的手链多少钱。女人都是这样，用少的钱买到喜欢的东西，就觉得自己拣到了大便宜，恨不得让谁都知道。"才不到 1 美元，如果在秘鲁有的卖的话，要贵上 10 倍呢。"她的兴奋劲儿立马上来了。

有了第一次的体验，内丽达开始寻找更多的宝藏。首饰已经不能满足她的好奇心了，她又被一个一个的出口带到了家居用品，琳琅满目的商品，手机壳、各种造型的杯子，女人喜欢的一切零零碎碎，这里应有尽有。自从半年前她开始网上购物，基本上就不在线下买什么东西了，一个月基本要在网购上花 400 美元。

看着她那么得意地讲述她的“败家”经历，我打心眼里喜欢这个简单的女人，因为从她身上好像能看到自己的影子。我问她：“你花这么多钱，这么疯狂地买，你丈夫不说你吗？”我问她，是因为我每次接快递时，就怕家里有人，虽然花的是自己的钱，可是一上午门铃反复响自己都觉得不好意思。内丽达笑得跟什么似的说：“的确是，好在我单身，一个人，没人说我，但我的朋友就有这个心理压力了。”

我问她：“为什么网购的吸引力这么大？”有点儿明知故问了，但是我想知道一个秘鲁的女人怎么回答。内丽达说，因为样式多，太有吸引力了，再就是价格合理可接受，还有质量好，没有因为便宜就掉链子。唯一的缺点就是路上的时间太长了，要等上四十天才能到。”

这一点说到了问题的核心。物流和海关，正是下一步要解决的电商合作的关键所在。

北美和南美，物流发达程度差距很大，海关政策上也有不同。货到美国，由于所有的通关都是电子通关，不用单包拆包检查，整个流程不过五到七天；而南美的秘鲁，经海关的货物就要一件一件过安检机，要花四十天之久。

内丽达是一个样本，从她身上能看到，在秘鲁乃至拉美国家，对中国商品有着期待和渴望，而电商平台是一个直达的捷径，这是一个多么大的市场可能和前景。可是现在整个世界的货物流通，从政策到法律法规，都是为传统贸易体系去设计的。而跨境电商是零售，跟过去的大宗贸易完全不一样，整个跨境物流体系，当地的配送，从门到门的物流体系怎么能适应新出现的跨境电商发展，值得思考。

秘鲁国家邮政局的数据显示，四年来，中国到秘鲁的邮寄量是以每年 40%—60%的速度在增长，这是多少秘鲁“败家婆娘”的共同成绩。

数字告诉人们，女人才是推动经济发展的永动机，她们的购买欲望能够悄悄却又深刻地改变着一个国家的经济。

秘鲁邮政被无数个“败家婆娘”逼得喘不上气来，他们深感现有的基础设施跟不上这种增长速度，既发愁又高兴，因为需求量大了就意味着他们能够短期内迅速地发展。而邮政物流的加强，就意味着交通基础设施的扩建增建，这些中国是绝对强项，不管是资金、技术，还是经验，我们都可以提供帮助和合作。事实上，双方已经在这些方面开始展开合作了。

看看吧，内丽达们的需求是怎样在世界范围内呼风唤雨地调兵遣将。一个戒指一个手链，竟然可以调动两个国家在那么多重大领域进行深入的合作。

对于这些，内丽达毫不知晓，她所关心的就是一定要找个时间去中国看看，既然网上的中国商品都这么多、这么好，那中国得是什么样啊？她眨着勾人的大眼睛说：“弄不好我就留在中国了，找个中国丈夫也不是不可能呀！”

去国际会议，中国记者报道什么？

直播第二天的下午，我在直播点等下一个时段的连线。在我的直播点旁边，是央视二套财经频道的直播机位，此时，一位年轻漂亮的女记者正在对着镜头小嘴不停地说。她说得眉飞色舞，语速很快，表达能力也强，中途没有丝毫的磕巴。我被吸引过去，竖起耳朵仔细听她在说什么内容。内行听门道，只听几句就知道她是在转述当天日程和会议主题及各方评价，信息收集得挺全，她说的东西我在网上查资料的时候都看见过。

前前后后我在旁边看了将近十分钟，她与后方演播室连线了两个问题，中间几乎没有断过。技术上讲，这是个很不错的记者，滔滔不绝，声情并茂，不怵场，但是内容上，她说的，《新闻联播》不是都说了吗？《人民日报》、新华社和其他中国媒体记者不是都写在文章里了吗？既然国内足不出户都能了解这些信息，甚至比我们还更有时间更能全面充分地查阅信息，那么我们作为报道记者，不远万里到秘鲁来，还来了不止一路记者，究竟是为了什么呢？作为其中的一部分，我的报道的独特之处、不可替代性又在哪里呢？

各国元首一年要参加不少国际会议，其中有不少是可预期的计划内的项目，G20、APEC、金砖、上合组织，除了《新闻联播》的时政报道，中央电视台几年前开始派出其他记者去多角度报道会议。

总是说《新闻联播》是照本宣科一副严肃刻板面孔，现在给你机会了，你能不能把握住做出不一样来呢？就像中国企业一开始没法出口，只能眼睁睁地看着那几家大企业有政策保障在外面做生意，心里满是羡慕。但一旦有一天给了你通行证，你也可以出去参与竞争了，你想好怎么去闯世界吗？你做好准备了吗？当一下子不是一家，而是几家中国企业出去在同一个领域参与，怎么能避免低水平竞争，发挥自己的特色，用创新来博生存呢？这个中国企业发展面对的老问题我们作为记者长期关注，可是轮到自己头上时却为什么不知不觉反应迟钝？

我第一次参加首脑峰会的报道是在2013年的南非，金砖五国首脑比勒陀利亚年会。出发前我做了资料收集准备工作，但是对于金砖五国和会议本身的理解很浅，就事论事地了解，没有把它放在世界政治经济的大背景下去分析和思考。坦率地说，一个是因为第一次参加，两眼一抹黑，不知道出来干什么；另一个就是记者的水平就是报道的水平，我当时还没有意识到，更做不到把会议与国际形势和国内发展融合起来考虑那个高度。任何事情都是这样，不了解就会觉得没意思，没意思表达出来自然就是枯涩。就好比两个人相处，在还没有了解对方的时候去描述他，自然只会拿出既有的套路，真正的他是什么性格特点根本不会触及，只有相处了解才会在细节中发现，才能准确生动地把握。三年时间过去才慢慢意识到这一点，也真是够迟钝。

有时真不能理解自己，为什么不能把要报道的会议当成常规的采访对象，而是要区别对待。平日我的采访，在前期弄明白以后，会严密地跟踪过程，不放过一点点细节，别人的报道对我仅仅是参考，我可以拿着它作为一个观察的角度去印证，但我决不会拿着别人采访出来的内容作为我报道的核心。可是在会议报道中这一切似乎全变了。我脖子上挂着会议记者证，可是我却没有在离得最近的地方去听。

现在几乎每个国际会议都挂着一个工商界峰会，首脑也会去那里做主旨讲演。首脑讲演内容会马上成为通稿，可是春江水暖鸭先知的企业家，他们怎么理解字里行间言谈话语的含义？不仅中国，外国人的想法尤其重要。但是我没有去了解，最多也是完成任务一样去采集会议反响。这是一个金矿，可以开掘的资源很多，可是我以前一直浪费掉了。直到这次秘鲁 APEC，国家主席习近平在工商领导人峰会讲话以后，我遇到几个听会的外国代表，问到他们怎么看中国领导人讲话内容时，他们没有对付，而是认真地说，习主席讲话说的反对逆全球化是很对的，它可以打消人们心中的不确定性，毕竟中国的体量在那里，影响在那里。这不是随口就来的逢迎，而是他们的担心忧虑在得到一个清晰答案时的反应。突然间我意识到，在会议上收集各方反应，不应该是一个被动完成的任务，而是应该把它当成一个认真的采访，如果有几个回合就更好。比如可以问加拿大代表，为什么他认为中国的态度可以打消人们的顾虑？他之前有什么顾虑？认真听听别人的声音，而不是让别人说自己想要的话，不是更准确、更好吗？

功夫在诗外。指着会议有限的一两天是不可能拿出好报道的，需要在之前做充分的准备工作。这包括充分的资料，更包括重要相关人物的采访。举例来讲，这次秘鲁 APEC，如果能够采访到中国贸促会的会长，就能够从纵向对中国参与亚太经合组织有一个清晰的了解。事实上我采访到了姜增伟会长，但是时间上有点儿晚了，是在他已经到了利马以后。如果能够提前到出发之前，在北京就能采访的话，能获取更多重要信息，比如姜会长在采访中说到，这次秘鲁峰会不仅有政商对话，还有企业家之间对话，谈企业自身和企业在世界经济发展中怎样扮演更大角色，还有经济学者和经济组织对世界发展的研判。这些内容，如果在出发报道以前就有全面了解，就会在会议期间找到相关论坛和对话，去听，去获取信息，之后简单梳理，进行提炼分析，再形成报道内容，无论是在直播连线中，还是在采访中都会用到。这才是记者到现场应该起到的作用。否则新华社通稿上的文章，谁不会去粘贴？遗憾的是，我得到这些线索时，已经太晚了。这是一个很大的提醒。去会上报道什么，首先要知道会上有什么，稀里糊涂地去，肯定一无所获。

好在即便是采访姜会长晚了，他仍然给我提供了大量重要信息，比如2000年第一次贸促会组团到APEC，当时只有50家企业参团，他们战战兢兢地来到国外，看着别人在那里游刃有余、长袖善舞，自己不会说，也没的说，更重要的是，人家也不想听你说。但2016年秘鲁APEC，有260多企业家出来，而参加工商领导人会议的整个区域内企业家人数不过1000人，最重要的政商对话有6场，都是经济体的总理与大公司董事长CEO的对话，其中4场有中国企业家参与。我想，这些数字最适合记者引用，因为这些数字比什么都能说明中国与APEC之间的互为，比什么人为描述都能表达出中国在APEC中的权重分量。如果能够找到第一次参会的中国企业家，让他回忆当年情况，和这些年的变化，应该更好。

我还是想到中国企业在开放以后走到国际市场这个比喻。改革开放以前是企业做什么产品，国内市场就接受什么；走出去以后，见多识广的外国消费者怎么可能理会你这些跟不上趟的东西，要么别出去，出去就要马上适应现有的激烈厮杀的市场，调整你自己的产品去适应市场需要。

新闻报道是一样的道理。国内有各种条件限制，报道国内新闻要按照纪律规矩来。但是到了国际会议，大家总归要调到一个频道说话，虽然书不同文、车不同轨，但是毕竟在同一个平台上，报道的是同一个东西，不能满足于形式上的在现场，更要在内容上做到精巧。国家的形象，也靠塑造。

报道会议不仅仅在会场，也需要在会议主办国家去寻找发现。

不知是我们中国人的独特感受，还是共性，大家对会议最先是排斥的，总觉得会就是个仪式，甚至就是个形式而已。但是，形式往往就是内容。领导人见面的沟通，不仅加深了个人了解，成为外交的稳定器，同时又带动了多少各层面交流的机会，让人们可以了解会议所在地国家，同时也了解自己的国家与那里有什么联系。

我想我作为新闻记者做出访报道，应该做到这几点：让国内的电视观众看到当地极具特色的风土人情，让他们了解中国的企业在那里做了什么，通过我们的采访报道了解中国在海外的发展，在这个基础之上，再让观众多少了解一下中国在国际场合角色分量正在发生的点滴变化。所谓“讲中国故事”，要给外人讲，也要给自己人讲，让自己人更多、更准确地了解自己国家在做什么，百利无一害。

其实我已经从报道国际会议说到了中国的记者和媒体应该怎样在更广范围内报道中国。

中国是一个在和平年代处在上升期的大国，世界格局早已划定，在这种环境下中国要发展，一举一动都会引起别人的注意和警觉。人的本性不大愿意改变，尤其是既得利益者，更不愿意改变现状，而一个新兴的有力的角色，必定要打破原有的平衡，世界要不断观察、调整、适应它的出现。这个过程，应该是不舒服多过舒服。所以，作为打破平衡的人，要特别妥善小心地处理大家的情绪。媒体、记者，在其中应该发挥作用。

这个过程同样是学习与世界打交道的必走之路。政府层面要去打交道，但是与政客打交道的目的还是经济的力量能够延伸到更远。我们要做的是去打动和说服既得利益者的社会，也就是民众和企业家，怎么让人家接受我们，怎么让当地民众对中国的企业和中方的投资有好感。这是一个需要整合各种力量的过程，要用巧力，需要外交、媒体、企业仔细研究考虑。但是从我自身情况来看，媒体这方面是有欠缺的，因为我在国际会议上都还没有转过弯来。

国际化的企业，国际化的国家形象，离不开国际化的媒体和记者，这些都应该同步发展的。对国际形势有最基本的了解判断，熟悉国内政策和发展问题，对采访熟稔于心、信手拈来，熟练掌握英文，具备了这些素质，可以游刃有余地在国际场合发挥中国媒体的作用。

唐人街中国餐馆里的秘鲁大厨

秘鲁首都利马到处都是中国餐馆。这是初到这里给我留下的第一个印象。从机场出来到酒店，一路都是闪烁的霓虹灯 CHIFA（编者注：来源于吃饭一词的粤语发音），有的缀上汉字“某某酒家”，有的干脆就是西文。光利马一个城市，就有 6000 多家中餐厅。在秘鲁，300 万人有中国血统，也就是全国总人口 3000 万的十分之一。

秘鲁的唐人街上集中着大量中餐馆，绝大多数都是从国内带来的大厨，但是在富华酒家，大厨是一名秘鲁人。

我们摄制组找过去已经是上午十点，饭店里不少中国人正在喝早茶，店里的小环境、食物、食客、饭馆的装饰都跟广东一样。老板说大厨正忙，稍等一下就出来。我们就在进口门厅等，玻璃橱柜里面码放着各种中式点心，蝴蝶酥、鸡蛋挞、酥皮点心。我就想，那些华侨和华人吃到这些，会不会就不那么想家了。

过了大概二十分钟，大厨出来了。五六十岁的年纪，中等身量，敦敦实实的，穿着一件白色短袖制服，让我有点儿吃惊的是，大厨高帽下一张已经中国化了的脸：没有棱角分明的轮廓，五官都是和和气气的，眼睛也不是深眼窝，而是被笑容挤成一条缝，典型的中国人的肉头鼻子，连擦汗这个动作看着都是那么熟悉，拿毛巾一抹，再睁睁眼睛。我们打招呼的时候他有点儿腼腆，笑容更大，一笑起来就更像中国人。我心里说，要不说吃什么是什么，做中国菜都做出中国样来了。

大厨带我去附近的菜市场采购。唐人街上永远是嘈杂的，到处都是最现实的过日子的气息，中国人的菜市场更是如此，每个档口都堆得满满当当，从一个店铺里就能买到所有生活所需。大厨熟练地找他要的菜，指着一堆菜跟老板说了几句西班牙语，但是我竟然听到了“白菜”的发音，问他，还真是，小白菜，他说“NANO BAICHUAI”，还有姜、黑芝麻，西语发音跟粤语都很像。大厨说每天他要到这里来选菜，时间长了，也不知道西语这些菜叫什么了。

大厨在富华酒楼干了十来年，因为他做得一手好中国菜，当时中国老板慕名把他请到店里。他十多岁从外省的家乡来到利马，是一家中餐馆的老板收留了他做学徒，从此，他一半感激一半刻苦地学习做中餐，就这样几十年过去了，他的手艺比中国人还纯粹，许多中餐馆争抢着要他去。

富华酒家的老板是从广东过去的，他最终把秘鲁大厨请到自己家。有意思的是，秘鲁人喜欢吃中国菜，还要去后厨看一下是不是中国师傅做的，他们认为中国人做中国饭菜正宗。于是，富华酒家老板就找了一个年轻的中国小伙子在厨房给大厨打下手，等有人伸头去看也能看见中国脸。也是委屈了秘鲁大厨，明明做得好，却不能对外宣传，只能在食客中口耳相传。但是中国人慕名而来的却多，都想尝尝外国人能不能把中国菜做到家。

富华酒家的食客是分时间的，早上到中饭前，都是中国人吃早茶，到了午饭，秘鲁人就蜂拥而至，晚饭也是秘鲁人多。大厨说，如果有的饭菜特别好吃，食客会请他出来，问问是怎么做的，甚至会问问来历，只是他文化不高，只能告诉人家怎么做，却讲不出来历史。

老板说他开餐馆这么多年，真是感觉到食物能交朋友。客人吃了一次，觉得好吃，会再来，再尝试更多的菜品。在吃的过程中，客人就会有好奇心，为什么是这样烹饪？有什么说法？客人就会问，从食物问到中国的文化，想了解遥远的那个国家。来他餐馆的不少秘鲁人，是因为吃了中国的饭菜，最后到了中国去旅游。

秘鲁大厨很自豪，因为很多中国人吃过他做的饭以后冲他伸大拇指说：真棒。他觉得这辈子能做这一件事，很满足。

中国人总觉得自己的饭菜是最好的，但是秘鲁人却为自己的美食感到自豪，因为他们融合了西班牙餐、中餐、法餐、日餐的精华，做出的食物让中国人都耳目一新。

秘鲁西岸太平洋的秘鲁寒流，带来了大量的海洋生物，造就了全世界有名的渔场——秘鲁渔场，以及沿岸丰富的海鲜料理。当地人为我们这些第一次来的中国人首推的菜品就是 Ceviche，这本来是西班牙人带来的吃法，后来又融合进了日本生鱼片的吃法。生鱼切块或者切片，浸入柠檬汁，让酸味来把生鱼的蛋白质变性，除了消毒以外还会创造出类似煮熟的口感，像是把鱼肉给腌熟一样。旁边放着一小堆炸薯条和一种安第斯山种的白色玉米。那玉米粒太有特色，每一粒都像蚕豆那么大，乳白色，胖胖大大的，看着就有食欲。

秘鲁烹调的基础是产生于西班牙和本地烹调的偶然交融，在不断演进的过程中，受到了其他多种美食传统的深远影响，从非洲来的劳工，来到秘鲁的中国人，还有意大利人、日本人，各种因素融合在一起，形成了一种谁也说不清到底是什么的可口而且品种繁多的秘鲁烹调。

在这里常驻的中资企业的人说，他能想到的最惬意的事，就是攒上一笔钱，等老了以后，到秘鲁的海边住，每天吃各种各样的美食。这是我第一次听到中国人说想吃别的国家的饭养老。能让中国人的嘴流连忘返的，还真是不多。

想想的确是，离开秘鲁，想到最多的还是那里各种口味的食物，尤其是海鲜，本身品质就好，再加上各种出其不意的料理法，真是让人难忘。